竹楼、青瓦与春城故事

张长 著

作家出版社

一只稀世之鸟

吉狄马加

　　还是在前段时间，与北京几位文友谈到当下中国的散文创作，特别是对那些身处文坛"闹市"的边缘，而一直忍耐着寂寞，坚守着自己写作方式的作家，都有着很好的评价，毫无疑问，云南作家张长就是其中的一位。说到张长，大家对他的诗、散文、小说都有过阅读，应该说他是一个写作的多面手，从二十世纪五十年代末开始步入文坛，他的创作成就是多方面的，我一直认为他是新时期以来一位实力派作家，虽然他不曾大红大紫过，但他的作品却一直保持着一种高尚的美学特征，无论是散文还是小说都具有浓郁的抒情色彩。这一方面源于他最初是从写诗进入文学的，另一方面，是因为在他所有的文字中，诗性的表达似乎已经成为了一种自觉的艺术追求。我经常对一些朋友说，张长是我喜爱的在文字上最为讲究的作家之一。需要说明的是，这绝不仅仅是友情使然，我和张长相识于二十世纪八十年代初，最让我难忘的是，我们一道参加过一次《民族文学》杂志在贵州花溪举办的笔会，在那一个多月的朝夕相处中，让我对张长的写作和人生都有了一个较为全面的了解，可能因为我们都是来自西南的少数民族作家，在许多问题上都能找到共同语言，加之他生性敏感，对事物的判断又非常独特，尤其是他写作的细腻感给我留下了极为深刻的印象。从那以后，我就一直把张长视为我的一位兄长，并经常关注他的生活和写作。这次能为他的这本散文集写一个序言，我以为并不是一个简单、客套的导读类文字，而是对我们三十多年友谊的一个最好的纪念，我相信张长也会这样想的。

这本散文集是他近几年散文创作新的收获，他将散文集命名为《竹楼、青瓦与春城故事》，竹楼部分写西双版纳，青瓦部分写他的故乡大理州，春城部分是作者在昆明的生活记录。这次有机会集中读他这些散文，让我再一次深感他的散文仍然如同抒情诗的延续和扩展，保持了他一贯的散文写作的风格和品质，而文字却更趋于朴实和简洁。在这些散文中，他能够将诗歌的意象散漫地转化为物象，散落在他的文章中，成为了他散文中清晨的露水、夜晚岩石中忽明忽暗的玉，是天地间荡起的一阵大雾。那些物象，荟萃了诗人对故乡森林山川的沉醉与迷恋之情。他在《一大一小的回忆》一文中，写自己对于一座大山和一只小鸟的记忆，让人产生许多遐想。关于大山："那无边无际的山峦仿佛都争相往上生长。山，在这里变成海，滔天的波浪被凝固、被定格了。"而关于那只鸟："一忽儿像是在箐沟里的一棵树上，一忽儿又像在对面那架大山的山坡上。好听极了！我真想要，却怎么也找不见。母亲说，这叫吹箫雀，很小很小的，一张树叶就能把它盖住，少有人见到这种小鸟，更别说能逮住它了。……山太大，鸟太小，我终于没能找到这种小鸟。此后，从长白山到岭南，这种鸟的叫声我就再没听过。"一种记忆中的鸟，因不能再次相见，而成为稀世之鸟。

这只稀世之鸟，成为了他散文中种种物象的象征。

这只鸟如果因其小而不得见，难道他笔下的那座大山，因其大而能得以窥其全貌吗？从他的文章中看，确实，此山因其高大，也难以见其全貌。物象的神秘与丰富，就体现在其被一层又一层外表所包裹的内核以及节外生枝的意义之中。

比如岭南的荔枝，唐杜牧在诗中描摹："一骑红尘妃子笑，无人知是荔枝来。"当杨贵妃在深宫中，看到由驿站快马更递远道送来的新鲜荔枝，那种开心一笑又岂止是胃口的满足，恐怕还有其他的含意。到了宋代苏轼被贬岭南后，在无奈和遮掩中写下："日啖荔枝三百颗，不辞长作岭南人。"恐怕，通过这种物象，表达的又是另外一种寓意。而今日吃惯了荔枝的人们，又何尝见过这样的荔枝？唐诗人王翰写西北沙场征战中，战士在生死摇摆的黯然回光中顷刻间攫住的"葡萄美酒夜光杯"，又是怎样近似梦幻般的美物？至于那些沙漠中的甜瓜，在高原稀薄的氧气中能滋补人生命的虫草、黄河滩上如红豆般的枸杞子，都给人带来多少神奇的想象与抒情？弥尔顿在《失乐园》（第四章）中写道：

> 这地方
> 全是千变万化的田园美景
> 有珍奇树木渗出的汁液
> 又有金黄发亮的果实
> 悬挂在枝头，真可人——赫斯伯罗斯寓言
> 只在梦境里实现——滋味如此鲜美

潜藏在我们记忆深处这些如神话般的事物，因为重读张长散文而又一次闪现在我们的幻觉中。特别是他在《漕涧记》一文中所记述的故乡的云，竟与其他地方的云不一样："皆因流入太平洋的澜沧江和流入印度洋的怒江，两洋季风沿两江峡谷北上，就在漕涧一带与青藏高原南下的冷空气交汇，形成凉爽而又湿润的气候。丽日蓝天下，风起云涌时，一朵朵白云跑得快，变得快，像影视里的特技画面。可只要往南一出漕涧坝子，沿途就再也见不到这明亮的阳光和蓝天上飞驰的白云了。"如果说这白云还不算最为奇特的，那么，接下来有一种植物，却是我们从来没有听说，又让人百思不得其解的了："随外婆、姨妈、母亲到马会坪找酒药。我至今不知道那些酒药的植物学名字。只知道把这些酒药发酵后用以酿酒，酒香无比

（这些酒药想已失传）。"还有他小时候迎来送往的观音，也与平常我们所看到的美女观音迥然有别："唯有我家乡供奉的观音，是个笑眯眯的白胡子老头。据说这是观音变化无穷的化身。"从记叙民俗风物的不同，以至对于宗教的理解，其实作者都是在貌似散淡的语言里进行着浓墨重彩的抒情写意。终于他写下了《北京的霾与西双版纳的雾》，这是一种在伴随着现代工业文明一同到来的霾的压迫下，自然涌现的再也难以按捺的批评的激情，他借用狄更斯在《荒凉山庄》开篇对伦敦霾的描写，来表达自己所体验到当下都市的霾时的心情："那是一种沁入人心深处的黑暗，是一种铺天盖地的氛围。"作者认为霾与雾是不同的，雾是大自然的杰作，霾是人类制造的垃圾气体，与作者笔下所描述的大自然以及大自然给人类馈赠的那些无比靓丽的事物相比，是多么黑暗、可憎与浅薄。但作者并未缠绕于此，他笔锋所指，在批评的锋芒中，那种坚如磐石的铺陈依然是自己记忆中西双版纳的"雾"："这蒙蒙的雾气就这样在菩提、芭蕉、榕树……所有的树叶上凝聚成一滴滴的水珠滑落，嗒嗒地敲响了下面的叶子，从午夜直响到第二天中午。"这样的雾，就像一场每天按时到来的小雨，洗净了空气，也滋润了土地草木。西双版纳的大森林里还有这样的雾，但是离它不远的景洪城已少见这样的雾。

在这些优美的散文中，那些美好的物象越来越成为记忆，也渐渐成为过去，在往后的现实中越来越不可见，成为稀世之物，成为对未来人类物质生活与精神生活的一种提醒和教化。此所谓大音希声、大象无形。因此这样的散文，也越来越有阅读的价值与魅力。当然，我同样希望读到这本散文集的朋友们能同我一样，爱上这些美丽的文字，因为在这样一个物质和消费主义的时代，毋庸置疑，它们都是我们精神世界中的一只只稀世之鸟。是为序。

2016年5月23日

于北京书斋知了屋

　　竹楼、青瓦与春城故事

目
contents
录

竹楼

北京的霾与西双版纳的雾

中央电视台近些年的气象预报新增了一个气象学上的名词："霾"。有时又预报为"雾霾"。其实，雾是雾，霾是霾，二者不能混为一谈。雾是由大量悬浮在地面空气中的微小水滴或冰晶而形成，是地面空气中水汽凝结成的产物，它是纯净的，滋润生命的。而霾则是由空气中肮脏的灰尘、硫酸、硝酸等的有机氢化物所纠结形成。不是水成物而是气溶胶。气象学的定义是：空气水平能见度小于1000公尺时就称为"霾"，它是肮脏的生命杀手。霾可以单独出现或与雾混合出现，与雾混合出现时统称"雾霾"。

雾有时虽给交通带来不便，但总体是一种好的气象。霾就不是了，它是亟待清除的坏天气。不仅影响交通，更重要的是危害健康，它与一系列呼吸系统疾患直接有关，有人谓之"北京咳"。还诱发心脑血管系统疾患，钟南山院士指出霾会导致肺癌，这是很可怕的！

人们第一次对霾的危害性认识是在19世纪初工业化的英国伦敦。开初人们不知道，还把霾当成雾，伦敦因之得名"雾都"。直到1952年12月5日至10日，伦敦发生了"伦敦烟雾事件"，当时伦敦歌剧院正在上演《茶花女》，因观众看不清舞台而被迫终止演出，观众只有散场。出来才发现大白天居然伸手不见五指，水陆交通因之瘫痪……就在12月5日至10日的五天时间，伦敦因呼吸系统疾患、心脏病而死亡达4000余人。人们这才注意到，杀手就是伦敦雾。它其实不是雾，而是烟囱煤烟、汽车尾气、餐饮油烟、灰尘等等的混合物：霾！于是，20世纪50年代英语里才有了一个新词："灰霾"

（dusthaze）。历史上被冤枉的雾终于还了清白。

我这辈子对雾很熟悉，"霾"却只从字面上想象。那怪异的字形很狰狞。电视画面上看到的霾则是一种灰黑的、肮脏的空气，沉闷而压抑。对这种沉闷而压抑的氛围有真实感受于我还是最近的事。

春节前，在北京的女儿请我到北京过节。想想，多年不去北京了，也想念活泼可爱的小外孙，便去了。出了航站楼，头上竟然是一片蓝天，虽不如高原蓝天那么明亮，蓝色调子还是让人赏心悦目。怎么不是气象预报员常提到的雾霾呢？女儿说，北京罕见蓝天，是我运气好，想看雾霾，多的是！果然，当晚的气象预报就预报第二天是雾霾天气。我像个观光客似的，急欲看看这大名鼎鼎的"霾"到底是啥样？给人何种感受？人也怪，有时那种"审丑"的等待也和审美的期盼一样。我确实没有见过霾。

第二天一早拉开窗帘，只见窗外一片朦胧，近处的楼宇一片灰暗，远处一片乌黑，显得污秽而郁闷，什么也看不清楚。我想实地感受一下，看还有什么别的感觉，便走到楼下开了门，迎面扑来一股特殊的怪味，北京人可能能习惯了，闻不出，我这个曾在空气最纯净的地方工作了十多年的人，鼻子对空气的感觉是高度灵敏的，一下子就闻出这是空气里混有硫化氢一类的气味。这种气味我曾在一家化肥厂附近闻到过。但又不纯粹是硫化氢，还掺有煤烟味、油烟味等混合而成的"霾"的气味。当然，并非到了难以忍受的程度。常住的人可能习以为常，来自森林和海洋区域居住的人却很容易闻出来。这种由汽车尾气、供暖系统的煤烟，以及数不胜数的餐饮业排放的油烟、灰尘，混成了微小的PM2.5，黑色的霾便这样形成了。那天，我算是亲自感受到闻名中外的北京霾。怎么形容我的感受呢？我觉得狄更斯的《荒凉山庄》开篇对伦敦的霾的描写是最准确的了："那是一种沁入人心深处的黑暗，是一种铺天盖地的氛围。"于是，面对北京的霾，北京人出行只有围头巾、戴口罩，这种打扮成了北京雾霾或沙尘天一道特有的风景。

我不禁回忆起西双版纳的雾来了。

西双版纳属热带大陆性气候，一年只分旱季和雨季。我的印象中，旱季从每年10月开始，到第二年5月结束，其他则是雨季。旱季几乎天天是晴天，但植物并没有旱死，靠的就是西双版纳的大雾来滋润。雾几近一场毛毛雨，天天下。一般从午夜十二点开始，山峦、森林、田野……处处升腾起夜雾。如果这时有月光，可以看见那金色的月亮逐渐被雾气包围，慢慢地像金色的糖块般溶化在浓雾中了。这蒙蒙的雾气就这样在菩提、芭蕉、榕树……所有的树叶上凝聚成一滴滴的水珠滑落，嘚嘚地敲响了下面的叶子，从午夜直响到第二天中午。半夜醒来，听着那滴滴答答的声音，有时会想到李清照的词："梧桐更兼细雨，到黄昏点点滴滴，这次第，怎一个愁字了得！"但更多的是恬静和温馨，常常在滴滴答答声中入睡。

浓浓的有雾的夜晚走在田野里又是别一番感受：被大雾笼罩的村寨里传出咚咚的象脚鼓与嗡嗡的铓锣声，显得悠远而又神秘。大雾在第二天上午逐渐散去，阳光渐显，看得见雾气像漫无边际飘散的糯米粉，而远山近树，竹楼缅寺仿佛裹了一层薄纱，随着叮咚的牛铎声，朦胧间一群牛从寨子里缓缓出来，又或是挑着水罐的傣族少女婀娜的身姿从模糊而终于清晰。太阳出来了，鸟儿叽叽喳喳地叫着，在阳光里晒着被一夜浓雾打湿的翅膀，地上的雾于是凝聚成一朵朵白云缓缓升向晶蓝的天空。到午夜，朵朵的白云又从天上落下化成雾气，如此周而复始，直至整个旱季结束。森林越密、越浓，这雾也就越大，早年的西双版纳到处是遮天蔽日的热带雨林，每年的旱季，那弥天的大雾也便如期而至了，我想亘古以来，那些从未被破坏的生态、那些从未被砍伐过的原始森林的上空，飘荡着的就是或淡或浓的雾而不是霾。雾是大自然孕育的，而霾是人类造成的！人类制造了霾，自然也就可以不再制造它。在英国，这个最先制造霾的国家率先在1956年颁布了世界上第一部《清洁空气法》，逐渐实现了全民天然气化，停止了燃煤，并限制私家车，发展公共交通，同时建节能办公楼，用新型能源。如今的伦敦已是碧水蓝天，成了2014年奥运会的举办国。此外，美、德、法、日等发达国家在节能减排方面都各自有自己的法律法规，都在为彻底消灭人类工业化制造出来的这一恶魔竭尽全力。

我想霾在北京肆虐的日子，西双版纳升腾起的还应该是湿润的雾的。因为几年前我到西双版纳路经野象谷一带，仍然看到那郁郁葱葱的热带雨林包裹在如轻纱帐般的雾气里，深感欣慰，到了景洪，雾气没有了，我有一种隐隐的担忧，该不会连过去大雾笼罩的景洪也没有雾了吧？昨天读报，一张景洪闹市的照片跳入眼帘，题目叫"景洪人造雾净化空气"，不禁大吃一惊！再一看照片说明是"为净化城区空气环境，西双版纳傣族自治州景洪市委市政府引进降污效果突出的'雾博士环境空间净化系统'"，接着的照片说明文字以一种欣赏和赞美的口气介绍人工雾之后的一条大街的环境改变（《云南政协报》2013.3.4第四版）。看着照片，我真不知道这是可喜还是可悲？景洪竟成了连雾都需要人工制造的城市了！不由得想起二十世纪五、六十年代就在景洪市中心的街道上朦胧的晓雾中人们赶早街的情景，那如诗、如画、如梦幻的场面使我至今难忘。

野象谷今天之所以还有雾，是因为是国家级自然保护区；过去，西双版纳之所以有雾是因为山山水水村村寨寨的生态环境都非常好，今天，景洪要想升腾起往昔的大雾，只有种树！种树！还大自然以千万亩森林。"雾博士"之类的东西，它再先进，能滋润净化十二版纳①的山山水水吗?!景洪人工造雾还会让人联想到另一个灾难性后果：西双版纳的雾最终会不会被北京一样的霾所取代？那将是一个多么恐怖的生态噩梦！

2013年3月17日

---

① "西双"，即傣语"十二"之意。

近乎无限透明的绿色

——西双版纳的回忆

那些日子的雾

我说的那些日子是二十世纪五、六十年代干季的日子。西双版纳地处热带，没有四季只有两季，即干季和雨季。干季大致从每年的十一月份开始到次年的五月结束。干季没有雨，植物仍那么繁茂，靠什么滋润呢？靠每天都降临的大雾。雾通常在午夜升起。你是看不见它是怎么形成的。只有到晚上入睡醒来，才会听到窗外芭蕉叶上滴滴答答地响个不停。不是"沙沙"的"哗哗"的，而是断断续续、大滴大滴的。静夜里固执、单调，却又给人以一种柔润的感觉，抚慰着每个入睡的人。如果周围有很多树，此处"滴——滴"，彼处"答——答!"再烦躁的人听到这种声音也会安然入梦。

第二天一早开门，嘿！天地灰蒙蒙一片。椰子、芭蕉、竹楼……从近到远，由清晰而模糊而终于全部溶化在雾中了。

那是种什么样的雾啊！我在内地从未见过。且不说今天城市里那些脏兮兮的混合着废气、灰尘的霾，便是黄山、九寨沟也见不到这样的雾。它像烟像云又非烟非云。说其像云，比云淡；说其像烟，比烟浓。像什么呢？像漫天飘洒的糯米粉。却湿漉漉的，一个个细小的颗粒都是小小的水滴，从天上盖到地下，十二版纳全被包裹住了。那些早起的鸟儿也许因为看不到远处，怕撞到树上，也不敢在雾中的树林里飞行，因而西双版纳的雾天你是看不到鸟，也听不到鸟叫的。有的只是寨子里传来"嘣咚咣""嘣咚咣"的傣家姑娘的舂米声。随后便响起"叮咚!""叮咚!"的牛铎声，一群放牧的牛逐渐在眼前清晰起来，这便是一切了。

　　大约正午十二点前后，一夜的浓雾慢慢亮起来，而薄，而上（不是"散"），升到空中凝成一朵朵如棉的白云。在白云之间露出的天，那种蓝啊，水汪汪的，质感，仿佛是被那一朵朵白云刚刚擦拭过。

　　一林子的鸟像听到口令似的突然啼叫起来。小个头的，比如太阳鸟，这时会成群叽叽喳喳欢乐地鸣叫着掠过蓝天。从下面抬头看，只见它们那火红的翅膀织成的一片彩云倏忽间便掠过头顶。枝头一只个头大的鸟儿，红嘴、黑头、白颈，黑尾交叉如燕。它因羽毛的多而厚，先要在阳光下晒晒，于是缓缓地张开左翅，又缓缓地张开右翅，像一位慵倦的、穿着燕尾服的歌唱家，对着太阳舒适地伸伸懒腰，末了才小试歌喉唱一两声。这时，天上的白云不知何时全消散了，常常是万里无云，丽日蓝天，远山近树一片透明。距离突然近了，仿佛在望远镜里看到似的。最好看的是缅寺前的印度菩提，革质的叶面经雾水一洗，像上了釉似的，微风过处，那有着长柄的叶片左翻右转，闪闪发光，像一群蝴蝶要腾空飞去。

　　阳光便这样亮到晚上。然后是晚霞。然后是黄水晶似的月亮或钻石般的星星。都那么亮，那么大，似伸手可及。这种月亮和星星一直要亮到午夜。

　　然后又是缓缓升起的夜雾和夜雾凝成的水滴重复着那"答答"地敲响树叶的声音，整个干季便如是循环……

　　离别版纳三十多年间我重返过两次，都在干季。很想再见那些日子的西双版纳的雾，可在高楼林立的景洪，升起的是和昆明一样的近乎霾似的东西。当地人说，有雾的日子少了，我说的那种雾只有在野象谷自然保护区里才能再见到。

　　哦，我的糯米粉般十二版纳的雾啊！

　　　　　　　　　　　竹楼、青瓦与春城故事

版纳天籁

"天籁",《现代汉语词典》的解释是:"自然界的声音,如风声、鸟声、流水声等。"这指向太明确具体了。我听到的天籁并非如此具象。它似乎更抽象,更虚无缥缈。说不清是水声还是风声,或者是两者的混合?它时近时远,时断时续,时有时无。再狂躁的情绪,听着听着慢慢会变得心如止水。真正的天籁有一种安抚心灵的神秘力量。

二十世纪五十年代,一个版纳宁静的月夜,夜雾升起之前的十一点多钟。夜深之后走出我住的那个土坯房子。是时一轮满月白玉盘似的像被谁不经意地挂在凤尾竹梢上,旁边缀几个钻石似的星星,只担心夜风一吹就要掉下来。夜静得没有一丝声音,偶尔几声象脚鼓和铓锣的声音从很远的村寨里隐隐传来,节日里那热烈的打击现在也变得如此柔和而温软。但是,似乎有一种声音加进来了:"哗——""沙——"像小河淌水?像松林过风?像豪雨远至?又都不像。那是一种升华后的单纯、凝聚后的博大,我至今在汉字里还没找到准确的字来形容它。只是觉得它悠远而绵长,来自一个很远很远的地方。一阵阵,它悄悄地涌来了,一阵阵,它又悄悄地退去,逐渐消解、溶化、淡出,而至悄无声息。此时,天地之间静得似乎可以听到流星划过夜空的声音。我伫立在星空下,因这种声音感觉整个人从里到外的清爽、清新、平静,仿佛草尖上那晶莹的夜露也正在心里凝聚。

天籁!这就是天籁!我以往只在书本上看到的这个词,今天终于感知了。"大音希声"。老子说的"大音"我想就是天籁,半个世纪前我有幸听到了。那晚,我努力地捕捉这种声音,享受着大自然难得的赐予。静静地,仿佛自己也站成了月光下的一枝凤尾竹……

那之后,我再也没有听到这天籁。并且认定此生是永远地听不到了!今天,震耳欲聋的是人的和被人放大了的各种各样的喧嚣:

市声、车声、机声、敲打声、叫卖声、卡拉OK、金属摇滚、电视、广播，乃至纸质传媒上的七嘴八舌……

牺牲的与杀灭的鱼

南腊河是流经西双版纳勐腊出境至老挝的一条小河。1960年前后，我在南腊河畔的傣族寨子里住了一段时间。我现在记住了它的美丽，却怎么也记不起这个村寨的名字了。我真的不该忘记它的名字。它是那么美！一幢幢竹楼掩映在芭蕉、槟榔和杧果林里，一条白沙小路把它和南腊河连接在一起。河是那种从人迹罕至的热带雨林里流出的河，每一滴水都经密如蛛网的大森林的根茎过滤，清纯得可以看见水草像系着风的丝绸，一缕缕顺水漂荡着；小鱼在阳光下嬉戏，把它们的影子投在水底那些彩色的鹅卵石上。干季的日子，南腊河岸上一棵又一棵的木棉花盛开了，像一支支熊熊燃烧的火把，倒影投在河里一片绯红，蓝天白云又给它增添了颜色，再加上两岸那些凤尾竹、芭蕉以及叫不出名字的热带林木调就了一片化不开的绿，也一并倒映在清清的河面上。这蓝、这白、这红、这绿，静静地各自染就自己面前的一片河水。突地，一个竹筏撑了过来，平静的河面抖动了，就像鲁迅《好的故事》里描绘的那样：蓝天织进白云里，白云织进红花里，红花织进绿树里……一切倒影相互交织，河面霎时成了一幅色彩斑斓的地毯。近半个世纪了，这彩色缤纷的记忆老出现在我的梦境里。还有那些调皮的小鱼秧子，下河洗澡的时候它们会一尾接一尾地游过来亲吻你的脚丫子。那快速的点击，酥痒、美妙得无法比拟！是人或人所制造的任何器具都无法达到的一种享受，是造物主对热爱它的人的赏赐——一种自然之吻。

那个年代的西双版纳，有水的地方就有鱼。大到澜沧江，小到小河小沟小渠小水塘全有！男人女人收工回来了，用随身携带的像捕蝴蝶用的那种小网兜在有水的地方随便捞两下，晚餐就有一道香茅烤鱼了。

更简单的是晚上河边洗澡、挑水什么的，把鱼线一头拴在岸边临水的树上，另一头让鱼钩顺水漂着。第二天一早到河边一拉鱼线，"扑剌"一声，一条红尾巴鲤鱼就钓上来了，十有八九都这样，叫做"下懒钩"。

还有边在小河里散步、边钓鱼的，叫"拉鱼"。那年，在南腊河我就和一个叫"康朗香贡"的老歌手，一个钓鱼老把式沿南腊河顺流而下去"拉鱼"。干季的西双版纳雾散之后丽日蓝天，感觉还是挺热的。我们只穿条小短裤，赤裸的背上搭条湿毛巾消暑，毛巾干了，用清清的河水浸湿了又披上。每人拿根鱼竿，竿长线短，顺水漂着，人则握竿在河道里慢慢顺流而下：清凉的河水时到膝上，时到膝下，河床里有时是细沙，有时是卵石，便那么悠闲地缓缓地在水里信步走着，任这个季节里一群群到上游产卵的鱼儿在两腿间穿梭。不时有两尾停下，礼貌地吻吻你的腿，又告别北上了。这种舒服至极的水中散步平生也就有过那么一次。看两岸木棉盛开，落英缤纷，听蝉鸣鸟啼，我意在山水之间，已不在乎鱼是否咬钩了。只有康朗香贡仍全神贯注地来回"拉"着鱼竿。竿没有浮子，全凭手的感觉。突地他一扬手，一片白鳞在阳光下一闪，一尺长的一条鱼已经落到他手里。我说，南腊河的鱼嘴太馋，康朗香贡说不是的。河里的吃食太多了，它们不需要咬钩。可为什么又要咬呢？"因为人对它们好，它们在一起开会讨论过，有的愿意做牺牲来回报人，咬钩的就是那条自愿献给人的牺牲。"

"开会讨论？"那个年代从城市到乡村，"开会讨论"是每日生活中的常态，鱼也会？我觉得好笑，更多的却为康朗香贡这带点宗教色彩的解释感动。

那天，我随康朗香贡水中散步几公里，他"拉"上的鱼很快装满了他和我的两个鱼篓子。可上岸后，他只选了三五尾够晚餐吃的，其他又放回河里去了。我问他为什么？他用简单的汉语说，"别贪心，人对鱼好，鱼才会对你好。"康朗香贡只会讲几句汉语，他说不出更多的道理。

半个世纪过去了，这话我现在还记得。

前些时有报道说，西双版纳的江河里毒鱼、电鱼、炸鱼的事屡有发生。常常是在毒、电、炸之后，白花花一片死鱼漂得满江满河，人只取走大的，小鱼秧子、那些会吻人的小鱼秧子死了，顺水漂去了。这种杀灭是经常的，因而往昔游鱼如织的河里现在再难捕到鱼了。由此又想起南腊河畔认识的康朗香贡这位傣家行吟诗人，早在半个世纪前就用最纯朴的语言把关于人性、关于和谐的道理讲给我听了。是的，这人世间的万事万物，你对它好，它才会对你好。就是一台没有生命的私家车，经常保养，"对它好"，它就会跑得更欢、更安全无故障，何况是人。倘若都如此，整个社会，整个自然不就都和谐、有序了。

另一种美丽的自然

这里说的是自然，不是山水，不是花鸟，是西双版纳傣家原生态生活一景，我觉得它很美丽。

也是很久远的事了。二十世纪五、六十年代，刚到西双版纳便听说这里有男女同浴的习惯，只觉得奇怪而又大惑不解。开始不怎么相信，第一次到傣寨，亲眼目睹，始于错愕，继而习惯，最终觉得它是多么的自然，多么的美丽啊！

那是在一个叫曼景罕的傣寨。寨子就在一条小河边。收工时，晚霞满天，飞鸟投林，有银色的小鱼调皮地一尾接一尾地跃出水面。有几个傣族姑娘歌唱着走来了，她们来到河边一个个进到河里，随着河水的由浅而深，慢慢把筒裙由低而高，非常技巧地逐渐朝上提起，最终像大头巾一般包到头上而滴水不沾。她人也就顺势蹲到河里，泡着、洗着、笑着。

男人们也来了，背朝女孩子脱得一丝不挂。被热带阳光晒成赤铜色的皮肤，有的还刺有漂亮的文绣。他们面向姑娘用一个巴掌遮

　　　　　　　·········· 竹楼、青瓦与春城故事

住下面，从容地走向河里。当水齐腰便开始边洗边和旁边的女孩子聊天，从表情可以看出谈话内容不会是那些下作、猥亵的语言。

洗完澡，蹲在河里的女孩子一个个站起，又随着水由深而浅即时地把包在头上的筒裙由高放低，最终披在腋下，只剩下浑圆的双肩露在外面。而男的走出小河时照样要用手掌挡住下体，在岸上背对着女孩穿上裤子，然后各回各家，天天如此。收工下河洗澡是傣家生活中的一种常态，他们见惯了跳跃的小鱼，同样裸浴的姑娘，根本不理会外地人异样的目光。

村寨旁要是没小河咋办？在井边洗。我第一次见到井边裸浴的是个傣族小伙，寨子里的民兵队长。他站立着，采用右腿夹住左腿的姿势在井边用水瓢冲凉。旁边是一个正在洗菜的女孩，他边冲还边和这小女孩聊天。回家我问他，你不害羞？他睁大眼睛觉得奇怪：

"害羞？大家都有的东西为什么要害羞？"他正经地说，"只有六指头什么的才会害羞，因为他跟大家不一样。"

说得多朴素啊。

西方也有男女同浴的天体浴场，可以参与，但不可以看，神秘兮兮，有点作秀。而傣家的河中浴，井边浴只是生活的必需。一天劳动完了，河边洗个澡，井边冲个凉，和生活中的吃喝拉撒一样是再自然不过的事。天天如此，你能天天都想入非非么？世世代代，年年月月，久而久之习惯也就成了一种自然。

首都机场以前有幅壁画叫《泼水节——生命的赞歌》，画的就是热带雨林里一群裸浴的姑娘。幽静的森林中极富韵律感的人体，神秘而美丽；还没画男女同浴呢，当时，"左"得可爱的人就受不了了。有位傣族干部说这是对傣家的污蔑，遂征集签名上书北京。这可是有关"民族团结"的大事！结果，上面只好下令把这幅美丽的壁画遮了起来。这一盖就是好多年，直到改革开放。

傣寨之夜

恐怕现在的傣族村寨里很难找到这样宁静而又令人沉醉的夜晚了。

晚饭后，走到竹笆晒台上，你会看见田野里的月光大雨般泼洒着，白茫茫一片——满月其实就挂在面前的凤尾竹梢上。风把竹梢吹得轻轻摇晃，总担心白玉盘似的月亮要掉下来。风还带来远处小河的哗响和不知哪个寨子传来的时断时续的象脚鼓声。一支柔情的傣笛呜呜地在寨子里吹响了，召唤的不知是哪个姑娘。不时地，会有盛装的女孩走出竹楼。她们发髻上通常都插了芳香的花朵：缅桂花、晚香玉，还有一种我至今再没见过的无名花朵，花序白色成串，如一绺绺鱼籽。你见过未开放的棕榈花么？就像那。这花外形特别，香气也特别。近闻无味，走过之后，异香如兰似麝。姑娘们说，这花要老林深处才有，它能把香味散得很远很远，小伙子闻香找人。

有的女孩则用火光召唤。干季的西双版纳深夜也微凉，女孩在竹楼下生起一堆火，就着火光沙沙地纺线。小伙子吹着他的笛子，趋光而来。这时姑娘有可能会从身后拉出一个小篾椅子让他坐下，倘如此，小伙子这一晚没白吹他的笛子了。姑娘微笑着，边和小伙聊天边漫不经心地纺着线。线经常断，便要停下，这时篱边、树下，会有纺织娘沙沙地叫着，仿佛替姑娘摇起纺车……

傣寨之夜也有热闹的时候。那是两三个月才放一次的露天电影。电影队一到，当晚周围村寨的年轻人都会赶来看。这是一个年轻人谈情说爱的大节日。成年人，老人是专门来看电影的，坐中间；小伙子和姑娘们并不认真看电影，三五成群，都围在边上。小伙子一般都披红毯子，带个手电筒，瞄准自己想"串"的姑娘把电筒直照过去。通常姑娘总是蒙住眼睛哧哧地笑着，罕见正色谴责。小伙子几试之后，便可以步步靠近，最终用红披毯把姑娘从她的女

竹楼、青瓦与春城故事

伴中裹出来，朝寨子外边的椰林里走去，这个夜晚便属于他们了。经常是，放露天电影的时候，电影场边、树下、路上一张张红披毯裹着一对对情侣，下面只露出四只脚。电影的伴音在旷野里显得轻远，给人的感觉只是一种背景音乐。空气里更浓郁的是晚香玉、缅桂花、柚子花和那奇特的花混合的特殊香气，还有深夜里姑娘们咻咻的笑声……

　　爱，弥散在傣寨之夜。

　　诗和音乐产生了。

密林野炊

　　也是半个世纪前的事了。和西双版纳勐腊县文化馆一个叫"鲁杰"的内地汉族干部一次密林中的野炊，令我终生难忘。

　　鲁杰年纪比我大几岁，是二十世纪五十年代初就到版纳的"老版纳"。他皮肤黝黑，个头精瘦，像个老广。因经常下乡，使他熟知傣家的民风民俗及生活方式，和傣族乡亲在一起的时候，一口流利的傣话已无法区分他的族别。

　　某日，他腰系一把砍刀，拿两根鱼竿，约我进山去玩。我问吃饭问题怎么解决？是不是准备野餐？还要带点什么？他说带点米、盐就行了。怎么把饭煮熟？熟了就拌盐巴吃？我百思不解。

　　出了小坝子，很快便进入浓密的热带雨林。林子里有鹧鸪在叫："金嘎嘎！"鲁杰说"你等等"，便进了林子。不一会儿空手回来，问他干什么去了？只回了句："找点肉吃。"便随手把一根钓鱼竿递给我，要我学着他在水里来回拉动鱼竿，他管这叫"拉鱼"。我们脱了长裤在河床里散步似的走着、拉着，不到十分钟，鲁杰一扬手钓起一条红鲤鱼，此后只见他频频得手，而我一无所获。不知道这"拉鱼"有什么诀窍？正当我非常失望时，只觉得手掌里握着的竿子似被什么往前拖，鱼！我一抬手，一条巴掌大的鲫鱼钓了上来。我一下来了兴致，鲁杰却说足够了，上岸做饭吃。我意犹未尽，却也只能由他，倒要看他无锅无碗怎么做、怎么吃？就吃生鱼？

我们从岸上回到原来下河处，鲁杰令我生起火来，他自己走进了林子，不一会儿，他笑嘻嘻地提着一只扑腾着的鹧鸪，扛着一粗一细两节竹筒回来。

"有肉吃了。"他说，"来时进林子里用马尾下了两个扣子，逮到的这鹧鸪胖嘟嘟的，加上钓来的鱼，够我们吃了。"说着，非常麻利地就在河边把鹧鸪和鱼收拾干净，剖开，抹上盐之后用根竹棍夹住，又把带来的米放进砍来的小竹筒里，用茅草塞住竹筒口埋进火堆里，鹧鸪和鱼则架在火边慢慢烤，烤得嗞嗞作响直冒油，很快飘起一股令人馋涎欲滴的香味。又过了一会儿，鲁杰扒开火堆取出埋在火里的竹筒，破开，白色的竹膜紧紧地包在已经烧熟的米饭上，像一段香肠，闻了闻，一股子清香。鲁杰说这是香竹，傣家到山里干活，就用这种办法烧饭。我们准备就餐。我打量着地上这些吃的，不知往哪儿搁。鲁杰已从旁边砍下两大张野芭蕉叶铺在地上，像铺上两张绿色的桌布。东西摆好之后，他打量了一下，说："我们还缺点水果。"再次反身进入林子。一刻钟之后，他胸前捧着一堆黄澄澄的熟透的野杜果和一串野芭蕉回来了。

"开饭！"他说。

我左手举着一节竹筒饭，右手拿着一块肥嫩的烤鹧鸪腿，吃得忘乎所以。鲁杰问，要吃辣椒么？你身后就有。我一看，周围不就长着好几株野生小米辣。我吃过这种小米辣，一粒辣椒只有一粒米大，非常香！不怕辣也得分三四口吃。过去总以为是种的，鲁杰说鸟儿不怕辣，吃了小米辣到处拉屎，种子就四处播了。房前屋后、树林里、小河边都有这种野生的小米辣，鲁杰说，在西双版纳，只要你懂得，到处都能找到吃的。飞的、跑的、爬的，乃至虫虫（比如竹虫），乃至香料（比如香茅、大芫荽）。他用一句话概括：

"一绿就是菜，一动就是肉。"

"菜"在这里泛指各种可食野生植物。"肉"在这里泛指各种可食野生动物。是的，半个世纪前住傣家竹楼，常见妇女收工时水渠里捞几尾小鱼，稻田里找几个野生田螺，再摘点水芹菜什么的，就有一顿鲜美的晚餐了。

可这些年听说很难吃到田螺了。因为田里施了化肥；江河里的鱼也少了，因为滥炸；小米辣也很难买到，因为城市扩大，鸟儿都飞进老林里去了。

"一绿就是菜，一动就是肉。"这几乎是一片几近无须耕耘、无须养殖的土地。但大自然再慷慨，也得有个生长、繁衍的过程，一旦这块土地毁了，天上是不会掉馅饼的。

那条躲藏起来的河

我见过不同姿态的河：平原大野上的河，高山峡谷中的河，绿畴村落间的河，小桥流水的河……它们或坦荡千里，或激流澎湃，或蜿蜒曲折，或婀娜多姿，像人一样，各有各的形象，各有各的个性。唯有一条这样的河，我至今看不到它流淌的模样，它是一条躲藏起来的河。大自然用亿万张树叶掩盖了一个美丽。最终被我找到了，而我却在那里掩盖了一个丑陋。至今却不为人知。

躲藏的河河面并不宽，把它藏起来的是遮天蔽日的雨林。两岸那些大树和巨蟒似的藤本植物居然能跨过河面，你来我往，相互交织、拉扯，编成一个巨大的绿色穹隆罩住了河面，这条河便是这样地躲藏在这绿色的隧道里。

我想它应该是一条季节河。雨季，一定老远就能听到河水的哗响，却又看不见它；干季，它干脆悄无声息，干涸的河床里只有礁石、卵石和沙滩。

我是在干季一个炎热的中午找到它的。我那时在五七干校。如今，那里是一个自然保护区。那天，干校好不容易休息。身体好的，天不亮就进老林里打麂子，女同志去找野菜什么的，体弱如我辈者，扛一支气枪去林子里打鸟。有人告诉我，两山之间的深箐里，有条干河沟，正午的时候，鸟们都在里面乘凉，野鸡、斑鸠、黑头公……想打什么打什么，像养在家里一样。

　　我按他指的方向，很快找到了那个山谷。浓密的热带雨林从山顶到山脚把两座山连在一起，中间的这条季节河在山脚下仿佛掏出了一个绿色隧道。要叫它"暗河"也行，只是覆盖它的不是喀斯特的溶洞，而是亿万张绿叶。林子外面近40度的高温，一钻进这暗河里，周围都是绿幽幽的清凉的光，便想先休息一下。我选了一片洁白柔软而又干燥的沙滩，枕着一块礁石，休息并观察着、倾听着四周的动静。哪有一只鸟啊，连远处的鸟鸣都听不到。什么这儿的鸟像家养的一样，太夸张了。头上全是一层叠一层的树叶，雪亮的阳光经树叶过滤，变成柔润的绿，仿佛空气也是绿的；偶或有几个亮点投下来，那是未被树叶全遮住的阳光，就像是绿幽幽的房间里开着的小天窗。我就这么躺着，透过浓荫里的小天窗，从那里可以看见湛蓝的天。但是，我发现有一扇小天窗关了，又开了，又关了……我坐起仔细一看，哈！原来是一只体形硕大的绿斑鸠。遍体绿色羽毛和树叶一样，不动根本发现不了它。此时它在树荫里乘凉，那脑袋挡住了光线，随着它不时晃动脑袋，那扇小天窗就时关时开。我高兴地轻轻站起，周围再一搜寻，呵！足足有九只绿斑鸠在树荫里乘凉。它们只把头望着上面的天空，全然不注意也看不到下面潜在的危险。其中一只，距离我的头顶只有两三公尺，我举起气枪，几乎戳到它的肚皮，它依然一动不动。居然有这样的笨鸟！我差点笑出声。都说老林里绿斑鸠又肥、又嫩，且最笨、最憨、最好打，果然！我举枪击发，"啪"一声，绿斑鸠应声坠落到脚下。也许气枪声音不大，绿斑鸠迟钝，周围那七八只居然毫无反应，照样东张西望。正想打第二只、第三只……可当我捡起猎物时，我看见这鸟儿的眼睛水汪汪的，像含泪看着我。我一惊，说不出的感觉，只是迅速移开目光，不敢再看第二眼，也不再往枪膛里塞子弹了。这算什么呢？既不是冒险狩猎，更不是勇敢除害，而是一个强者对弱小生命的残忍杀害；是偷偷摸摸对毫无防备、连逃避本能都来不及反应的生命的轻而易举的消灭，目的只是为了那个时代稍稍

竹楼、青瓦与春城故事

增加一点自己身体的蛋白质和卡路里。

抚摸着那只绿斑鸠，它还那么温热而柔软。我用手刨了个坑，捧起几堆白沙，把它深深地埋进沙里……

走出那绿色穹隆回到灿烂的阳光下，我想，这条躲藏起来的休眠的河，当雨季来临的时候又将恢复它生命的喧腾，而那只绿斑鸠是永远地不会再啼叫了……

回到驻地，大家都笑我空手而归。我却努力地要把这种笑看作是嘲笑我用白沙掩盖的一个丑陋。

我的篱笆墙

二十世纪八十年代流行乐坛刮"西北风"时，有一首流行歌唱道："只有那篱笆墙，影子还是那么长……"每当听到这首歌时，我就会想到我当年在西双版纳的篱笆墙。

北方农村里的篱笆墙我没见过，只觉得它在空旷的大野里孤寂而又苍凉。我的篱笆墙不是这样。它排列在一片绿荫里，宁静而美丽，不时还编织进一些温馨的爱。

这片篱笆墙在西双版纳一个叫"勐养"的小平坝里，方方正正围住我当年工作和居住的那个小小的卫生所。卫生所前面是两棵巨大的野杧果树，后面是一片榕树林子，篱笆墙外面是一条小小的土路。其实这篱笆墙不围也是可以的，绝无安全问题，更无所谓"产权"。想是当初盖房子的人只想给就诊的人一个概念：这竹篱笆围住的范围就是看病的地方。因之，围大围小多高多低都很随意。西双版纳到处是竹子，凤尾竹、野生毛竹、实心竹、空心竹……砍些来，粗的做桩，细的就破成篾笆往桩上编成竹篱，篱笆墙就这样围成了，一年一换。刚围起的时候，竹篱笆翠绿翠绿的，像翡翠编的，竹子的清香大老远就闻得见。我在篱笆墙下撒了些茑萝、牵牛花和太阳花的种子。西双版纳雨水多、阳光好，茑萝和牵牛花很快顺着篱笆爬得满满的，绿莹莹的太阳花则像地毯衬托在篱下。开花的时候，篱笆上这里一朵紫色牵牛，那里一朵红色茑萝，竹篱下又是一片如锦的太阳花，整排篱笆就这样成了花团锦簇的围墙。它瑰丽如油画、柔润如水彩，我有空便面对这一排花墙久久欣赏。有时花上萦绕着几只蜜蜂和蝴蝶，稍远的野杧果树上偶有乘凉的鸟儿叫上几声，那空气、那阳光、那花朵、那鸟鸣、那蜜蜂蝴蝶，今天看来，大自然当日给我的太丰厚，我的享受太奢侈了！

不仅仅如此，我还不断地在这块开满鲜花的篱笆墙上不断地有所发现，有所收获。常常是，当我早上开门或外出归来时，篱笆墙上会挂着一小包什么。有时是几块柔糯的"毫洛索"①，有时是鲜香的香茅烤鲫鱼，有时是几个黄澄澄的杧果，有时是令人淌口水的酸腌菜，有时是一串芬芳的缅桂花环……我知道这都是附近寨子里的乡亲们给他们的"摩雅"②的。也许送东西的是一个白发苍苍的老"咪涛"，也许是一个勤劳的"比朗"、一个英俊的"比崽"③，乃至是位多情的"小卜哨"④送的。所有这些似乎都是路过时不经意地顺手挂在篱笆上，并不在乎主人是否知道，事后也从未提及。唯其如此，才是一种毫无功利之心的爱的给予，才使我至今念念不忘。受惠于人而又无法回报，每思及此便心怀对那片土地的眷恋和感激。此时心如止水，澄明而平静，半个世纪前在西双版纳的那块用绿竹和花朵、用美和爱编成的篱笆墙便清晰地倒映在我的心田里。岁月更迭，很多事已逐渐模糊了印象，只有那小小的卫生所——

"只有那篱笆墙，影子还是那么长……"

蝴蝶地雷

冯牧在他1961年所写《沿着澜沧江的激流》中第一句话就是

---

① "毫洛索"：糯米红糖做的傣族小吃。
② "摩雅"：医生。
③ "咪涛"：老大娘。"比朗"：大嫂。"比崽"：大哥。
④ "小卜哨"：少女。

竹楼、青瓦与春城故事

"我们决定坐船到橄榄坝去。"这里"我们",指的是他、我、还有时在部队的作家刘祖培。时间是当年的四月中旬傣家的泼水节。当时,冯牧从北京来西双版纳,单位要我陪同。他要到澜沧江下游的橄榄坝。我们决定坐船顺流而下。船是那种当地人叫"黄瓜船"的小木船,可容五六人。一上去就摇摇晃晃让人觉得很不安全。小船一离岸便在湍流、漩涡、礁石之间穿梭,这是一次生死考验,一路险象环生,当时年轻,毫无顾虑,还觉得好玩。此行,冯牧已在《沿着澜沧江的激流》里做了惊心动魄的描述。这里要说的是到了橄榄坝之后的事。

造物主像是要给我们压惊一样,让我们在橄榄坝看到了西双版纳另一罕见的自然奇观,即冯牧在他另一篇记述此行的散文《澜沧江边蝴蝶会》中描绘的"蝴蝶会"。这是我这一辈子见到的无与伦比的奇特现象!此前,足迹遍布半个中国的大旅行家徐霞客,唯一记录的一次蝴蝶盛会就是大理苍山蝴蝶泉边的"蝴蝶会"。在《徐霞客游记》里他写道:"泉上大树,当四月初即花发如蝴蝶,须翅栩然,与生蝶无异。又有真蝶千万,连须勾足,自树巅倒悬而下,及于泉面,缤纷络绎,五色焕然。"蝴蝶泉我去过,早春时节,是有这个景致,然有蝶也就数百只,"真蝶千万"之说,即使不夸张,起码现在也是看不到了。可我们在西双版纳看到的这次蝴蝶会,真的是"有蝶千万"。

那是我们去橄榄坝最美的寨子曼厅曼扎、曼春漫的路上。先是这几个傣寨的景色就让我们流连忘返。这是西双版纳最具代表性的热带田园风光。它的特色在于竹楼与竹楼之间不是连成一片的,而是用椰子、槟榔、芭蕉、杧果树……把一幢幢竹楼相隔开来。每幢竹楼都坐拥三五亩绿荫。每个寨子也就二三十户人家。村寨之间则是大片的铁刀木林凤尾竹林或婆娑的菩提树,而把这些绿荫联系在一起的又是绿茵茵的林间草地。蜿蜒的白沙小路像根白线似的,就这样把草地、树林、村寨"缝"在一起。空气透明而湿润。从天上到地下,干净得纤尘不染,你就是随地打个滚站起来,沾上的也只会是草叶或洁白的沙粒。我虽工作在西双版纳，这样美的傣寨也是第一次见到，从北京来的冯牧更是赞叹不已。

我们走在一片铁刀木环绕的林间空地上。眼前不时见几只蝴蝶翩翩飞舞，或三五只，或七八只。但是，眼前蝴蝶逐渐地多了起来。这种蝴蝶飞到头顶时，可见它的双翅是嫩绿的，当低于视线时，蝶翅的上面则是黄的，非常好看。从哪飞来这美丽的蝴蝶？树林里？我们只注意在头上寻找，冷不防走在前面的冯牧一声惊呼，变戏法似的，我们面前突地腾起了几百只彩蝶，一向拘谨的冯牧孩子似的挥舞着双手，笑着，抓着……蝴蝶怎么突然增加那么多呢？我把目光移到地下，这才发现，就在前面的白沙小路上，蝴蝶不是分散飞舞，而是在路上扎堆。目光所至，七八堆蝴蝶"堆"在地上。每堆都有足球那么大。我故意朝它们走去，"轰！"像是引爆了一个蝴蝶地雷，却又无声，只有黄绿两色的无数蝶翅冲天而起！冯牧、刘祖培也发现了，都忙着去"引爆"这些"蝴蝶地雷"，用脚、用手、用树枝一个个"引爆"，霎时间，这林间小路上千万只蝴蝶几乎到了遮天蔽日的程度！我们三人挥舞着双手欢笑着，追逐着，成了天真无邪的孩子，成了自然之子。终于累了，便坐在草地上欣赏。受惊的蝴蝶也平静下来，又复一堆堆落到地上。我们慢慢走过去看它们扎堆的地方，是有花？有蜜或别的什么？结果什么也找不到。大理的蝴蝶泉是因为有树花开如蝴蝶，所以才"勾足连须"，一串串垂到水面，西双版纳这次蝴蝶盛会是什么吸引它们，我至今也没找到答案。

几十年过去了，澜沧江边的这次蝴蝶会，只要我愿意回忆，那情景便历历再现眼前。我庆幸自己也许是亿万人中少数能见到如此奇特的自然景观的人。后来，我也曾去了两次西双版纳，也到了当年去过的曼春漫，竹楼变得漂亮了，白沙小路变成水泥路了，然而，蝴蝶却不见了。

突然想起庄周梦蝶的故事。我真想也变成一只蝴蝶，飞遍这儿的林间、草地，找到当年那黄绿相间的彩蝶们，问问：这几年你们到底飞到哪儿去了？为什么不留下来？你们还会再回来吗？

回来吧！让我们还是回到那晶莹的白沙小路上，回到那绿茵茵的树林草地间，像"地雷"那样爆炸，像礼花那样绽放。

到时，请一定告诉我！

2011年3月

版纳往事

古稀之年，要问我这辈子最值得怀念的生活是什么时候？回答是：20世纪的1956至1957年上半年。短短的不到两年时间是我一生中最平静、最充实、最美丽、最安逸的日子！

那时，我刚从省城的学校毕业分配到西双版纳勐养卫生所工作。勐养当时是十二版纳中的一个版纳（"西双"即傣语"十二"之意，"版纳"是行政单位），版纳政府建在公路一侧的小山坡上，靠近寨子的一座缅寺。过一条公路，就是卫生所、贸易小组、茶叶收购站什么的，全是茅草竹笆房。卫生所不错，是幢两层土坯墙茅草屋顶的房子，算是版纳机关中最好的。卫生所三个工作人员：助产士、一个初级卫生员和我。只开门诊。我是学历最高的"摩雅龙"（即傣语"大医生"），被安排住在楼上。楼下是门诊室、药房和女同志卧室。那时每个人的家当就一件行李、几件衣服。卧室是一床、一桌、一椅，尚未通电，配一盏煤油灯。走进去打开行李铺好床，找来几个纸药箱，把叠好的衣服放入纸箱塞在床下，几本书搁在桌子上，窗台上有点空隙，放洗漱用具和一套碗筷，这"家"就布置好了。并不觉得还缺少什么。一天两餐饭到版纳政府搭伙，余下的时间也无所谓上下班，什么时候有病人就什么时候看病，无病人就看书。要是有重病号就挂上药箱到寨子里出诊。每天每月的生活就是这样，似乎乏善可陈，单调无味，但我却感到非常满足。那时各种各样的政治运动尚未展开，没有人整你，因为是医生，还非常尊敬你。一个例子是公路边有个小餐馆，南来北往的旅客都在这里吃饭，生意火爆，炒猪肝回锅肉之类的菜看去晚了就没

·············· 竹楼、青瓦与春城故事

有了，但只要我事先打个招呼，餐馆老板就会给留下一份送上门。要知道吃上炒猪肝、回锅肉在那个年代可是大餐。

但我的精神食粮却非常丰富。我参加工作的第一个月工资36元，除留下15元做生活费外，几乎全订了书报，还汇款到北京邮购书店买书。当邮递员送书报来便是我一天最高兴的时刻！每天除了工作便是在阅读中度过。很多中外经典名著，很多文坛新秀，比如至今仍活跃在文坛的王蒙、丛维熙、邵燕祥、李国文、流沙河等等的作品都是那时读到的。

除了读书外，露天电影是当时唯一的文化生活。巡回放映的电影队来了，人们会奔走相告。晚上，小广场上支起了银幕，发电机突突地响着，四乡八寨的乡亲们来了，像过节似的，女孩子们发髻上插着香花，男孩子们披着毯子，提着手电不断地照着姑娘们，姑娘们哧哧地笑着，不知何时就被红披毯裹去了。版纳机关的职工们难得看一场电影，便也拿着小板凳和乡亲们共娱共乐，直到电影散场，田野里飘起歌声，青年们就着月色，踏歌归去。这是边寨的节日。

大多数没有电影的夜晚怎么过呢？读书。读到十一点后冲个凉，拿一管洞箫，星光月下静静地吹一曲《良宵》或《异乡寒夜曲》（此曲我至今不知何人所作亦从未听到过别的人演奏），一曲吹罢，夜风中静听天上的银河和远处的小河交相哗响，看一粒流星在如黑天鹅绒般的夜空中无声划过，然后入睡。午夜可以听到夜雾凝成的水滴嗒嗒地敲响芭蕉叶的声音。就这样，过完了一天二十四小时。

也许是去出诊。就在附近村寨。一个月有那么两三次。去的路上大步流星，风风火火，只想快点为患者解除病痛。那时西双版纳最常见的疾病就是疟疾以及一般的肠胃病，故而常常手到病除，给病人打了针、开了药之后就很自信地往回走。救死扶伤，得其所哉，这时的心情会非常好！常在夕阳西下时情不自禁地要唱一首苏联歌，也许是《小路》，也许是《田野静悄悄》：

静静的田野里，没有声音。只有抑郁的歌声，在远处荡漾……

这首本应是在白桦树、大草原和东正教堂上空荡漾的俄罗斯民歌，此时却在印度菩提、缅寺和竹楼村寨之间飘扬，感觉上是怪怪的。特别是当晚归的傣族姑娘用娓娓如诉的歌声应答时，那奇特的时空搭配，我至今想起来声犹在耳。

那唱歌的姑娘来到小河边，那里已聚集了晚归的男人女人们，他们一律地要在小河里洗个澡然后才回寨子。姑娘们把筒裙拽在腋下，随着水深渐渐提到上面，最终如头巾般盘到头上。小伙则背对着女性脱了裤子，捂住下体跳进河里。男女同浴的天体浴场那时是那么平常，纯真而美好。劳动归来的这种享受无疑是一天中最惬意的。

也有过节的时候。汉族的各种节日中秋节、春节什么的，也放假，卫生所里高兴了自己杀只鸡吃吃也就完了。倒是傣族的节日，宗教的节日或是傣族新年——泼水节，就非常热闹。常常是，天不亮寨子里的男人们就忙着杀猪宰牛，把肉按户平均分配。也不用称，就一张芭蕉叶摊在地上，一份份分。猪（牛）头脚，猪（牛）下水等等则在寨子边支起大汤锅熬成很浓的汤，直至肉骨分离，捞去骨头后，一大锅熬得发白的浓汤就这样作为米线的汤头，再配以各种热带香料、小米辣等等，其滋味无与伦比，享誉全国的云南过桥米线也相形见绌。那是我至今数十载再没有吃到过的人间至味。忆及那两年的愉快生活，寨子里节日中的这种大汤锅亦是我不能忘怀的。再伴以香醇的糯米酒和"赞哈"（傣族说唱诗人）即兴吟唱，那年月，群众的舒心日子和我的快乐生活交融到一起了。

还有一些意想不到的惊喜。那是一天的某个时候，会发现卫生所的篱笆墙上挂着用芭蕉叶包裹着的什么。打开来，有时是鲜嫩的凉鸡，有时是让人馋涎欲滴的腌菜，有时是香茅烤小鱼，有时是一种叫"豪罗索"的傣族年糕……这些礼物也不知是谁送的，就那么静静地排在竹篱笆上。竹篱笆上爬满了盛开的莴萝，乡亲们的一片爱心就这样被花朵簇拥着，是那样的美丽而又感人。

大自然的赐予也是那么慷慨。卫生所的外面有两株巨大的野杜果树，开花的时候，仿佛是巨大的花束插在门外，屋子里满屋飘香，果子成熟的季节，会引来一群群火焰似的太阳鸟，成熟的果子在鸟儿叽叽喳喳的鸣叫声中"笃""笃"坠落，高兴了就到树下捡来吃。

附近还有个水塘子，里面很多野生的鲇鱼。钓钩放下去不到三分钟就有鱼上钩，半小时能钓一小桶。有时候乡亲们也会送鸡来，于是星期天就"打牙祭"。自己弄黄焖鸡、鲇鱼汤。每次三个人都吃得非常痛快。这是很普通的菜肴，后来吃到过总觉得没那么爽口。

生活在自然风光绮丽、物质生活无忧、精神世界充实的日子里，我觉得很满足。不满足的是读书。也是那时，我开始了我的业余文学创作。1957年我的处女作《傣寨速写》在重庆的刊物《红岩》发表后，我一发不可收，从此走上了至今仍在继续探索的文学道路。1957年下半年开始，这条路就不是那么好走了，政治运动一个接一个：反右、"大跃进"、文化大革命……舒心的日子不再。和全国的知识分子一样，我陷入了一个又一个的政治漩涡中，直至改革开放。

改革开放近四十年，我和全国人民一样，物质生活是越来越好了，工资从参加工作时的36元提高到现在的数千元，有属于自己的住房，有各种家用电器、电脑手机……只要愿意，还可以周游世界。似乎什么都不缺了。但又觉得，失去了很多东西。

先是生存环境。再也见不到那如糯米粉似的湿润清凉的雾，那如水洗过似的蓝天，那滴银的皎洁的明月，那静得似乎能听到银河流淌声音的夜晚，那仿佛触手可及的如钻石般的星星……还有小河边、田埂上的野菜，还有水塘里任意钓起的鱼，"笃笃"坠下的野杧果和不断滋润着心田的乡亲们的情谊……

几十年过去了，我现在已经住在一个城市的七楼上。它是昆明，是春城。虽然它的蓝天尚未全部消失，但偶然也能看出灰黑的霾的踪迹了。从早晨到深夜，终日响彻着汽车、高音喇叭、工地上的推土机等等交织成的城市噪音。桌椅上的灰尘一天不抹就是一层灰。火柴盒似的居室，一间一间，把人与人分隔开，特别是商品房，大家以邻为壑，自成一统，过道上、楼梯间、电梯里偶然相遇，鲜少打个招呼。出门走在街上，行人如过江之鲫，那么拥挤，却又感到那么孤独，一时间觉得自己是再难适应这种节奏快速、信息密集、人际关系复杂、热闹而又纷争的社会了。

这种生活的巨大变化看来是社会发展、物质进步的必然结果。但是，是不是就必须要付出环境恶化和道德滑坡的代价？近日得知中石油要在春城附近建个大型炼油厂，想到未来的昆明更不知会变成什么模样？不禁回忆起当年西双版纳那生态和心态都异常纯净的日子。但我敢肯定，今天即使再回到西双版纳，肯定也不是以前那样了。

我因之常想，要是时光能够倒流，我愿意回到半个多世纪前那明净而又简单的往昔。

2013年8月2日

不死绿

　　真正地读到"原始"，不是在纸面上，是在西双版纳热带雨林里。我很惭愧我是在年届"不惑"时才懂得"原始"的雄浑和伟大，使我在逐"知天命"之年更加热爱生命的本色——一种不死的绿！

　　想想，从我们这个星球开始有绿色以来，它就被造物主毫不在意地、浓浓地抹在东经100度35分至101度30分、北纬22度20分以南的这片地方。它一切听命于生的需要。人类从未染指其间。一绿就绿了亿万年，一绿就绿到今天，是的，一株树，也有枯、荣、生、死，但对整片森林，这里只有繁衍，只有进化，只有那片片不息的绿。

　　从远处看，生命在这儿掀起的汹涌澎湃的绿涛让人惊骇。冰河时期的一种古老树种，八十多公尺高，有如绿涛中竖起的桅，当一朵白得耀眼的云如帆似的升起，它要驶向永恒了。这高高挺立于万树之上的栋梁啊，谁要知道它的名字叫"天料木"，便毫不怀疑那一方蓝天也是它撑起来的了。

　　走进这种林子，会很快被绿色融化而消失。天料木之下那些巨大的阔叶乔木如经，横穿于枝叶间虬龙似的老藤如纬，就这样编织成方圆数百里插翅难飞的绿色篷帐，分不清哪根枝芽长在哪株树上，哪片树叶长在哪根树枝上。

　　阔叶乔木下是更矮的灌木，灌木之下则是更纤弱的草本植物了。等而下之的是小小的、茸茸的青苔。它们如植绒般覆在树干上，覆在湿漉漉的石头上，读着它，会想起"苔厚且老，青草为之不生"的佳句。

时有清香飘来，多是寄生于大树上的热带兰花。想到移栽室内的菌花，抽出一、二箭令人惊喜的花蕾是那般艰辛，在这里却是东一丛、西一簇，如此挥霍着它们的美。既不在乎是否有人欣赏它那绰约的丰姿，也不在乎是否有人沉醉于那氤氲的芬芳，它只为显示生命的欢乐和自在。

便是死，在这里也是如此伟大。一株不知名的乔木活过了，衰老了，倒下了。我看到它的时候，它的枝叶已化为那厚如地毯般的腐殖土，只剩下两人合抱的树身横架在一条淙淙流淌的小溪上，为生命的前进逾越障碍，引得那些小小的蚂蚁和瓢虫们匆匆渡到彼岸。木耳、菌子、嫩蕨，当然还有青苔，长满它一身。它因能容纳异己，并以自己的躯体营养着它们而获得再生。

在这里，你若能荫庇弱小，便将拥戴成伟大。那些巨大乔木以粗壮的枝柯和浓密的叶子保护着下面的树种免受热带白热阳光的灼伤，比它矮的树们便以自己的枝叶为它储存更多的水分，提供它更充足的营养。它因之才君临于众树之上。

死的消亡中有生的萌发，生的伟大中有死的辉煌。生命在这里是这般相互依存，共同繁荣，这才创造出这不死的永远的绿。

在这浓厚的植被覆盖的底层，便是一方小小的滴绿的海芋也同样孕育着奥秘和隽永。它如大森林丝织的手绢，山风中亲切地向我摆动。

是接纳？且接纳我吧。让我脚下也长出根来，成一株小小的树，永远留在这里。

是奉献？且给予我吧。让我用它包一包绿带回去，给那焦灼和污染的城市。

《鄞城文化报》1994年12月30日

竹楼、青瓦与春城故事

鸡 们

我当乡村医生时养过几只鸡。不是买来养，是乡亲们送我的。这是他们最重的礼物，不收，他们会很难过，被认为是瞧不起。连鸡窝也是一个傣族小伙帮搭的，也就是几根竹架子，上面有挡雨的草顶，还有两个箩筐，铺点稻草供母鸡下蛋。

我很少喂鸡。鸡们扒虫子，啄嫩草，也不见饿瘦。卫生所后面是个榕树林子，各种各样的虫子多得不得了！特别是雨前，常常会有大群飞蚂蚁（白蚁），鸡们左扑右啄，吃得忘乎所以，直到消灭干净。有虫虫嫩草啄食，鸡自然也就很少吃粮食了。这种高蛋白喂出的鸡，肉质细嫩，鸡蛋大而香。我养着的这几只鸡各司其职：母鸡下蛋，公鸡司晨，甚至还充当卫士。

那是我有一天出诊归来的时候。拉开竹扉，一条又红又亮的大蜈蚣迎面爬来，速度之快，几乎让我躲闪不及，如果爬到脚上，后果不堪设想！正当我惊慌失措时，旁边的一只黑色大斗鸡从一旁飞扑过来，用它黑色如铁的喙，拦腰一啄。在地上甩打两下，便轻而易举地把蜈蚣吞下肚去。民间都说，鸡（特别是公鸡）是蜈蚣的天敌，我算亲眼看到了。黑色大斗鸡吞下蜈蚣后，威武地引颈长啼，我充满感激地给它撒了一把米，它似乎对虫子更有兴趣，又进到榕树林里去了。

几只鸡便这样和我和谐相处。想得起撒一把米或苞谷什么的，让它们换换口味，想不起也由它们去了。天热，鸡们甚至不进鸡圈，榕树树干粗大多横生，离地面近，晚上鸡都飞到树上睡觉，母鸡不到下蛋时也不进窝。

但是有一天，发现少了一只母鸡。好几天了，都找不到，总以为它们栖在树上，是被黄鼠狼拖走了。可西双版纳罕见黄鼠狼，也没听到叫。人偷？更不可能。那时的西双版纳，可以说是路不拾遗、夜不闭户。究竟是怎么回事呢？没答案，渐渐地我也就忘了。

突然有天门外有母鸡召唤小鸡的咯咯声。出门一看，正是那只丢了很久的母鸡，它身后八只小鸡绒球似的滚看过来。小鸡啾啾地叫着，在草地上四处滚动，可爱极了！显然，母鸡是在后面的榕树林子里自己找了个下蛋、孵蛋的地方，直到小鸡破壳了，才把这八只可爱的小鸡带到我面前。它要给我一个惊喜。

这就是自然。西双版纳往昔的生态在这种自然状态下，家养的鸡可以回归到森林里，像原鸡那样生活、繁衍，无须依赖人类；在靠近森林的一些村寨里，原鸡甚至会经常从森林里飞出来和寨子里的鸡一起觅食、交配。完了愉快地叫一声"茶花两朵!"①一副宾至如归的样子，一点不怯生。寨子里的人区分得出哪是家鸡、哪是野鸡，也习以为常，并不去打扰它们，一切就那么天然合理。

现在想起这些才突然悟到，所谓自然，只有把它作为一个动词去理解、去实现时，才是它的本质、它的境界。

《福州晚报》2011年1月11日

---

① 原鸡啼声如"茶花两朵"，故又名"茶花鸡"。

赕 坦

"赕（音dǎn）坦"，西双版纳傣语音译，是西双版纳小乘佛教的宗教活动之一。有点像汉族的庙会。只是汉族庙会俗事多、佛事少，杂耍、小吃、游艺……似少有供奉。"赕坦"则以佛事为主，之后才是亲朋聚会、喝酒欢歌。

西双版纳有寨子必有缅寺。是日一早，全寨善男信女备上供品香烛，到寨头的缅寺里跪拜佛主，供奉圣洁的贝叶经。贝叶经上用古老的巴利文①写着佛经故事或佛主的教诲。跪拜的人男女老少都有，陆陆续续，每家都会来人。他们静静地在烛光、香烟中听大佛爷诵读经文，缅寺里是一片虔诚气氛。

小乘佛教与大乘佛教不同，是很入世的。跪拜归跪拜，缅寺外面又别是一番热闹。跪拜完的男人们在河边、在林子里杀牛、杀猪、杀鸡，女人们做着各种小吃，还在竹楼下支起大汤锅，准备熬"牛烂糊"，为晚上丰盛的晚餐忙碌。

何物为"牛烂糊"？即把牛头牛蹄牛杂碎放大铁锅里熬五六个小时，直至所有的筋肉离骨，大块大块的，捞起骨头都不挂一丝筋肉，只剩骨架子扔掉。这锅汤便算熬成了。一锅乳白色浓稠的烂糊汤，其浓、其鲜、其营养可想而知。

但最美的还是吃法——打蘸水吃。妙在那大碗蘸水配以糊辣椒末、葱姜、芫荽及金芥等等不知名的热带香料的蘸水。把大块煮得烂熟的带筋的牛杂碎往里一蘸，其滋味、口感之独特，国宴的菜肴

---

① 印度梵文。

竹楼

怕也难比。主食是牛肉汤米线①或凉拌米线，也是鲜美无比。其间，要喝很多家酿的糯米酒，酒酣耳热之际，听"赞哈"②唱。或唱古老的《召树屯与嫡吾洛娜》，或即兴颂赞生活、爱情。唱到动人处，满竹楼的人都高喊"水！水！水！"③竹楼下，尤以寨头的小广场便是年轻人的世界了。小广场周围是卖小吃的，一张小篾桌，"毫崩""豪罗索"……各种傣家小吃摆在桌上；香蕉、菠萝、杧果、番石榴……各种热带水果则摆了一地。还有凉米线、卷粉汤锅，等等。小伙子和姑娘们可以在这里美美地吃上一顿凉米线，然后便去场子中间跳象脚鼓舞、孔雀舞，一拨去了，一拨又来；或到附近亲友家的竹楼上喝上两杯再来，于是象脚鼓声、铓锣声、歌声、欢呼声通宵达旦。也不烧篝火，也没有灯，一些喝了酒的小伙把颇具泰国舞蹈语汇的舞步即兴发挥，跳得像一套醉拳。多情的姑娘此时便围着他们，把细细的腰肢和手臂扭摆得像飘拂的水草。

是时，缅寺里的佛爷佛事也完了。年老的大佛爷到寨子里喝酒去了，年轻的二佛爷还有进入青春期的小和尚，也按捺不住来到欢乐的广场"串姑娘"。小乘佛教不忌讳这个。而姑娘们能被二佛爷看中是一种荣幸。因为二佛爷不管将来升为大佛爷，主宰全寨子的宗教事务，或是还俗，成为受人尊敬的"康朗"，对女人来说，能傍上都是很光彩的事。这种场合，见一个披红袈裟的和尚在"串姑娘"，用不着大惊小怪。

大块吃肉。大碗喝酒。欢歌劲舞还串姑娘。赕坦，它既是虔诚的佛事，又是个狂欢的节日。"食、色，性也"，这是非常人性化的。小乘佛教的教义顺应了这种人性。无怪乎傣家村寨之间，邻里之间，人与人之间自古以来都那么融洽、和谐。

---

① 一种云南小吃。

② 傣族行吟诗人。

③ 傣族的欢呼声。

班 章

知道班章，始于茶。那是二十世纪五、六十年代在西双版纳工作的时候。有天，有朋友送来用牛皮纸大信封装着的一包茶，说是勐海的班章茶。我知道班章出茶，长在老林里的几十棵古树茶，尤为稀罕。这种茶树可不是内地灌木状的小叶种茶，而是长在老林里的巨大乔木。它产量不多，每年三四月份采下来的春茶也就几百斤。当年西双版纳面向全国的茶叶市场尚未打开，当地有熟人还可以买到。现在可不行了，这种古树茶要上万元一斤。难得朋友送来这么一小包。开水一冲，满室飘香。这种香不是龙井、铁观音什么的市俗的香气，而是一种山野的清芬，呷了一口，有一种云南老茶客谓之"呛口"的口感。那是一种苦酽之后的齿颊留香，回甘的穿透力沁人心脾，经久不散。其他名茶都无这种"呛口"的口感，自那天喝过后，我想着有机会一定要到班章看看。这个愿望我在西双版纳十七年都没实现，到昆明工作后反倒有了机会。那是单位组织的一次采风活动，有十来个人参加，我去了。

车从勐海县城上布朗山。路是那种乡村公路，狭仄，没铺沥青。货车、拖拉机经常走，碾得路面坑坑洼洼，又是雨季刚到，一个坑坑就是个泥塘。还好没下雨，载着我们十来个人的大货车扭来摆去，沿途的山上几代人的刀耕火种，森林几乎砍伐殆尽，只在两山之间的沟谷还留着些水源林。下午三点多，总算到了班章，先看古茶树。离寨子不远还保存着一片森林，说古茶树就在那儿，我们迫不及待地赶了去。

在一片蓊郁的森林里，班章人指给我们看一棵又一棵的古茶树，它们隐藏在这片原始森林里已有上千年的历史了，每棵树高几十公尺，枝粗叶茂。没人指点，根本认不出来。班章人说，茶树靠大自然的阳光雨露、靠老林里的腐殖质土生长，不施任何肥料。采春茶的时候，可不像内地在茶园里采茶那么悠闲，采茶人得爬上树去，很辛苦，很危险。因为已过了采茶的季节，未能看到班章人采古树茶。但是当年的春茶，每个人住到老乡家时都喝到了。都赞不绝口！它微苦、涩，再回甜。独特的还是那种内地茶所没有的具穿透力的"呛口"感。

我们当晚是分散住到老乡家里的。我被安排在一个叫艾布龙的布朗人家住宿。这是一间很宽敞的竹楼。称它"竹楼"是沿袭过去的叫法。实际上房子并非用竹子建造，而是用砖、瓦、水泥、木材、玻璃等构成。楼下过去用来养猪鸡、关牛马的地方，赫然停放了一辆农用货车和一辆本田越野车。上了楼梯，竹楼还是依传统分隔成两间，里面一间是全家人的卧室。没有床。外面是客房兼吃饭、做饭的地方，火塘边锅勺碗盏和另一侧的21英寸液晶电视、影碟机、电饭锅及卷起来的卧具放在一起。楼下的两辆车和楼上的家用电器给我的感受是，一种迅速富起来的现象和传统的生活方式似乎很不协调地被糅杂着。我边喝着班章茶，边问艾布龙：

"这茶，现在卖多少一斤？"

"两万！"艾布龙说。

我大吃一惊。不过想到上好的龙井有卖十万乃至几十万一斤的，这班章上千年的老树茶老林里就那么几棵，产量绝少，珍稀，其品质也值。

艾布龙介绍，早几年班章茶也就在勐海买卖，百来块一斤，自从市场开放，班章茶在几次名茶展销会之后打响了。不少先知先觉的内地茶商不顾边地遥远、道路崎岖，亲到班章考察之后就包下来，价格连年飙升。现在，每年开始采摘春茶前几天，外省茶商都开上豪车坐镇班章抢购。是时，班章附近的村寨也把种植茶当古树茶，连夜带进寨子托亲友卖。班章人只好封锁路口，对本民族的亲友也不讲情面，茶叶只准出，不准进。为维护自己的商业利益，过去从不红脸，遇到纠纷，一竹筒白酒就解决问题的布朗人，现在也因为真假班章茶发生争执了。

"各个寨子的自己种的茶都带到班章寨当班章茶卖，你就赚不了那么多钱了。"我说。

"不是不是！"艾布龙连连摇手，"把别个寨子的茶说成班章茶，这是骗人家的钱，不好。阿公阿祖从不准我们这样做。"

艾布龙捍卫的是一种古老的价值观。

艾布龙告诉我，这几年，茶叶价格年年涨，寨子里的人大多盖了新房，买了汽车、电视机、手机什么的，都有存款。

"楼下的两辆车都是我的，"他笑着说，"房子盖了，车也买了，我还有上百万的钱，不晓得怎么用。"

差不多十点，艾布龙为我摊开卷着的行李，入乡随俗，也没洗漱，就这么睡了。

第二天一早，天还没亮，小雨加雾，外面什么也看不见。一早起来，先得解决内急的问题，赶忙下楼，艾布龙似知道我要找厕所，说：

"出了寨子，哪里都行。"

"没厕所？"

"在山顶上呢。我们不喜欢用，臭。"

走出寨子，只见山野里星星点点手电筒的光，知道都是我们采风团的人在解决内急的问题。

要上山顶去厕所，找不到路，且已急不可待，没办法，就路边找个地方匆匆了事，狼狈至极！

回到寨子，乡亲们听说我们要走，都赶来相送，一路上，他们开着越野车、农用车、微型车、拖拉机，行进在坑坑洼洼的山路上，摇来晃去，像扭着秧歌送我们……

这是前几年的事了。现在回忆起来，班章茶、古树茶、新竹楼、楼内的电器、火塘、卷起的卧具、楼下停放的两辆车，以及第二天一早起来内急打野的狼狈……还——一如在眼前。想起了法国博物馆专家莎瓦兰的一句话："这种自然经济下的和谐生活，在市场经济冲击下是脆弱的。"布朗上千年的自然经济——农耕文明，因茶而受到市场经济的猛烈冲击，从价值观念到生活方式正在发生着或者将继续发生变化，不仅有车、住房，而且可以肯定道路、厕所以及观念……一切都将因他们的富足而变得与先辈迥然不同。

《文汇报》2015年6月27日

青瓦

母亲的苞谷粑粑

　　我小时候家里比较贫困。父亲早年外出，不管家，全家的生活就靠母亲做豆腐维持。上有年老多病的祖父母，下有从小寄居在家里的两个堂叔和一个堂姐。七口人吃饭，只靠母亲摆豆腐摊子，其困难是可以想见的。

　　我记得每天清早，启明星还在闪烁时，母亲就把两个叔叔和姐姐喊起床。叔叔常是上山砍柴，母亲则和姐姐一道，拐着一双小脚，挑一对大桶到井边汲水，直到把一个很大很大的木水缸装满，然后就把头一天奶奶拣好的黄豆泡下，到黄昏时豆泡软了，便点上一盏小小的油灯开始磨豆腐。

　　厨房里有一盘很重很大的石磨。它架在一个用半根大树干挖成的木槽上。姐姐和母亲，有时是叔叔们分站左右，一齐握住石磨的手柄转动。母亲另一只手还要不停地用小勺往磨嘴里倒进一些黄豆，磨碎的豆糊便通过木槽慢慢流到桶里。然后用一块白布多次过滤分离出豆浆和豆渣，再把豆浆煮熟，加石膏，使蛋白质凝固，点成豆腐脑。最后一道工序是把这些豆腐脑包起来放在一个木框架里，压上半片石磨，第二天一早，一方鲜嫩的豆腐便做成了。

　　我至今清楚地记得这些工序。因为年年月月，童年的每一个晚上，我几乎都是和母亲一道在厨房里度过的。为了节省灯油，母亲常让我就着灶里那通红的火光念书。唯一的一盏小油灯则高挂在墙上，照着他们做事。我在灶门口读《初级小学国语》课本和《九九歌诀》，读"子曰：'学而时习之，不亦说乎'"，读"混沌初开，乾坤始奠"……在石磨柔和的嗡嗡声里，这琅琅的书声常使母亲满是汗珠的脸上露出欣慰的笑容。

做豆腐，越磨得细越出浆。为此，母亲他们常常一推磨就两三个小时。紧接着还要滤呀煮呀。母亲脚又小，那是因为外婆年轻时那双大脚常被人嘲笑而发誓"争口气"的结果，这使母亲从童年起就吃尽了缠足的苦头。她干起活来颤颤巍巍的老给人一种重心不稳的感觉。但母亲始终有用不完的力气，为解除疲劳，她有时还会哼一支当时在我听来是颇为奇特的歌：

"唧唧复唧唧，木兰当户织。不闻机杼声，唯闻女叹息……"

母亲只粗通文化，我至今搞不清楚她是否上过小学或私塾，或后来自学过？更奇怪这已谱好的《木兰辞》她是从哪里学会唱的？能懂那意思吗？虽然白族素以文化发达著称，但在一个不通公路的山沟里，这委实是令人奇怪的。

她甚至还懂朱柏庐的《治家格言》，放寒假时一定要我读。那晚照例做豆腐，母亲趁煮豆浆的间隙把我叫到灶口，就着火光递给我一本发黄的线装书：

"学着念念，照书上说的做，这是教人学规矩的。"完了又说，"明早跟你叔叔上山挑柴。对门的贵梁也去。放寒假了，要上上老学（古典文学），帮家里做点事。"

"我挑不动。"

"空走一趟也行。"母亲坚持说，"你看这本书怎么说的：'一粥一饭，当思来之不易；半丝半缕，恒念物力维艰。'"

我记得母亲在背诵这两句"治家格言"时很严肃。她是否读过这本书或只听说过其中一句，我后来一直没问过她，我当时也只一知半解。只模糊觉得：她是要我学会吃苦，不要怕吃苦。

可我偏偏是个怕吃苦的孩子。这也许是因为我从小体弱多病。据说，生下来"哭声像小猫似的"，都以为活不成了，母亲又因产后缺奶，祖母便抱上我四处讨奶吃。这么个拖累大的孩子，老人自是特别娇惯。母亲却主张什么都要从小锻炼。"越闲越懒，越做越勤。"她说，"别怕苦，就什么都学得会。"

"我没有晌午饭。"我咕噜着，老大地不愿意。

"妈这就给你做。"

再找不到借口了，明天，不可避免地要上山劳动。我很不高兴，百无聊赖地翻阅着"治家格言"，根本不理会什么"一粥一饭，当思来之不易"，也不管母亲给做什么吃的，第二天在山上一条小溪边吃午饭时，才知道母亲为我准备的只是个烤苞谷粑粑。失望之余，我赌气不吃，看叔叔们吃得那么香，肚子禁不住咕咕直叫。

"你试尝一口。"叔叔说，"这可不是一般的苞谷粑粑。"

叔叔掰了一块给我，耐不住肚子咕咕直叫，我勉强吃了一口，才发现这粑粑确实好吃。它入口泡酥香甜，像发面烤的，又不像。就着那清清的山泉水，我一口气吃完，始终尝不出母亲在里面加了什么东西。

那一天我还是歪歪倒倒地挑回一担柴火。看对门的贵梁比我挑得多，走起路来还那么神气。我可是一到家就皮塌嘴歪地一副狼狈相。祖母看见，心肝宝贝地一个劲儿埋怨母亲不该让我上山。我馋的还是只想着母亲的苞谷粑粑，问母亲到底在里面加了些什么东西？

"你那是饥饿好吃。"母亲只笑着说了一句，"想吃，妈今晚再给你做。刚好有新鲜苞谷面，做出来会更好吃。"

黄昏，点上小油灯，又该是推磨做豆腐的时候了，母亲含笑道：

"让我们一起来做苞谷粑粑吧。"

"怎么做？"

"先帮着推磨。"她神秘地说。

尽管白天挑柴火双肩疼得要命，但一种孩子的好奇心使我很想知道磨豆腐和那苞谷粑粑有什么联系？母亲是不是在磨的时候放了点什么？然后……我奋力和母亲推起磨来。我原以为，推磨一定是很轻松容易，捏住磨把，绕圈儿就行了。谁知那磨一动起来就不听使唤，那么吃力，反倒把母亲累得疲惫不堪。

她只好停下来教我：推磨推磨得先推后拉，两人一配合默契，推起来就轻松了。我再一试，果然如此。慢慢就和母亲合拍了。真没想到，就连看来很简单的磨豆腐，里面也有学问呢。

豆腐磨完了，照例是过滤、煮浆，一切和往日一样，没有什么特别的地方。我一直像看变把戏似的，等着看母亲做苞谷粑粑的秘密。终于，豆浆滚沸，母亲让姐姐拆去灶火，拿过木盆，舀来半盆苞谷面，随手再添上几勺煮得又香又浓的豆浆，便开始和面。

啊哈！奥妙原来在这里：浓豆浆拌新鲜苞谷面，再放进火灰里慢慢烤，怪不得烤出来的粑粑表面金黄，内里雪白，皮脆心酥，又香又甜。也许是因为现烤现吃，那一晚的苞谷粑粑特别香。我不顾烫手烫嘴吹去火灰，一口气吃了一大个。以往，我早上上学，奶奶总是要给我煮个蛋，或向母亲要钱到街上买一个糍粑做早点，很拣嘴的。这一天之后，我要母亲每天就给做一个苞谷粑粑做早点，母亲总是在每晚做豆腐时顺便做一个埋在火灰里，第二天刨出来热腾腾、黄澄澄的，就那么边吃边上学去。

几十年过去了，我到过不少地方，尝过不少风味小吃，还有什么"汉堡包""热狗"之类，却始终再没吃到过母亲以豆浆和苞谷面烤出的那种粑粑。和她哼的《木兰辞》一样，我到现在也弄不清她是从哪里学到这种既简单又可口的点心制作法。没准是她多年卖豆腐、做豆腐得来的灵感吧？我还寻思，今天，谁要是在街上摆个小摊，专卖这种家常粑粑，只此一家，没准能发财呢。

豆浆无疑是一种高蛋白饮料，据说其营养价值远远超过牛奶。大豆，历来是我国农民、特别是东北农民蛋白质的主要来源。而苞谷呢，在中国一直是被当成登不了大雅之堂的粗粮，然而在它的原产地南美，把它当做主食的印第安人却因这种作物而活得非常健壮。这两者合在一起，其营养价值无疑是很高的，并且非常可口。那玉米香和豆香混合的特殊香味儿，至今似乎还留在齿颊之间。母亲为什么要让我上山砍柴，晚上又安排我帮着推磨？那一晚她什么也没说，但和在苞谷粑粑里的那份爱和希望，我却是在成年之后才慢慢品味出来的。

　　现在母亲年事已高,这些事未必记得起来。我却永远记住母亲的苞谷粑粑,并常讲给孩子们听,他们却只窃窃地笑。诚然,他们从小在城市里长大,只知面包、巧克力,近年还知道一个什么"可口可乐"。但我倒是希望他们什么时候也能回到大山里去,喝一口清泉水,吃一口苞谷粑粑。这绝不是搞什么"忆苦思甜"。我总以为,事物不管怎么样发展、变化,追本溯源,那根本的东西将永远存在。今天人们的观念(包括消费观念)随着社会发展理所当然地要更新,但中华民族几千年留下的那种传统美德是无论如何不会丧失的。这正如食品工业再发达,黄豆和玉米总不会被淘汰一样。事实上,美国人今天最普通的小吃还是他们先辈进入美洲大陆时吃的爆玉米花。

　　我们有什么理由不怀念母亲的苞谷粑粑呢?

1986年夏末写于海埂

漕涧记

　　我的故乡是滇西万山丛中一个叫"漕涧"的小坝子，属大理白族自治州云龙县。它很小，在过去一些地图上甚至找不到它的所在，但地理位置却非常重要：是进入世界第二大峡谷——怒江大峡谷的必经之地。高黎贡山、怒山南北纵横，其间夹峙着怒江和澜沧江，漕涧正在这两山两江中间。从地图上看几乎是等距离的。地图上满是密密麻麻、大大小小的居民点，一个居民点在1:5000000的地图上居然如此准确地定位在地球上两座有名的高山和两条有名的大江之间，这也还罕见。故乡这个狭长的小坝子有其独特的气候：一是高原雪山的阳光和强烈的紫外线；二是多变的风云和充沛的雨量。皆因流入太平洋的澜沧江和流入印度洋的怒江，两洋季风沿两江峡谷北上，就在漕涧一带与青藏高原南下的冷空气交汇，形成凉爽而又湿润的气候。丽日蓝天下，风起云涌时，一朵朵白云跑得快，变得快，像影视里的特技画面。可只要往南一出漕涧坝子，沿途就再也见不到这明亮的阳光和蓝天上飞驰的白云了。真是"十里不同天"。

　　儿时我喜欢云彩。在坝子北面一个叫"马会坪"的地方。春天，随外婆、姨妈、母亲到马会坪找酒药。我至今不知道那些酒药的植物学名字。只知道把这些酒药发酵后用以酿酒，醇香无比（这些酒药想已失传）。马会坪有很多这种酒药。马会坪同时开着很多野花。现在我知道那红的是杜鹃、紫的是龙胆，还有一种叫"清明花"的遍地开的小草花。我和两个表兄躺在花丛里仰视白云，偶然会惊动一只云雀冲天飞起。云雀很小，它的飞姿很别致。白鹤、天鹅起飞前要助跑，然后才腾空。而云雀则像直升机那样垂直起降，并且一离开草地就开始不停地叫："唧滴滴！唧滴滴！"向着一朵白云扶摇直上，声音越来越小，影子越来越小，突然"唧"一声坠落到草丛里，歇息一阵之后又重新叫着起飞，显得很执着，很自信。"雀"与"云"在一起，既清且高，于这小鸟很准确，这小雀儿的确可爱。

那个季节里放风筝也挺好玩。清明节放风筝是孩子们的一乐。马会坪也是放风筝的好地方。风筝是自己扎的。孩子们扎风筝，心情很像鲁迅写的《风筝》。我那时玩的风筝只有两种。八卦风筝和瓦片风筝。八卦风筝就是两个四方形交叉扎在一起，像以色列国旗上的图案。瓦片风筝干脆就是长方形，北京人管这种风筝叫"屁股帘儿"，即婴儿兜屁股的那块布，挺形象。

清明节那天，孩子们雄起起地背上个风筝，跟着带香烛纸火、酒肉祭品的大人们。街上常见这种队伍。上坟在故乡既是祭祀祖先的礼仪，也是农家的一次休闲野餐。大人做饭、扫墓，孩子们就在草地上放风筝，直到把线放完。然后折几个小风车儿，从终端穿过去，风车就会旋转着，沿着线飞向高处的风筝，很好看。这种玩法我至今尚未在别的地方见过。

除了清明节，还有个"接佛"也是忘不掉的。所谓"接佛"就是把供在庙里的菩萨、神祇，接到各村寨供奉两三天。我们那里只接两尊佛：一是观音菩萨，在农历二月初八；二是接本主（时间记不清）。所谓本主，是一个地方的保护神，他通常是那个地方带点传奇色彩的人物。我们地方的本主那牌位上的头衔很怪，小时念通过，至今再也没忘记。道："三崇本主建国鸡足皇帝"。三崇，是指家乡最高的山峰三崇山。"鸡足皇帝"里的"鸡足"当指滇西佛教名山鸡足山吧？这本主一家六口，均为坐态，金粉彩绘。本主三绺长须面带微笑，很平民化。他两掌交叠，持玉圭于胸。"皇后""大公主""小公主"亦如是。只有"二太子""三太子"手持利剑。"三太子"看上去年龄和我们一般大小，三只眼，捣蛋而神秘。迎神仪式开始，在一片"咚咚"的大鼓和"呜呜"的吼叫声中，本主一家被一个个请下神龛，放在木椅上。本主和"皇后"由四个壮汉抬着，其他由少年们抢抬。就这样敲锣打鼓，吼着叫着，把本主一家迎到小镇中心竹笆搭成的棚子里祭祀。一路上，"三太子"是孩子们争着抢抬的。大家说，抬了"三太子"走几步就会消灾免难。孩子们抢抬"三太子"，却是因为这显得很威风，很光彩。于是三五结群，一个人抬，几个人掩护，难免因此扭打，直到大人们干预。我儿时弱小，但很有号召力，比我大的孩子抢到不抬让给我，他们宁愿为我保镖。我要肩膀压酸才换给别人抬。

本主送回庙里不久就该接观音了。观音那慈祥的中年妇女造型全国都一样，唯有我的家乡供奉的观音，是个笑眯眯的白胡子老头。据说这是观音变化无穷的化身。仍为木雕坐态，身披袈裟，右手拄棍，左手捧个葫芦。他（她）微笑着，慈祥而又孤独，只有一条小黄狗陪伴着他（她）。那小狗胖嘟嘟的，雕得非常可爱，更可爱的是还有一个小雀雀。于是这小狗又成了"接观音"时孩子们争相抢抬的对象。

本主吃荤，祭祀用三牲酒礼。观音吃素，只能供斋饭。早点则用汤圆。跪拜完毕，大人们要拿一个小汤圆在小黄狗的小雀雀上沾擦一下，再给孩子吃。说吃了肚子就不疼了。按今天的说法叫增强免疫功能吧。效果如何，不得而知。孩子们吃着沾过小雀雀的汤圆，津津有味倒是真的。

去年春节后回到故乡，很想看看儿时留下深刻记忆的这些地方。三崇本主庙和观音寺早已荡然无存，说是毁于文化大革命。只可惜那些不知是何年代雕成的巨大木雕神像，那造型之生动、古朴，留在今天，绝对是了不起的古董。儿时印象中那很宽很长的老街道现在看起来又窄又短，有如城市里的一条小巷；那捉迷藏的下水道早已干涸，过去有钱人家的四合院看起来也那么小，破旧的门窗，丛生的瓦扉，已经受不了几年风雨。整个给人一种衰败和被遗弃的感觉。马会坪也建起了一幢幢新的楼房，自然，没有红的杜鹃、紫的龙胆和风里轻轻摇动的大片大片的小草花了。云雀也不知飞到了什么地方。

曾经有的，没有了；从未有的，有了。故乡的变化实在太大。

只有蓝天、白云、明月这些暂时无法变更的依然存在。于是我又看见了儿时蓝天上那跑得快、变得快的云朵。我像儿时那样长久地凝视着天空，像见到久别的故人。

晚上，皓月当空，和同来的朋友走在乡间小路上，朋友也禁不住高声感叹：

"多么美的月亮！"

我仔细打量，她确实是我儿时的那轮明月。

2002年11月

一大一小的回忆

中年一过，人就喜欢回忆。"少年乐新知，衰暮思故友。"回忆未必都在中老年，也未必都忆及人，一山一水、一草一木，于有情者都能引起回忆。

我就常忆及一架大山和一只小鸟。

山是横断山脉的那种大山，山体很厚很厚，山脉很长很长，站在高处极目远眺，真是"五千仞岳上摩天"！那无边无际的山峦仿佛都争相往上长。山，在这里变成海，滔天的波浪被凝固、被定格了。平地突起的岱岳很雄伟，与之相比也缺少这种群体气势，难怪一位北方诗人惊叹："这才是真正的山！"

而鸟呢，却很小很小，我至今毫无印象。因为准确地说，我还没见过。绿翅？红羽？或是麻的？它叫声稚嫩，从音量判断，充其量只有麻雀大。至今，这只闻其声而不见其形的鸟儿，连叫声也就听过那么一次罢了。

那是儿时某年春节前夕，家乡人都习惯到山间的温泉洗澡。找匹马驮上行李吃食，扶老携幼，在山箐背风处用树叶和茅草搭个窝棚住上一两天。晚上，老人泡温泉、治风湿；白天，年轻人到山里撒野，老老少少都玩得开心。可进山的路很辛苦。那么高的山，到山脚我就走不动了，由大人们轮流背着，有时，也坐到马驮子上。

小时叫"东山"的那整支山脉，在坝子里抬头看时，还能看到它一个个山顶或白云缭绕，或冰雪皑皑，山腰上或挂下一匹银色瀑布，或点缀些烂漫山花，加上铁青的峭壁、墨黑的森林，多姿多彩。走到山脚，这一切全看不见了，一片暗绿的大雪杉便是视野的

　　　　　　　　　········· 竹楼、青瓦与春城故事

全部，站在几围粗的树干下，我像一只小蚂蚁似的，可这雪杉林子，于家门口看时无非是一大堵墙壁上指甲壳那么大的一小片青苔。

穿过雪杉林子，我们不是向"山上"走，而是向"山里"去。要想径直地攀登，前俯的鼻尖怕要碰到大山了。便只有在两山之间沿箐沟向"里"走。所幸温泉在"山里"，而不在"山上"。

山箐里两山各长出大大小小的树和藤萝，帐篷似的，罩住一条看不见的山溪。山里静极了，只有当山风轻轻地掠过树梢时，才听到树叶的沙沙声，仿佛是大山平静的呼吸。

沉默，使大山变得更加威严和雄伟。

突地，传来一只小鸟的叫声：

"嘀——哩——噜——"！"嘀——哩——噜——"！一忽儿像是在箐沟里的一棵树上，一忽儿又像在对面那架大山的山坡上。好听极了！我真想要，却怎么也找不见。母亲说，这叫吹箫雀，很小很小的，一张树叶就能把它盖住，少有人见到这种小鸟，更别说能逮住它了。

"嘀——哩——噜——"！"嘀——哩——噜——"……这叫声反反复复，没有变化，简单、明了、纯净，又有一种说不出的悠扬和润嫩。声音从哪里传来，我就把目光投向哪里，看到的只是对面山坡上的大树杜鹃，这开满碗大红花的巨大乔木，在硕大的山体上只像支小火把似的；由亿万张树叶染绿的山箐，在两座高山之间也成了一条细细的绿线。山太大，鸟太小，我终于没能找到这只小鸟。此后，从长白山到岭南，这种鸟的叫声我就再没听过。

但我常常回忆起这只欢乐的小鸟。尤其在我失眠或早醒的时候。脑子里总会出现故乡那气势磅礴的沉默的山和与之相伴的这找不到影子的小不点儿。它不在乎叫声的微弱，更不在乎是否有人听到，就那么一声声地叫着，声音清晰而又悠远："嘀——哩——噜——"……

一声，一声，脑海里便出现故乡那"天欲坠、赖以柱其间"的

青瓦 ··············

51

大山、瀑布和山脚下的雪杉林子，还有两山之间碧绿的一线深箐，大山上小火把似的燃烧着的红杜鹃，甚至山的平静的呼吸也仿佛依稀听到了。这种回忆进而升华为一种情绪，亲切得让人心疼，宁静得叫人流泪。我不怀疑这种情绪可以在任何生态环境很好的山野里都能感受得到，但我可以肯定，母亲把它叫做"吹箫雀"的那种小鸟是别的地方所没有的。由这小不点以大山为背景发出的那清纯、悠远的啼鸣所产生的特殊听觉效果和因这唯一的一只小鸟的叫唤而更显沉静、安详的大山，在我，于别的地方也再没听到、看到了。这是近乎《老子》中所说的那种"大音希声""大象无形"的境界。

于是便只有回忆，于回忆中进入这种境界……

几十年过去，如今身居闹市，有时也听到鸟叫的，那是邻居养在笼子里的画眉。画眉的叫声复杂而多变，不知是因为听腻了，或者是它叫得太花哨，我不喜欢。尤其是一大早在附近工地混凝土搅拌机的隆隆声、汽车刺耳的喇叭声，加上不时"有废旧东西找来卖"的吆喝声混成的背景上，突地出现画眉那艳丽的鸣叫，总觉得有一种"先锋"或"后现代"的感觉。之所以有这种滑稽的想法，是因为本应附丽于山野、林泉的鸟鸣被残酷地淹没在恶浊的市声里了。失去鸟儿的山野是寂寞的，失去山野的鸟儿就更显得悲哀。

想到这些时便只有看书。一篇科普文章这样告诉我：云南的横断山脉是年轻的山系，和喜马拉雅山一样，它还在不断地往上长。半个世纪了，故乡的大山到底长高了多少？恐怕只有学地理的、搞测绘的才会知道。

那么我的吹箫雀呢？相对地会更见其小了。它当然不知道大山在往上长，但我知道它还会在大山里"嘀——哩——噜——""嘀——哩——噜——"地不停地叫着，自得其乐。

1997年1月

新奇的节日

我的家在云南省大理白族自治州云龙县一个叫漕涧的小乡镇。白族是一个文化发达的民族。受汉文化的影响，春节、中秋节我们也过，当然还过本民族独具特色的节日。"澡塘会""迎本主""接观音"……是白族孩子最喜欢的节日！几个节日都集中在春天。春节一过，在内地，慢慢地就得转入备耕了；在我们那儿，才开始过白族最热闹的节日呢。

先是"迎本主"，孩子们要去争抬"三太子"。

接着是"接观音"，孩子们关注的是那只可爱的"观音狗儿"。

最后是一年中最欢乐的"澡塘会"。

"三太子"与"观音狗儿"

白族的村寨大多有本主庙，供奉着本乡本土的本主。本主不是某个宗教的神，也不是内地庙宇里常见的那种菩萨。本主只是所在地的守护神，多是这个地方历史上最受尊敬的英雄，死后便被乡亲们奉为本主。所以各地的本主都不一样。我们家乡的本主据说姓段，我记得那神牌上写的封号是"建国鸡足皇帝"。我不知道这个本主在历史上是个什么人物，只记得那是真人般大小的木雕，八字胡，咧着嘴，笑得挺慈祥，通体用金粉刷得金光闪闪。还供奉着他一家其他六口人：娘娘，三个太子和两个公主。

那"三太子"多可爱啊！他端坐在椅子上，头戴金冠，举着一把出鞘的剑，一看就是个小淘气。最难忘的是额头正中还有一只亮闪闪的眼睛，使这勇敢的小淘气更具神秘感。所有的小朋友随大人到本主庙敬香时，都怀着一种亲切而又敬畏的心情看着坐在父母身边的这个小淘气，企求到正月元宵节"迎本主"的时候，能抬上他几分钟，那真是一年中最幸福的时刻。那会使人消灾免难、无病无痛。老人们都这么说的。

和"三太子"一样深受孩子们喜爱的还有观音庙里的"观音狗儿"。那是在农历二月初八"迎观音"时才有机会摸得到的。我们所见到的观音大士一般是一位美丽慈祥的女性，我们白族供奉的观音却是个慈祥的老爷爷。但这不奇怪。传说观音法力无边，她可以以男女老少各种形象出现。我们白族的观音还是个孤独的老者，只有一只小狗伴随着他。可他乐呵呵地笑着，挂着根拐杖，就像个白族爷爷。

那小狗长得也非常可爱。是只小黄狗，胖嘟嘟的，短腿，一副憨头憨脑的样子。脖子上还有个小铃铛。你可以想见它跑起来那副蹒跚模样，和它脖子上的小铃铛"丁当、丁当"的响声。当然，"观音狗儿"也是吉祥物，和"三太子"一样，也是迎神时孩子们争着要抬的。

我记得"迎本主"是元宵节前后，"迎观音"则在二月八日前后。先从最靠近庙宇的村寨迎出，各村寨轮流去接来供奉。本主三天，观音两天，由最后一个寨子负责送回庙宇。

迎本主和观音的仪式是很隆重的。先在香火缭绕的殿堂里跪拜、祭祀，然后大人们登上神坛，把沉重的木雕神像一个个放进坚实的木轿子里，拴紧。这时鼓乐齐鸣，人群里发出"噢——"的低沉的吼声，并伴随威严的大鼓声。大神像由四个壮汉抬，小神像由四个青少年抬。而"三太子"则是孩子们争抬的对象。"迎观音"，孩子们争抬的是小"观音狗儿"。它也是木雕的，一个孩子抓住它的一条腿，扛在肩上就是了。

为了给自己带来福气，男孩子们争抬"三太子"和扛"观音狗儿"非常激烈。他们常常三个一帮、五个一伙，有的抬，有的保

竹楼、青瓦与春城故事

镖。即使这样，也只能抬、扛那么一小会儿。若不靠大家，单独一个人休想沾到边。因此孩子们在争夺中发生口角、打架，也是常有的事。

我那时是小伙伴里最小的，却是最受尊敬和保护的。因为我读书的成绩好，而且还会背诵《三字经》和《唐诗三百首》，会讲《西游记》，这是连那些大孩子也不会的。所以迎本主和迎观音时，他们抢到了就先让给我。

不管是四个人抬的"三太子"，抑或一个人扛的"观音狗儿"，我都觉得挺沉，压到肩上很痛。但我不能身在福中不知福，不能做出窝囊相，只有雄赳赳气昂昂地硬支撑着。看着周围一双双露出又羡慕又气恼神情的眼睛，我真是得意极了！直到我们一伙都轮流抬过一遍，直到想抬的孩子喊来了他们的父兄，又哄又求地说好话，我们才神气活现地让开。

本主或观音迎来后，供奉在小广场上一个用宽大的篾笆围成的临时神坛中，供每家每户祭祀。本主吃荤，供三牲酒礼；观音吃素，只供素菜。还要供元宵即糯米团子、汤圆。我至今弄不清为什么大人们供完汤圆后总要用筷子夹出一个，在"观音狗儿"的额头上擦擦，又去它的小雀雀（它是只公狗）上沾沾，然后带回去给孩子吃。所以，那只胖嘟嘟的可爱的小狗浑身金黄，唯有额头和它的小雀雀被擦得亮亮的，露出木头纹路。

我当然吃过那在"观音狗儿"的小雀雀上擦过的汤圆，但至今想不起它有什么特殊的味道。

澡塘会

把本主和观音送回各自的庙宇之后，就该是春暖花开的春天了。这时节在我们那儿极少下雨，白天春日融融，就早晚有点料峭春寒，这正是洗温泉浴的好季节。

我们那里温泉很多。最有名的叫"下澡塘"。开春，到下澡塘去洗澡几乎是大多数人家都得考虑的。去的人多了，自然形成一个小集市，便是"澡塘会"。

下澡塘其实是山林中的一片高低不平的野地。因为来一次起码要住两三天，所以来洗澡的人，都带上行李和吃的。人们来到这里先选择一丘收割后的稻田，卸下马驮子上的行李和吃食、炊具，便要到附近的森林里砍些树枝，搭起一个小窝棚。再到稻田里捡些稻草铺在窝棚里，再铺上行李，那是非常暖和的。大人们正忙着的时候，孩子们首要的就是到温泉里煮鸡蛋吃。

温泉在碧绿的森林里。有几股温泉从一座悬崖上冒出，形成温泉瀑布，从悬崖上跃下，只见如盆般、碗般大大小小的温泉，轰轰然发出雷鸣般的声音，腾起了一团团热气，带着硫磺味扑面而来。在温泉瀑布下面形成了好几个"澡塘"。洗澡必须男女分开，男的白天洗，他们洗澡还钻到温泉瀑布里，让热水打头、打腰。那盆大的一股水直打得人摇摇晃晃的，可大人说，这能治头疼和风湿。

孩子们不去洗澡，爬到悬崖顶上，把带来的鸡蛋用毛巾一包，放到一百度以上的温泉里，一会儿，那鸡蛋就熟了。温泉煮的蛋，吃起来特别香。

然后便要去集市上买吃的。来赶"澡塘会"的小摊贩们在这里，用树叶搭起小凉棚，有卖麦芽糖的、卖豌豆粉的、卖糯米粑粑的，还有卖雪的。那雪是从高山上背下来的。吃时用个铁勺子刨出来，用手压得实实的，像个饼，再浇上又浓又黏的红糖汁，它无疑是农家孩子的冰淇淋了。这是在山野里疯得满头大汗的孩子们最喜欢吃的。

晚霞里，篝火旁的野餐很有味道。小铜锅焖出的新米饭、野菜汤，还有祭山神之后的白斩鸡和腊肉，使平时很难吃上肉食的农家孩子馋得直咽口水。

吃罢晚饭，天黑了，轮到女的去洗澡。母亲们常把十岁以下的小儿子也带去。他们要陪老祖母"压澡塘"。就是在澡塘子里枕着边上的青石板打盹，泡一个通宵。"压澡塘"是听母亲和老祖母讲

竹楼、青瓦与春城故事

故事的好机会。这是我愿意去"压"的原因。那的确是一种难忘的经历：在朦胧的月光下，林木、山峦忽隐忽现。四周静静的，可以听见温泉中的水泡咕嘟嘟一串串冒上来的声音。夹杂着夜鸟的啼鸣和更远的地方传来的小麂子"罕""罕"的叫声。这时所讲的每个传说、每个故事都笼罩着神秘的色彩，使我永远难忘。

到夜半，会送来夜宵，那多是甜白酒煮鸡蛋，或是核桃仁做的汤圆，人就泡在温泉里吃，那滋味也是很特别的。

孩子们是不能在澡塘里泡得太久的，便随着送夜宵的人回窝棚睡觉。躺在柔软的铺着稻草的地铺上，暖暖的，却又睡不着。点点星光和月色透过窝棚顶的间隙，斑斑驳驳地洒在脸上、被子上。窝棚外面，那残余的篝火像红宝石似的闪闪烁烁。这时男人们不是唱白族民歌，就是给孩子们讲故事。你可以想见，洗过温泉澡，吃了夜宵，裹着被子暖烘烘地躺在窝棚里，听别人在你耳边讲着传说和故事，那是多么惬意的事！我第一次知道白族民间故事《望夫云》《火烧松明楼》，还有《西游记》，就是在窝棚里听我三舅老（祖母的弟弟）说的。蓦地，一个大大的流星划过夜空，我从窝棚口看出去，它似乎就陨落在对面的山坡上。

"星星落在对面山上了！"我惊叫起来，打断了三舅老讲故事。"星星是永远不会落的。"三舅老忙说，"那只是星星屎。"

"星星也会拉屎？"我惊奇地问。

"当然。和人一样。"

"我不信。您骗人！"

"你现在马上睡觉，我明天带你去找星星屎。和星星一样亮！"

"您骗人！"我叫起来，"找不到，您明晚要给我讲故事直到天亮。"

三舅老同意了。

第二天他果然带我找到一片一片闪闪发光的"星星屎"。

我后来很长一段时间都相信星星会拉屎。我相信天上的星星全是像浑身金色的"三太子"一样的小神仙，他们迈着金色的脚步满天玩耍，像我们那样贪玩得憋住屎不拉。但终于还是要慌慌张张地拉屎了……这种美丽的想象终于有一天完全被破坏了，那就是当我知道这星星屎是什么的时候——

它其实是一种在我的家乡随处可见的矿石云母。

1994年

胖了小路，瘦了山溪

我的家乡是云南一个叫"漕涧"的无名小乡镇。位于大理白族自治州和怒江傈僳族自治州交界处。由北而南的横断山脉，扇子一般夹峙着江河和一个个小小的平坝。这种特殊的地形地貌给我的童年留下两个极为深刻的印象。

一是崎岖的小路；

一是湍急的山溪。

我小的时候家乡是不通公路的。条条细如羊肠的小路连接着外面的世界。上高山、去田野、到河边……一律是这种蜿蜒曲折的小路。往东的一条，通到叫"东山脚"的一大片浓绿的松树林子里。穿出林子，又顽强地攀上蓝天下的皑皑雪峰。通向西山的小路要平缓一些。叔叔们上山砍柴喜欢去西山，日落前西山的小路上总有挑着柴火归来的小小身影。南北两头的小路少有人走。北边进入更蛮荒艰险的怒江大峡谷，那是傈僳族和独龙族居住的地方。往南步行一天，便可见那条有名的史迪威公路。或走南，或闯北，都意味着要离乡背井了。孩子们自然是不往南北走的。

但出了家门往东往西的小路我是很熟悉的。"鸡鸣犬吠儿时路"，我常记起清晨上学时的鸡啼和月夜传来的一两声狗叫。记得清明去上坟，总要到东山下那片松林里玩。厚厚的松针很滑，摔倒了像跌在褥子上一样。索性躺着，听头上的松涛阵阵哗响，远处的杜鹃在咕咕地叫。松林里玩够了，又到外面的草地上放风筝。离家几十年，每当想到东山脚的小路，便会想到那有松脂的清香、有松鼠跳来跳去的森林。

西边的小路引我进入的又是另一个童话世界。春天，火红的杜鹃、紫色的龙胆开了一地。外婆、母亲带我一道上山找酒药——一种用来和酒曲发酵的植物。穿行于花海中，顺手摘一朵马缨、杜鹃，差不多有我的小脑袋大。回家的山路上还会找到矿石——云母石，一片片如指甲般大小，亮闪闪的。大人说这是"星星屎"，是昨夜天上的星星们拉下的。我对此深信不疑。

只要有银色的雪峰，有绿色的森林，就会有一条条叮叮咚咚的小溪了。儿时故乡的小路还引我到这些小溪边。小溪里青苔像系着风的飘带在水中飘拂，有小鱼秧儿逆水摆动着尾巴，河中的礁石上静静地停着蓝翅膀的蜻蜓，直到水花溅到了它的翅膀才匆匆飞走。夏天，我们用柳条圈一顶帽子戴在头上，卷起裤脚在那些石头下摸鱼。靠岸的地方间或长着一丛丛野草莓，碰上了又直起腰摘了吃个够。若不小心碰碎了一朵朵黄色的打破碗花花，看片片花瓣随波漂去，便担心回家后要打破一个碗……不管它，且游泳去！便又和小伙伴们相互吆喝着到小溪汇流的河湾里扎猛子……

东南西北，这一条条小路最后汇合在这闭塞的小乡镇上，成了"街子"。所谓"街子"，照样是一条宽不足十米的小路。青石铺就的路面，两边竹笆房的屋檐几乎相接。有一个粗陋的木货架伸向外边。一大早，我就坐在这木货架上背诵《幼学琼林》："混沌初开，乾坤始奠……"对门的小伙伴贵梁也大声读着"子曰：'学而时习之，不亦说乎……'"两个蒙童的琅琅书声比赛似的在清晨的小镇里回荡。中华民族一脉相承的古老文化传统在这闭塞的乡镇上又显示出它和历史、和内地的联系是那么紧密。

童年的印象于人总是那么深刻。花甲之年脑子里常会出现儿时那些色彩缤纷的记忆：雪峰、森林、杜鹃、小溪、蜻蜓和"星星屎"。三年前我回到故乡，试图找到这些小路，拾取美丽的记忆。然而到现在我都无法说清小镇巨大的变化和面对那一切时的感觉。

由小镇辐射出去的那些小路不见了，或者说那纤细、柔弱的小路发"胖"了。路面全都拓宽了好几倍。代替竹笆房的全是灰色的水泥楼房。那条通向东山的小路被拦腰切断，代之以一条黑色的沥青路，一辆辆南来北往的客车、货车呼啸而过，带来了卖不完的百货和一批批到怒江大峡谷的观光客。我从未见过这闭塞的小乡镇如此热闹过。在过去只有马帮行进的小路上，今天可以听到四川、江浙小贩的声音，甚至还可以看见高鼻子、蓝眼睛的老外。众多的商店、医院、学校、邮电局、电影院，甚至还有电子游戏室、发廊和卡拉OK厅都挤作一堆，只觉得儿时那修长、清爽的小路一下子变得肥胖、粗短。但是时代的骄傲晚上分明地闪烁在小镇亘古以来第一盏霓虹灯上。深夜，那里还在高歌："妹妹你坐船头，哥哥我岸上走……"就这一点看，城乡没有差别，小镇再不闭塞，它阔了！

然而东山的森林没有了，西山的杜鹃没有了，看不见皑皑的雪峰，也听不到布谷的叫声了。那么，那从雪峰流下的潺潺清溪呢？我沿着儿时的记忆寻找：想找野草莓、打破碗花花、水中飘舞的青苔和礁石上蓝翅膀的蜻蜓，最终什么都没有找到。小溪倒是在，只是好像病了，瘦了。漂着白沫的水淌得有气无力。岸边，往日结着野草莓和开着野花的地方，乱撒着暴发的小镇的排泄物：塑料袋、玻璃瓶、废电池、破衣服……还有一条死狗。

我陡然地觉得忧伤。

诚然，我的小乡镇得到了很多很多，可它也失去了很多很多。我在心底问：它还将得到什么和失去什么呢？

就在我离开小镇时，透过车窗，眼前突然一亮：一队红领巾正在小溪边捡垃圾。

也许，这就是小镇最新的获得，也是最有希望的获得。

2000年9月

青瓦 ·············

苍山怀古

　　我常想，这山山水水也和芸芸众生一样，在地球上到处都有，但大部分都是平平凡凡、普普通通，只有那些有独特个性的，方能引人注目，见过一次，就永远记住。比如泰山的伟、黄山的秀、华山的险……我们故乡大理的苍山呢，我以为也可以用一个字概括，那就是：清。

　　苍山，又叫点苍山。它给人以清的印象，首先是山的长势。从云弄峰开始，著名的苍山十九峰，每一个峰都轮廓分明，峻峭而不险巇，很像那种相貌清癯的老者。其次，是高原的气候，能见度极高，蓝天丽日之下，看那些高耸入云的雪峰，给人以凛冽清秀之感。第三，也是最主要的，苍山下的洱海，这是一个迄今未被污染的高原湖泊。高原上湖泊难找，澄碧如朝露的湖光，配以清幽的山色，更其难得！这就是苍山之所以益发显得清秀的缘故。无怪所有到过大理的人，对苍山洱海的风光那样赞不绝口，把它称为东方的瑞士。

　　难怪四川的杨状元（杨升庵）在明代嘉靖年间被贬到了这里，也不禁发出"知吾向者未尝见山水，而自今始"的感叹，对它的清幽景色的评价是"一望点苍，不觉神爽飞越"。那位曾经沧海、饱览全国名山大川的明代大旅行家徐霞客为"了苍山洱海未了之兴"，在当时那样的交通条件下，也要两次到大理，一游再游。以此可以想见它是多么吸引人了。

　　但是苍山真正使人流连忘返的地方，还是深入腹地之后，才能看到的。在海拔3800米以上的苍山顶上，有一个个映着蓝天白云的

　　　　　　　　　竹楼、青瓦与春城故事

高山冰碛湖泊，湖泊周围遍布着寒带原始针叶林，春天，满山遍野的高山杜鹃、天蓝龙胆、黄百合等等都开了，这里便成了一个五彩缤纷的世界。再加上岩洞峭壁，峰与峰之间的大大小小的流泉飞瀑和时聚时散的云朵，把人带进一种如诗如画的境界。很可惜，由于交通等等方面的原因，除打柴、放牧、采药之外，还少有游人进入苍山腹地。

苍山的吸引游人，不仅是它的自然风光，还有它让人浮想联翩的历史。如果不看苍山脚下的一个个古迹，谁也想象不到，这清幽、寂静的高山，还曾经是铁马金戈、杀声震天的古战场。苍山十九峰，有如十九页历史篇章，记录下古南诏帝国和大理国的兴衰。这历史实实在在地镌刻在巨大的大理石碑上，这就是全国一级重点保护文物——唐代留下的南诏德化碑。

南诏德化碑耸立在滇藏公路边的太和村旁。太和村不在平坝上，而是依山建筑的一个大村子。历史上曾是南诏的故都太和城。据唐代樊绰所著的《蛮书》记载："太和城……苍陌皆垒石为之，高丈余，连绵数里不断。"至今，从陡峭的山坡延伸而下的古城墙遗址，还依稀可辨。可以想见，太和城当初一定是个险要和繁华的都城。今天却只见青瓦白墙的白族庭院，那些王府侯宅已无处可寻。只有村前古老的德化碑，证实了这里曾经发生过10万人的血战，它的指挥中心，很可能就设在今天太和村的某一个地方。

很多人读过白居易的《新丰折臂翁》：

> 无何天宝大征兵，户有三丁点一丁，
> 点得驱将何处去？五月万里云南行。
> 闻道云南有泸水，椒花落时瘴烟起：
> 大军徒涉水如汤，未战十人五人死。
> 村南村北哭声哀，儿别爷娘夫别妻：
> 皆云前后征蛮者，千万行人无一回。

白居易在《新丰折臂翁》里所咏唱的，正是德化碑上所记录的事。

唐朝初期，云南西部原有六个"诏"（部落或首领），唐王朝支持了其中的蒙舍诏（南诏）征服了其他五诏，于唐开元二十六年（公元738年）建立了南诏国。南诏国统一了当时西南的各部族势力，把疆域扩大到北抵大渡河、南到越南北部、东起贵州东部和广西西部、西到印缅边境。这使唐王朝深感不安，构成了唐王朝和南诏国的潜在矛盾。但导致战争的一个直接的导火线，是唐属官姚州（今姚安）都督张虔陀，他平时仗势欺负南诏，又侮辱了南诏国王阁罗凤的妻室，反诬南诏叛唐。阁罗凤一怒之下，起兵杀了张虔陀，占领了周围37个郡。相国杨国忠忙派剑南节度使鲜于仲通率兵6万攻打南诏，大败。白居易在《蛮子朝歌》一诗中写道："鲜于仲通六万卒，征蛮一阵全军没，至今西洱河岸边，箭孔刀痕满枯骨。"当时唐明皇迷于杨贵妃，不问国事，宰相李林甫、杨国忠掩盖了失败真相，第二次派出云南郡都督御史、剑南留后李宓，率兵10万，于天宝十三年（公元754年）远征大理，在苍山洱海地区展开血战。结果，10万大军全军覆没。南诏德化碑用"流血成川，积尸壅水，三军溃衄，元帅沉江"十二个字，形象地描写了这次残酷的战争。

"安史之乱"后，唐王朝再无力南征，同时，边疆各部族与祖国内地的交往和历史上的联系，使人心都渴望统一，于是，唐德宗贞元十年（公元794年），唐朝又派出友好使者崔佐时来大理，与南诏王异牟寻会盟于点苍山下。翌年，再派中使袁滋来大理册封异牟寻为"云南王"。异牟寻以极高礼遇，用21头大象"夹路马二十余里"，把袁滋迎进羊苴咩城（大理城）。这就是史书上有名的"贞元之盟"。从此，西南各部族就永远加入到祖国各民族大家庭中，苍山也就成为祖国版图中不可分割的一部分了。

苍山静静地立在面前，从佛顶峰上流下的莫残溪在叮叮咚咚地响着，看洱海中白帆片片，阳光下像一只只白蝴蝶，翩翩向前飞

竹楼、青瓦与春城故事

去。那是大理白族自治州的首府下关市，也是洱海的出口西洱河。一个可发电25万千瓦的多级电站已经建成，一级级的拦河大坝堵住了清清的洱海水，冲向水轮发电机。1000多年前，西洱河水也曾被堵住过，但那是成千上万具士兵的尸体造成的结果。"云南五月中，频丧渡泸师，青草杀汉马，张兵夺秦旗，至今西二（洱）河，流血拥僵尸……"李白的《赠南陵常赞府》给我们描绘了这次"征南蛮"战争的可怕结局！异牟寻的祖父，老南诏王阁罗凤在大获全胜之后，头脑没有膨胀发热，他很快下令把战死的将士尸体收敛在一起，掩埋在西洱河畔，名"万人冢"。在德化碑里这样写道："生虽祸之始，死乃怨之终，岂顾前非，而忘大礼，遂收亡将等尸，祭而葬之，以存旧恩。"

阁罗凤之建南诏德化碑，与其说是表战功，毋宁说是把这场战争的事实真相告诉后代，同时强烈地表现出他并不忘记历史上和华夏的血缘关系，他和他的臣民都是炎黄子孙，是祖国大家庭的成员，"我上世世奉中国，累封赏，后嗣容归之。若唐使至，可指碑澡祓吾罪也"[1]。

异牟寻秉承祖、父辈的遗志，力争回到祖国各民族的大家庭中，于是才有后来的"贞元之盟"。为祖国的统一和领土的完整在历史上建树了不朽的功绩。他们不愧是有远见卓识的政治家。

历史上，祖国的统一和民族的团结是一个国家在某一时代兴旺发达、政治清明的表现。中华各族儿女始终向往着祖国的统一和民族的团结。不论哪个民族，也不论是在大陆或海外，历史上弟兄间也许偶有反目，但最终总是要走到一起，而且是任何外来入侵者所破坏不了的。这种奇特的、来自炎黄血液中的遗传基因，有着一种巨大的凝聚力，5000年来，始终把亿万有着黄土高原肤色的中国人的心紧紧地团结在一起。那伟大的"过去"，世世代代都奔流在我们各自的血管中。血浓于水。伟大的中华民族的这种凝聚力、亲和

---

① 见《新唐书·南诏传》。

力，在全世界都是无与伦比的！

德化碑高3.02米、宽2.27米、厚0.58米，全文3800字，经千年风雨剥蚀，大部分字迹已变得模糊不清，现在，留下来的只剩700多字了。但我确信那些在历史的风雨中销蚀的字，说出的正是这个真理。

1984年2月

文笔指蓝天

　　文笔，并非文采之笔、文秀之笔，而是塔。在我的故乡大理白族自治州，白族人民不知从什么时候起，就喜欢把塔叫"文笔"。

　　这是一个颇有诗意又颇为形象的名字。比之于梵文"率堵波"，或后来我国诗文中译的"浮屠""塔陀"都美多了。试想在碧蓝的晴空之下，一塔耸天，那尖尖的塔顶不就是蘸满激情的毫端？仿佛大地在凝神深思，顷刻之间，就要在一张蔚蓝色的大纸上，写下一个民族光辉的历史和它璀璨的文化。

　　今天，当我来到已经成为大理城徽似的苍山下的三文笔——大理崇圣寺三塔的面前时，这种巨笔写蓝天的想象与豪情不禁又油然而生，而且，我确乎已经读到了我的民族的光辉灿烂的过去和更加美好的今天。

　　大理的塔原先很多，这可能是盛唐时期受佛教影响修建的。那时苍山十九峰，峰峰都有塔。后来，兵灾、地震等等天灾人祸，现在仅存崇圣寺三塔、弘圣寺一塔、白塔、蛇骨塔等。大理崇圣寺三塔始建于唐代开成元年（公元836年）。修塔，民间传说是为了镇蛟龙。传说洱海中有条蛟龙时常兴风作浪，把大理变为泽国，后来修了三塔，镇住蛟龙，水患才得以平息。明代重修时，黔国公沐英的孙子沐世阶手书"永镇山川"四个大字，至今还镌刻在塔基上。这反映了白族人民对邪恶的憎恶。但同时，民间也还有这样一种说法：修塔是为了苍山洱海的"风水"，是为了人杰地灵，多出人才，建设自己的家乡，谱写自己民族的历史。这，又反映了白族人民的美好愿望。

来到大理三塔面前，你会觉得，白族先民建树的这三支文笔，本身就是历史的丰碑。三座塔呈"品"字形排列。高16层、近70米的千寻塔居正中，做方形密檐式结构，古朴端庄，与西安小雁塔一样，是典型的唐代塔式。西侧的两座小塔则为俏丽的八角形，高10级、43米，南北相向，拱卫着正中的千寻塔，成为三位一体的建筑群。现在，无论从塔的位置和形式上看，都能体会到当初设计者和建设者的匠心。三座塔变化中有和谐，对立中有统一，互相依衬，浑然天成。只要去掉其中无论哪一座塔，都会破坏建筑和艺术上的完美。每当丽日蓝天，你就看吧：背后是终年积雪的苍山，前面是碧波荡漾的洱海，秀丽的三塔高耸于"玉洱银苍"之间，浑然一体，委实是很迷人的。这种美，带着一种自然、典雅的东方色彩，绝非欧美那些人工装饰的风景区可比。

　　意大利的比萨斜塔据认为是一大奇观，很多游人趋之若鹜。其实，斜塔何须到意大利去看呢？很多人大概还不知道，大理三塔中的一对小塔就是斜塔。不知是当初建筑师的有意设计，抑或是三塔历经千年风雨剥蚀、地震、雷击，使得两小塔以同样的度数向内倾斜约90厘米，故明代有"两小塔如翼内向"之记载。奇怪的是，千寻塔却如巨人屹立，至今纹丝不动。站在千寻塔下看两小塔，有如灵俏的小童躬身而立，煞是可爱。

　　1000年前是怎样建造起这三座塔的呢？传说是采用垫一层土砌一层塔的做法，塔建好后，才将土逐层挖去。在当时缺乏现代化工具的情况下，运土运砖，当然只有靠人力和畜力。垒起一座近70米的土山，然后又挖去，这要付出多少艰辛的劳动呵！

　　走进三塔文物陈列室，看着1979年维修三塔时从塔刹基座中得到的一批珍贵文物：写经、经卷、舍利子、三塔的金模型、青铜镜、玉石和水晶佛像等等，我仿佛进入了历史的长河，须臾之间，便上溯了1000年，看到了盛唐时期洱海地区兴旺发达的经济和灿烂的文化。公元737年（唐开元二十五年），南诏王皮罗阁在唐王朝的支持下，统一了六诏，结束了"数十百部，皆擅山川，不能相君

68　　　　　　　　　　　　·········竹楼、青瓦与春城故事

长"的部落分割局面。极盛时期的南诏疆域北抵大渡河、南达越南北部、西达缅甸边境、东到贵州东部和广西西部。此后南诏历代国王又推广汉文化和引进内地的先进生产技术，团结了西南各民族，把当时的洱海地区建设成一个富庶的鱼米之乡。于是有灿烂的文化兴起。这种文化是吸收了盛唐文化和吐蕃文化并加以发展的白族自己的文化。从屹立千年的三塔，从石宝山石窟的雕刻，从佛教圣地鸡足山的宏伟建筑群，从2000年前博南古道上的霁虹桥①，以至大理一带使游人赞叹不已的白族庭院和剑川石刻，处处都显示出这个优秀民族创造的光辉夺目的文化艺术和辉煌的历史。这一切又如洱海水汇入大海似的，流入了整个中华民族精深博大的文化海洋之中。南诏王寻阁劝的"避风善阐台，极目见腾越，悲哉古与今，依然烟与月"，杨奇鲲的"风里浪花吹又白，雨中岚影洗还青"，董成的"坐久销银烛，愁多减玉颜，悲心秋月夜，万里照关山"等诗句，都被收入了《全唐诗》中。大理石，则凝聚着云雾缥缈的苍山和烟月朦胧的洱海的情思，进入了深宫内闱和内地普通百姓的家里。大理，不仅在公元前2世纪汉武帝时就为世人所知，到公元13世纪，马可·波罗也在这里留下了他的足迹。在《马可·波罗游记》中哈喇章省的游记，就对当时大理的风土人情有生动的描述。日本诗僧在明朝初年也到过这里，写下了"此楼登临好，终日俯平湖，叶尽村村树，花残岸岸芦，渔翁晴独钓，沙鸟晚相呼，何处微钟动，云藏夺岛孤"②这样美妙的诗句来歌颂苍洱之间的湖光山色。足迹遍及祖国名山大川的徐霞客来到这里，也不禁发出"松荫塔影，隐现于雪痕月色之中，令人神思悄然"的赞叹。

果真是因为在这风光如画的地方树起了俏丽的文笔，因而才真个是人杰地灵、人才辈出么？我凝望着三支如玉笋般的文笔，不觉

---

① 东汉明帝十二年（公元69年）修筑的蜀（四川）至身毒（印度）的道路，途经滇西博南山，跨越澜沧江的一段叫"博南古道"。霁虹桥是澜沧江上的古铁索桥。

② 天祥《题龙关水楼》。

哑然失笑了。但事实却又是，自皮罗阁建立南诏国以来，这儿的山水的确哺育出一些名扬中外的英雄儿女和文人学者。远的不说，如近代的白族诗人、学者赵藩。在成都武侯祠所撰的一副对联："能攻心，则反侧自消，自古知兵非好战；不审势，即宽严皆误，后来治蜀要深思"，曾为毛泽东同志所引用，人们争相传抄。赵藩写过不少好诗词，其中《寄章太炎先生绝句》为后人传诵："君为浙西章疯子，我是滇南赵病翁；先生岂狂我岂病，补天浴日此心同。"表现了作者对袁世凯复辟帝制的强烈愤慨和与反帝志士共同战斗的决心。白族人民这种对邪恶势力的反抗斗争精神，是一种光荣传统，老一辈无产阶级革命家、我党有名的军事家周保中同志，在抗日战争时期就和杨靖宇、金日成等同志战斗在兴安岭的白山黑水中。这位白族人民的优秀儿子，不仅为东北人民所熟悉，也受到朝鲜同志的尊敬。至于解放战争中参加滇桂黔边区游击队的白族儿女，那就更不可胜数了。

仰视文笔，直指蓝天，当云影在风中疾飞而过时，我仿佛看见这支巨笔在神速地摆动。是的，千百年它就这样地书写着我们白族光辉灿烂的历史和文化。它，写在蓝天上，写在苍山上，写在洱海上——当它的投影照在水面上的时候。

1982年5月

竹楼、青瓦与春城故事

石宝山识宝记

　　中国名山大川、古迹胜地之多，在世界上怕是首屈一指的。泰山、黄山、庐山……诗人、画家、皇帝、平民……从古到今，留下了多少旅人的足迹！在旅游事业日益发达兴旺的今天，这些壮丽的名山，不仅为全国人民所向往，而且在古道新途中又叠上五大洲各色人种的足迹。

　　我现在要给读者介绍的却是一座无名的宝山，它就叫石宝山，位于云南省大理白族自治州剑川县境内。

　　"山不在高，有仙则名"。石宝山自是无仙的，所以它不太有名，但确实有宝，这就是各种奇峰怪石和15个唐代留下的古老石窟内绝妙的雕像。在方圆数十公里的高山上再配以青松流泉、古刹琼阁，仿佛是蓬莱仙山似的隐藏在滇西北茫茫的林涛山海之中。就连遍访名山大川的大旅行家徐霞客在公元1639年游历到这里时，也只在日记里写道："从岭南又行二里，峰头石忽涌起，如狮如象，高者成崖，卑者为级，穿门蹈瓣，觉其有异"，却"不知其钟山"。显然，徐霞客已经是到了石宝山的门楣——石钟山了，却不得其门而入，这实在是十分遗憾的！否则，他肯定要为后世人记述下很多关于石宝山的美妙文字，使之闻名遐迩，这座山也就不至于仅仅只成为当地人祈祷和歌会的场所而在解放前濒于湮灭。

　　我虽是白族，对白族聚居地境内石宝山的了解却是肤浅的。只在儿时听到一首民谣唱道："大理有名三塔寺，剑川有名石宝山。"如何有名？不得而知。

　　早有一游石宝山的愿望。这一方面是那些古老而奇特的石窟对我是个诱惑，很想多了解一点自己民族的历史文化；另一方面，一想到古代大旅行家向往而终未入山的胜地，我辈倘有幸登临，不能不说是一桩赏心乐事。

机会多年没有，而今说来就来——马上就要去登石宝山了。

北京吉普一早从大理州首府下关出发，北行120公里，入剑川县境，在一个叫甸南的离山不远的地方，弃车登山。

登山山路其实很宽，也不陡，土作红色，就从黑色的沥青公路岔了出去，转一个小弯，便消失在一片绿色的树林中了，它把我们引入了一个纯净、绿色的世界。由于这儿海拔超过3000米，紫外线强又没有污染，空气透明，能见度极高，放眼望去，蓝天、白云、青松十分清亮，有一种在望远镜里看景物的感觉。进入松林深处，什么也听不见，山风起处，松涛声由远而近，荡起了阵阵"哗——""哗——"的声音，更显得林子的寂静。一小时的山路就在松林里穿行，一路上碰不到一个人、一只鸟。这种山野的静谧，是那些誉满天下、游人如织的名山所没有的。拐过一个山嘴，同行的剑川文化馆的同志突然说声："到了！"松林深处蓦然显现出几幢飞檐斗拱的建筑。山门不大，显得古旧，门楣上一块匾写着"海云居"三个大字。文化馆的同志解释说，因站在山门可以远眺剑川坝子的剑湖，晨间松林上有白云缭绕，故名"海云居"。文化馆的同志拦住山门外的一个孩子打听寺内住持和尚是否在。我傍着一株古松，听满耳的松涛，不禁想起贾岛的诗句："松下问童子，言师采药去，只在此山中，云深不知处。"

进入海云居，找到住持法师，他领着我们一一参观了寺庙。寺分三层，依山建筑，远不如昆明西山。有的殿堂四壁空空，空白的墙上还隐隐可见一个动乱时代留下的痕迹。与此相对的却是一个匆忙塑起的比例失调的观音菩萨，又使人觉得滑稽。文化馆的同志忙又解释说，这还亏了寺内几个老尼的保护，否则"破四旧"时，连庙宇都保不住了。他看出我们隐隐的遗憾情绪，忙热情地说："石宝山的精华不在这儿，而在山林深处的宝相寺和石钟寺。我选这条路就是要让你们渐入佳境。旅游者到那里是绝不会失望的。我们下一站便是那挂在绝壁上的宝相寺了。"在他的鼓励下，我们离开了海云居，继续向深山进发。山路渐渐把我们引入一个林木蔽日的山谷。这儿松树少了，代之以各种杂木树。松林的好处是可以听松涛，鸟儿和蝉儿却不太乐意在松林中栖息。杂木林不同，蝉鸣鸟叫，此呼彼应。"蝉噪林愈静，鸟鸣山更幽。"我觉得这林子比我们途中经过的松林别具一番情趣，使人觉得动中有静，清幽亦复深远。一条叮咚的小溪自深谷中流出，溪水染着森林的绿，这绿又染在礁石上，于是礁石也覆上一层又绿又湿的青苔，青苔上还停留着一只绿蜻蜓，几疑又是青苔染绿的呢。在这儿，你甚至感到空气也是绿的，吸一口都觉得又凉又润，沁人心脾。也不知是溪水倚着山径，还是山径恋着清溪，沿着山路往更为幽深的谷中走去。剑川的同志一路为我们指点着溪畔路边的各种草药、野花，哪是半夏，哪是天南星，哪是白芨。还有野桂花、野海棠，植株几与庭院中种植的无异。那野海棠正开着与秋海棠一样的花朵，只是因为深居谷底少见阳光，花朵小而苍白，怪可怜的。我赞赏这满谷的药草和野生花卉的资源，边走边看，突然，草丛中一朵蓝中泛紫、形如百合的野花高高探出头来，迎着我们，开得十分灿烂。那藏着金色花蕊的地方深深陷下去，仿佛是一个媚人的酒窝。我想起艾青的诗句来了："它是山野的微笑，寂寞而又深情。"新诗写野花的，没有比这两句更绝的了。我爱怜地轻轻摘下这朵野花，像个18岁的小青年那样，轻轻地把它插在胸前。

　　山谷终于到了尽头，迎面便是一堵悬岩，断然地堵住了任何前进的脚步。这山崖并非"山"上的"崖"，完全就是一座七八百米高的大石山。用"笔立"可以形容它的陡峭，却又并非通常见到的如柱、如笋般拔地而起的那种巨石，而是横的走向。我在这儿才感到地理书上"横断"二字的妙。这石壁正是直的高耸，却又是横的走向。更妙的是岩石分层，叫我想起某种多层夹心糕点，或一丛亭亭玉立叶片重叠的文竹。就在这如文竹似的一片岩石与一片岩石之间，许是由于风化水蚀，常有小的空隙，大胆而又身怀绝技的我民族的先辈，便冒着生命危险把小巧玲珑的楼台亭阁，盆景似的嵌在这片片绝壁之上。这，就是石宝山的宝相寺。一匹细小的瀑布从悬岩上坠下，像把长剑，阳光下亮得耀眼。"高山仰止！"我不禁抬头惊叹了。只见绝顶处隐隐约约有一个七级浮屠，那是到达顶峰的大勇者的丰碑。

"上！"同行者同声高呼。我们穿过一座刻有"南天福地"的石牌坊，开始向上攀登。岩壁的脚下毕竟是土路，虽陡峭，却并不难上。约上三四百米之后，便到达宝相寺后院。因山势过陡，寺院方圆仅一两亩。进得院内，大汗淋漓，见有善男信女正在募捐着随心功德。据介绍，他们把募化来的钱财用以修理寺庙和悬岩峭壁上的亭阁。三五工匠边募边修，成绩已很显著。我知道白族自南诏以来笃信佛教，但我奇怪这种信仰何以历十年浩劫仍能稳稳地扎根在人民中间？所幸，来此餐风饮露做好事者只是些老大爷老大娘，还没有见到一个年轻人在对佛像顶礼膜拜的。

在宝相寺略事休息之后，我们继续向上攀登。从这儿上去，路便在绝壁上了。附着石壁凿出的台阶时有时无。一路还没有来得及加防护的铁链或栏杆。有的地方，几乎要像壁虎似的附壁侧身而过。"一失足成千古恨"在这儿可不是玩笑话。好在攀登一段，便可在如屋檐般突出的岩缝中找到一个小小的亭阁，略为休息，稍定惊魂。但是越往上走，越是险峻峥嵘。在最高处有一小亭阁可以俯视群山，但要达到那个境界，需一步步登上叫做"九十九级台阶"的天梯。它实际不是梯，只是在岩石上凿出的可以供踩下半只脚掌的坑坑洼洼，没有栏杆，没有扶手，在极险处，偶有供游人手指抠住的一个凹槽（不是石锁，仅凹槽而已），很难设想绝壁失足时手还会抓得住这坚硬的石槽。才爬了几级，心就有点慌，难怪李元阳[①]诗中吟咏石宝山的险峻是"老藤穿石挂虚空，欲堕不堕寒人

---

① 李元阳（1497—1580），云南大理人，明代有名的文学家和史学家。

股"。现在，连"挂虚空"的老藤也没有了，后退是不可能的，只有眼睛看着前面，一步一步往上攀登。这时，要全凭胆量和冷静沉着，踩稳一步，再走一步，心里想着"会当凌绝顶，一览众山小"的无限风光，便有了信心，脚下的艰难险阻也就泰然处之了。

心跳着，气喘着，但我们毕竟一个个都登上了峭壁的最高处，这只是个不足十平方米的重叠的岩间小平台，上面有间小小的亭阁，危乎高哉！但更危的却是绝顶的佛塔。我不知道它当初是怎样建造的。那实在是无路可上，只有鸟才能飞得上去。那匹如剑的瀑布，此时就在我们右侧，也许太小，只默默地闪着寒光，无声地落到深谷里。再举目远眺对面的山上，奇迹出现了：一堆堆灰色巨石有的像猛虎出林，有的像卧狮酣睡，有的像老人闲坐，有的像猴子望月，有的像金鸡报晓，如柱、如门、如拳……满山都是！似乎想找到什么就有什么，仿佛一个喧嚣的世界，中了魔法，刹那化作石岩都凝然不动了。莫非"石宝"就由此得名？

对面山上的这一切，身在低处，是绝对看不见的。因为被满山的树木挡住了视线，非得超越一定的高度，来到这儿才能眼界大开。再一低头下望，不禁为之胆寒。昆明西山龙门之险，峭壁垂直处无非一二百米，往下大都是斜坡，这儿从上到下却全部是垂直的岩石，少说也有400米，中间全无遮挡。只是谷底树梢如小草似的轻轻拂动，不时浮起淡淡的轻岚。我背贴峥嵘的岩石，面对万丈深渊，真不敢相信自己居然能达到这样一个"理想高度"，从而见到如此美好的风景，这是把艰险危难踩在脚下之后才取得的大成功。从中，我似乎悟出了一点生活的哲理。

离开宝相寺又是一路松树林子。步行约两小时许，路边又出现岩的巨石，而且越来越多，颜色一律赭红。当我们翻过一道山脊，见到我们旅途中最后一站——石钟寺时，已是暮色苍茫了。当晚留宿石钟寺。这儿由国家拨款，正大兴土木，修整石窟殿堂。入夜，同行的云南省歌舞团一位作曲家兴奋得似乎毫无睡意，犹自与一伙白族工人对歌。当然便在清越的白族民歌中沉沉睡去。

青瓦 ·············

75

翌日凌晨，在湿润的凉意中醒来，凭窗望去，老松间白云缭绕，细雨蒙蒙，清寒之气阵阵袭来，夹杂着隐隐的松脂香味。匆匆洗漱完毕，石宝山文管所的同志便带上我们冒着朦胧烟雨——游览参观在史学界引起注意的石钟山石窟。

上得石钟寺，首先引起我们注意的是一个高约15米、直径七八米的巨石，这就是石钟。石钟寺就因它得名，这巨石也忒奇怪，全作赭红色，表面鬼斧神工，自上而下留下纵横的纹路，一格一瓣，中间突起，仿佛有意雕琢而成。与其说它像石钟，毋宁说它更像一个菠萝。至于昨日暮色中所见的楼阁里，则绝少泥塑菩萨，而是为保护石窟建造的。文管所的同志带着我们一窟一窟地看下去。

从石钟山石窟第一窟隐约可见的《张傍龙等造像题记》的铭刻中，可以肯定它如果不是全部也大部是唐代的艺术珍品。铭文云：

> 沙退附上邑三贩甸张傍龙，妻盛梦和，男庆龙、龙君、龙兴、龙安、龙千等，有善因缘，敬造弥陀仏、阿弥陀仏。圀王天启十一年七月廿日记。

这里"仏"字和"圀"字，就是那位喜欢造怪字的武曌①造的"佛"字和"国"字。"天启"是南诏王劝丰祐的国号，天启十一年，相当于公元841年。这就是说，这些石窟始建和完成，大致在公元8世纪末到9世纪中这段时间。

石窟内的雕像可归纳为三部分。第一部分是佛像，不外释迦、迦叶、阿难、观音等等，大都为禅宗风格，偶有佛教密宗雕塑的"八大明王"，多首多臂，造型凶猛怪诞。可以看出当时洱海一带的佛教既有内地传入的禅宗，又有吐蕃（西藏）传来的密宗。在这一组组佛像雕塑中，造型最美的要数第七窟的甘露观音像。像高

---

① 即武则天，她给自己取名"武曌"，"曌"也是她造的怪字。

1.52米，左手托钵，右手仿佛举着柳枝，正向人间轻洒祝福的甘露。观音体态丰满，柳眉凤目，直鼻小口，那丰腴的下颌、飘洒的衣裙褶，颇有唐代画风。观音左右的侍女也是圆圆的脸庞，略露羞涩，很容易让人想到周昉的《簪花仕女图》。唐代艺术对南诏的影响，在这些雕塑中是显而易见的。奇怪的是甘露观音胸前有一个洞，一说原先是个小佛龛，里面还雕有一尊小观音，另说是大慈大悲的观音劝世人皈依我佛，世人不信她，便掏出自己赤诚的心给世人看。我喜欢后一说。因为它歌颂了观音（也是艺术家自己）对信仰的真诚。

第五窟的愁面观音表情十分感人，她蹙眉俯视人间，面目凄苦，似对人民深重的苦难和不幸表示深切的同情。或者说，她自己就是一个不幸的象征，不是神，而是人，是石宝山下一个含辛茹苦的农妇，使人觉得是那样的逼真和亲切。加上周围的芸芸众生：樵夫、乐师、苦行僧、仙鹤、小猴等等，极有生活情趣。

石窟的二、三部分同样有很多造型有历史价值和艺术价值。有两个窟雕着南诏王室的造像。其中《阁罗凤出巡图》很不平常！全窟雕16人，南诏王阁罗凤居中高坐，峨冠华服，相貌威严。两旁是他的弟弟阁陂和尚及清平官（宰相）。侍从造型骁勇，身披铠甲，头盔上插着家禽尾巴，挂着耳环，分执旗帜、长剑、扇、曲柄伞、瓶等，众星拱月般拥戴着不可一世的南诏王阁罗凤。看着这栩栩如生而又咄咄逼人的群像，我不禁在心中吟诵着李太白《赠南陵常赞府》中的诗句："云南五月中，频丧渡泸师，青草杀汉马，张兵夺秦旗，至今西二（洱）河，流血拥僵尸……"就是这位阁罗凤，使得唐王朝征南诏的十万大军全军覆没在点苍山下、西洱河畔。也是这位大军事家，在"安史之乱"后抓住时机又显示了他卓越的政治外交才干，"收亡将等尸，聚而葬之，以存恩旧。"于是在唐德宗贞元七年（公元794年）与唐使崔佐时会盟于点苍山下，又归附唐王朝，完成了祖国的统一大业。看着我们民族历史上的这位伟人，我久久沉思了。不是同行的人催促，我还会欣赏下去的。

往下的洞窟，有的雕塑了一些深目高鼻、绾髻披毯的外国人。我想是当时的外交使团或商人。由此可见，早在1000多年前，南诏的对外政策也是很活跃的，绝不闭关锁国。这不能不说是南诏时期经济繁荣文化发达的一个原因。

还值得一提的是当地人呼为"阿央白"的一窟。雕的非僧非俗、非佛非王，而是一具女性生殖器。令人难以理解的是，拱卫两边的却又是文殊和普贤菩萨。它赫然居中，代替了释迦牟尼的位置。我们去时，正有几个白族老大妈对它顶礼膜拜。看那块专供跪拜的石头，叩首的地方和双膝跪下的地方，千百年来已被亿万人磨成三个坑坑。据剑川文化馆的同志介绍，当地人主要是来祈子的。无疑地，这极不协调的物件引起了历史学家的兴趣，至今争论不休。一说是先有普贤、文殊，石匠雕到正中的释迦时，可能失手毁坏，索性对神圣的宗教开个玩笑。另一说是"阿央白"应该在文殊、普贤菩萨雕造之前，是白族先民对母系社会的一种崇拜象征，普贤和文殊是后来补上的。这种见解，也许不无道理，因为虔诚信佛的白族人民是不敢同菩萨开玩笑的。可事实上直到今天，它仍和文殊和普贤菩萨供在同一个神圣的祭坛上，这又作何解释呢？其实，细看"阿央白"两边的一副对联便可作答。上联道："广积化身露"，下联为"大开方便门"。如果我们不把这副对联作庸俗理解的话，那么其中佛家"色""空"之理是很清楚的。北京雍和宫所塑"欢喜佛"，密宗就有与佛学相吻合的解释。因此，"阿央白"有可能一开始就是作为雕塑雕造的。这只能证明唐代佛教的两种流派对同一石窟的影响。

游罢石窟，云收雾散，雨后的松林越发清新。下山的途中意外发现两块不大却很平坦的岩石上长满了一种白色的地衣，一朵一朵，梅花似的紧贴在赭色的岩石上，像是刺绣，又像一帧帧现代派画家的画。奇怪的是，整个石宝山就在这儿发现这么两块。似乎引不起注意。我一见之下，却感到莫名的惊喜。我应该承认我从来不曾在别的地方见到过如此美好、巧夺天工的大自然的杰作！我为自己的发现至今感到喜悦。当时便倚在岩石上请同来的同志摄影留念。照片洗出来后，一个搞摄影的朋友见到大为赞赏，欣然为照片题名曰：她在丛中笑。

不，先是山野在对我微笑，春天在对我微笑，而且，这一次笑得那么热烈！以至我也受到强烈的感染而开怀欢笑了。我突然记起我登山途中摘下的那朵淡蓝色的小花，一摸胸前，居然还在，虽已蔫瘪，却仍然那么深情地依附着我。

回到家，我把这朵小花和照片同时夹入我心爱的一个本子里。我将永远记住石宝山尚不为更多的人知道的这些宝藏，但更宝贵的是山野的微笑、春天的微笑。我想，每当我翻开这本子时，我会再次露出幸福的笑容的。

1982年9月15日追记于昆明

阿央白

云南剑川白族把女性生殖器叫"阿央白"。以此为文，似觉不雅，其实，这是一个有趣而又严肃的话题。

这里说的"阿央白"是个石雕，藏于云南大理白族自治州剑川县石宝山石窟中。石宝山石窟共16窟，始刻于唐代南诏天启十一年（公元850年），完工于大理国盛德四年（公元1179年），经历300多年的时间。内容有南诏国王、大臣、菩萨、密宗天王、外国使者、商人等等。因其独一无二的历史和艺术价值，早在1961年即被国务院列为第一批全国重点文物保护单位。我国著名学者费孝通曾说过："北有敦煌，南有剑川。"见多识广的金庸先生在写《天龙八部》时大约也不知道大理国尚有此文明。1998年游过之后也盛赞为"南天瑰宝"。看过石宝山石窟的人会觉得这些话都不过誉。敦煌莫高窟早已闻名世界，剑川石宝山石窟却鲜为人知。诚然，敦煌有的，剑川没有，但剑川有的，敦煌也找不到。第八窟"阿央白"即是其中之一。我读书不多，知之甚少，就我所知，雕一具女性生殖器供奉于神龛上，供人顶礼膜拜，这在全世界怕也是绝无仅有的。

进入8号窟，看到威风凛凛的两尊天王雕像分列左右，正中理应是释迦牟尼或别的什么菩萨的位置上赫然供奉的竟然是这具"阿央白"。造型简单，线条柔圆，充满一种丰腴的质感。一副对联很有意思，上联是"广积化生露"，下联是"大开方便门"。细看，确实像两扇正在打开的"门"。更令人吃惊的是，一个供人跪拜的莲花石蒲团和两侧手掌着地处留下了深深的凹痕。这当然不是雕琢成的，恐怕要亿万人次的跪拜方可在石头上造成这样的磨损。

　　　　　　　　竹楼、青瓦与春城故事

学术界一直在争论白族先民为什么要在这个显赫的位置上刻下这个东西。普遍的说法是：唐代的南诏，佛教是国教，其时传入南诏的既有来自内地的禅宗，也有来自吐蕃（西藏）的密宗。禅宗教义是出世的，它的"三规六戒"中就严格规定"戒淫"，"阿央白"绝对不能奉上佛座。如果按密宗教义可能就是另一种解释。研究佛学的人都知道，藏传密宗中的阿吒力教派深受印度教的影响，崇拜主宰性能力的湿婆神之妻。认为要修成佛，"乐空双运"的双身修炼是必须的，也是圣洁的。所谓"修双身"，即男女交合。北京雍和宫的"欢喜佛"塑的就是密宗的"乐空双运"。照此理解，"阿央白"就不是什么见不得人的东西。"广积化生露，大开方便门"这副对联也就不能作庸俗理解，而应看成一句能体现佛家思想的警句。观音菩萨手捧净瓶，其中的"甘露"就是滋润万物的"化生露"，而"与人方便，自己方便"更是佛教信徒做善事行方便的禅语。持这种观点的人认为，"阿央白"是南诏时期不同教派思想在同一石窟的反映。

另一种截然不同的解释是，这是当时雕石像的石匠开的一个玩笑、做的一个恶作剧。这种说法有点荒诞不经，开始我也不信，最近再次看了"阿央白"，我以为这种说法是有依据的。根据之一是"阿央白"对联中上联"广积化生露"中的"露"字，误刻为"路"字。"路"怎么"积"？这绝对是错别字。可对联对仗工整，语义双关，把"性"和佛家思想巧妙地结合在一起，这又绝非是粗通文墨者所能撰写的。只能解释为，撰联者和书联者是不同文化层次的两个人，以致"露""路"不分，再看对联的横批"西匹乃"三个字更能证实上述看法。"西匹乃"是一句很粗俗的白族话的音译，至今民间骂人时还用，意即"死×一个"。有人说，这是后人刻的，不知有何依据？"西匹乃"一语表达的既不是佛家教义，更不是儒家思想，而是普通百姓对权威的一种嘲弄：在你供神像的地方，我偏要供这么个玩意儿！也许还有点儿自我调侃：一方面雕这个东西让你顶礼膜拜，一方面又提醒你不必认真，"死×一个"而已。

"阿央白"所要表达的实在是很复杂、很有趣的，常使人大惑不解！给人的感觉是：严肃与滑稽同在，神圣与粗俗并存。

但我认为，这全部是严肃的神圣的。

"绝对权威"常常是一种政权和宗教结合的产物。它不仅"绝对"，有时还很可怕。古罗马教会和西藏以前的农奴制证明了这一点。南诏时期统治者的权威就是绝对的，因为是政教合一的体制。起码佛是亵渎不得的。那个（或几个）写错别字的石匠，却大逆不道地在雕凿第八窟时理应是菩萨的位置上斗胆雕了个"阿央白"，还要以天王守卫，还要大书"西匹乃"！对权威的蔑视一至于此！让你忍俊不禁之后又不得不严肃思索：这不正是赢得由杨国忠发动的唐天宝之战的那种勇敢和无畏么？作为一种民族精神，它后来融入到整个中华民族的历史长河中。我不知道这开玩笑的石匠是否因之受到惩罚？重要的是，白族人民千百年仍然勇敢地、无畏地呵护它、崇拜它，几乎与当地的守护神——"本主"一样。文化大革命时期，"破四旧""立四新""大书特书"等红色狂飙卷来时，离此不远被誉为佛教"八小名山"的鸡足山在劫难逃，这个"西匹乃"却奇迹般被保护下来，这实是很不简单的事。当然，跪拜"阿央白"自有其世俗的一面。比如老太太们为祈祷自己的女儿、儿媳顺产，不仅跪拜，还得用香油把它涂抹得滑滑溜溜。救苦救难，莫过于观音菩萨，附近石窟中就雕有各种各样的观音，却未见膝盖把顽石磨成坑坑的。这就说明这种感情后面有更深层次的思想，即对至高无上权威的蔑视和对"生"的崇拜。就是要把神、佛、一切"万寿无疆"的东西拿掉，就是要拜这个东西！

什么东西？一道"门"，一道每个人来到这世上都得经过的"门"。帝王将相、英雄豪杰、才子佳人、先贤先哲……都得从这道"门"出来，再著书立说，再横扫千军，再有所发现有所发明有所创造有所前进，再治国平天下。出不了这道"门"，谁也伟大不起来。便是烧杀抢掠之徒、狗苟蝇营之辈，也得从这道"门"出来。于是才有这矛盾重重的世界，才有了战斗后的胜利，才有了竞争后

82

的前进，最终出现这纷繁复杂又气象万千的今天。能不崇拜它吗？

我就是白族。每次，当我面对"阿央白"时，我总是由衷地敬佩我们先民的这种勇气和率真。比之于面对古希腊或文艺复兴时那些不朽的雕像，"阿央白"总是激发起我更多的思考：关于宗教、关于历史、关于人性、关于生命的从远古到今天的思考。

跪拜归跪拜，"阿央白"却从来没有被"神化"过。这又是很稀奇的事。在人们心目中，它始终是个母亲，滋生繁衍我们的母亲，它躺着，大地就是它的躯体，如此而已。

1998年10月

满贤林

"满贤林"，云南大理白族自治州剑川县一个好去处，少有人听说过。便是云南人，知道的也少，提起剑川，只知道石宝山。

林在金华山中。汽车只能开到金华山下，便徒步登山。开始进山的一段路没修好，马蹄踩得坑坑洼洼的，不好走。进入金华山深处，才显出山路的野趣。干净，清爽，一条河急急地往下流，我们缓缓地往上走。水声，树影，不时有"点水雀"从河面上一掠而过，落在湿漉漉的礁石上尾巴还兀自摆动不停。

还有蝴蝶，翩翩起舞于路边野花周围，阳光下，斑斓的翅一闪又过去了。想起"微雨后，薄翅腻烟光"一句，大约写的就是蝴蝶阳光下亮翅的感觉。

山路只管曲曲弯弯往上冲，人也只顾弯腰低头往上爬，绕过"C"形路，一抬头，不觉惊呼起来。

高与天齐的巨大悬崖上，一片楼台亭阁，一层比一层高，一台比一台巧，层层叠叠，镶嵌在几近垂直的巨大石壁上。石壁铁青，老树苍绿，掩映红墙碧瓦，极高之处则天蓝云白，如此这般在一瞬间全都扑面而来，真个目不暇接，几疑看到了仙山琼楼。或是一幅绝妙的米芾山水，路就在脚下，你会很快进入画中。

一座小亭似懂游人心意，静立一侧，让你小憩。进到亭子里，才发现又有一溪流自上而下流过小亭，水声潺然悦耳。人到此，腰直了，话多了，无不议论纷纷，都道"山重水复疑无路，柳暗花明又一村"，实在出人意料。谁也不曾料到一块石头后面竟藏着这么多景色，一个个重又鼓起登山劲头。

竹楼、青瓦与春城故事

很快到了山门。除最下边的稍为平缓外，印象中所有楼台亭阁都一级级往上升，紧贴石壁，险峭灵动。我们一级级往上走，至最高处站在一座殿宇远眺，于两山夹缝中可见剑川平坝田畴万顷，青岚霭然。心胸一荡，真想平添双翼，乘风归去。止不住深深吸了口气，顿感舒坦至极。我想这些殿宇若有云雾缭绕其间，忽隐忽现，会更有神秘感。

神秘的还有一株树，杉树，高约四五十米，从根到梢，笔直如旗杆。奇在根部已被人砍了一半，却不倒，仍是葱郁繁茂。据说文化大革命时有人偷砍，砍到一半，突发金石声，斧下火花四溅，此人弃斧而逃，回家不久即一命归阴。如果不到树下亲自过目，真不相信这巨大乔木只靠一半树干支撑着。

一片片书页般的平滑的大石壁也是满贤林一绝。前人在这里刻了些字，不多。剑川有关部门有文化上的远见，打算好好请名家撰文题字，把这里的摩崖石刻继续发展下去。眼下正在雕1400多头形态各异的狮子，远胜苏州的狮子林。

下得峭壁，进一小亭中喝茶小坐，清风徐来，山泉叮咚，又是与高处不同的另一种感受。主人殷殷嘱留字留句，盛情难却，虽不懂律诗，又拙于书法，然此行身心大畅，不吐不快，遂草得一联曰：

登危岩览胜信可乐也
伴清流品茗不亦快哉

书罢又想起那挡道的巨石。在你失望之余它魔术般给所有的人带来突然的惊喜，真该好好地给它取个名字，刻上去。让游客到此止步：猜猜看后面是什么？

1998年10月

鸟的神话

　　我的民族是一个诗的民族，它有着很多诗一般的优美动人的神话传说。如"望夫云"、蝴蝶泉就是一些动人的传说。

　　类似的神话传说还很多，这些神话不仅有史可考，而且有址可寻；不仅是一个个充满浪漫色彩的传说，还有着现实生活的依据。望夫云是确乎有的，它一出现，洱海中的渔船就得靠岸，否则。就有覆没的危险。而蝴蝶泉的蝴蝶今天还照样首尾相衔，从树上直挂到水面，一串串，像颤动的花瓣。

　　今天要说的是关于鸟的神话。这是在我们大理白族自治州洱源县境内的鸟吊山发生的事。

　　"鸟吊山"，顾名思义，就是众鸟去"吊"唁的山。传说在古南诏国蒙氏时，有凤凰死于山上，于是每到农历七八月间，成千上万的鸟便会从四面八方飞到这座高山上来哀悼死去的凤凰。每当这种时候，那鸟之多照县志上说是"千百群共会，鸣呼啁哳"，"奇毛异羽，灿烂岩谷"。在没有月色的晚上，山下的农民便会带上背篓及各种捕鸟用具，上山捕鸟。方法简单：只消在山上燃起一堆篝火，暗夜里那火映照出一片灿烂的红光，那鸟便会鸣叫着，成群成堆地扑向烈焰，甚至扑到捕鸟者身上、脸上……农民只顾用网、用棍，甚至用手都可以抓到。到天亮时，每个上山捕鸟的人都会满载而归。这种自然界的怪异现象说来也奇，至今我还不得其解。

　　鸟吊山平时绝无这多鸟，什么天鹅、斑鸠、黄鹂、杜鹃、百灵……不分季节、地点，到时都抓得到。还有好些叫不出名字的鸟是当地所没有的。这么多的鸟儿是从哪里飞来的呢？当地群众说，

……………… 竹楼、青瓦与春城故事

来自普天下。都来凭吊凤凰来了。有些鸟，剥开嗉囊没有任何东西，老乡说，那是它太哀伤而绝食的缘故。这种鸟，捕猎者一般都不忍心吃，只把它埋了。多优美动人的传说啊！

我查了一下关于鸟吊山最早的记录，在《后汉书》《郡国志永昌郡楪榆县（即大理）注》条中首先查到：

"有鸟吊山，县西北八十里，在阜山。众鸟千百群共会，鸣呼啁哳。每岁七月八月晦望至，集六日则止。岁凡六至。雉雀来吊特悲。其方人夜燃火伺取，无嗉不食者以为义鸟，则不取也。俗言凤凰死于此山，故众鸟来吊。"

其后郦道元的《水经注》、明《一统志》、光绪年间修的《浪穹（洱源）县志》、《徐霞客游记》都提到这座鸟吊山。其中《浪穹县志》中，《凤山征异》一则写得比较具体：

"……每岁七八月，众鸟千百为群，翔集此山，奇毛异羽，灿烂岩谷，多非滇产，莫可指名，亦一异事。相传蒙氏时凤凰死于此，众鸟采吊，山因以名。土人伺狙燃火取之，内有无嗉者，以为哀凤不食也。频年示禁，卒未能止。"

这样一个文学上可以激发幻想诗思、科学上有待研究探讨的神秘去处，我始终未能去过，实在是憾事。原因多半没有机会，等有了机会，时间又已不是农历的"七八月——晦望"，就是到了洱海边，也只有望"海"兴叹而已。终究没有能到洱海之源的鸟吊山去。

前几年有机会去大理，正碰上赶三月街，整个街期，苍山顶上都翻滚着铅块似的乌云。那云层之低之重，仿佛就压在心上。那气候使得颇有色彩、音响的三月街一下子显得苍白（许是那白色的帐篷）和寂寥。我无心赶街，信步走到洱海边上，望洱海北面，同样是滚滚的浓云。我想起了鸟吊山。在这种日子里，那哀鸣着去凭吊凤凰之死的鸟儿说不定更加哀伤，会像杜鹃一样，啼出血来呢。

我正想着，后面一个重浊的带有白族人说汉话的口音在问我："要小雀吗？"

我回过头，是一个老头和小伙子。从打扮来看，显然是白族。看老人手里举着一根树枝，上面停着一对五色斑斓的小鸟，我不禁用我民族的语言惊叫了：

"啊咿，塞召芝！"①

"你是白族？老人那阴沉的脸上荡开一丝笑意，用白族话和我交谈起来，他把那鸟举到我面前：

"你看是真的还是假的?"

怎么能是假的！那羽毛仿佛刚用鸟的喙梳理过，那眼睛，像露珠那么晶莹。我轻轻地接过来，生怕把这对鸟儿惊飞了。

老人笑了："假的。"他回头看了身后的小伙子一眼："他做的标本。"

这标本实在做得太绝了！绝到足以乱真。我凝视着这对叫不出名字的美丽的小鸟，来了兴致，看看那白族青年，却不说话，心里仿佛有什么不愉快的事情。

"你可以上大学学动物专业了。"我要逗小伙说话。

"正为这个呢！"老头叹了口气，"去年他上大学，可给退了。这年头不兴考试，只看谁走后门的本领高。反后门的是他们，开后门、走后门的还是他们！"老人沉痛地摇了摇头，没再说下去。

我问："不让进的原因是什么？"

那青年指着小鸟吼起来："说我是'白专道路'！"

老人解释说，小伙子是他最小的儿子，回乡知青，平时就爱玩个鸟。他逮了各种各样不同的鸟儿，观察、研究它们的习性，通过几年的研究，已经弄清附近的鸟儿的"籍贯"：哪些生活在坝区，哪些生活在山区，哪些是益鸟，哪些是害鸟。乡亲们说，他甚至懂得鸟儿的语言，当他伏在草丛里模仿鸟儿的叫声时，那树梢上的鸟儿会以为是自己同伴的声音，常常偏着个小脑袋，和他一问一答呢。

---

① 白族话："啊，小鸟儿！"

竹楼、青瓦与春城故事

"你瞧，"老人指着手里的标本，"这就是他做的标本。他做了很多这样的标本。没有棉花充填，他把自己盖着的棉絮都给拆了。"老人显然是一种赞扬的口吻。

我什么都明白了，一个多好的青年！可那种时候能说什么呢？我只把手紧紧抚住他的双肩，三人都久久地沉默着。良久，为了使这气氛略为愉快些，我转了话题。

"大爹一定也晓得各种鸟儿的脾性吧？"

"那还用说，家就住在鸟吊山下嘛。"

一听是来自鸟吊山的人，我忙把老人按在海边的礁石上坐下来，向他提出一连串的问题：

"现在去鸟吊山能见到那么多鸟么？"

"那就不稀罕了。"老人摸出烟袋点起烟慢悠悠地说："要阴历七八月间，还得晚上没有月亮、有雾的天气才能看到哩。那鸟真多啊！大的有北方飞来的天鹅，小到这'直聘芝'，"老人指着那对色彩艳丽的小鸟标本，"这就是'直聘芝'，一种比金丝鸟还唱得动听的鸟。有一年冬天，我们那村子里，老地主养着的一只'直聘芝'飞出了牢笼，老家伙定要我上鸟吊山重新抓一只。'抓不到，把飞出去的找回来。'老地主说。哪里去找啊！明知无望，我还是含着泪上了山。晚上迎着那呼呼的北风，把火点着，心想一边烤火，一边引引雀子，兴许多少来几个吧！谁知来的是一场鹅毛大雪。火很快就压灭了，我也差点冻死在高山上。"老人沉默了，慢慢地抽着烟。

"不下雪鸟会来吗？"我又问。

老人不断地摇摇头："鸟吊山就怪在这儿。平时很少鸟，一到七、八月，没有月亮、有雾，再烧一堆火，就什么鸟都飞来了。"

沉默了很久的小伙子突然开口："我真想研究一下，为什么鸟儿只有在具备这三种条件下才飞来！科学上怎么解释？我想……我如果能上大学……"年轻人又说不下去了，显得很难过。

我不愿意让他难受，又一次把话题引开：

"为什么要在七、八月，没有月亮，可又有雾的晚上烧起火，鸟儿才会飞来呢？"

　　"老辈说，有凤凰死在这山上。黑夜里烧起一堆火，照着雾气，远处看，可不是一片红光。鸟儿们怕是知道凤凰正要自己烧死自己了。"老人很正经地讲着，他几十年的实践有理由叫他相信这传说的真实性。

　　老人的话使我想起在哪本书上读到过，天方古国有一种叫"菲尼克斯"的神鸟，满五百岁后，集香木自焚，然后在灰烬中复生，从此变得更加美好圣洁，灿烂辉煌，永远不再死了。

　　这大约就是中国传说中的凤凰。

　　人类智慧的祖先，古代的劳动人民对于善良、勇敢的讴歌，对真理和美好生活的追求都一样。凤凰的神话，天方古国有，我国的《孔演图》《山海经》《诗经》里不也有记载么？要知道，人民的心是相通的，都诅咒黑暗，都向往光明和幸福。那些寄托美好希望的传说故事有它的相同之处是不足为怪的。

　　我正这样想着，那青年突然说话了：

　　"我倒以为，鸟儿们来，是相信那片红光不是凤凰之死，而是它的再生呢。"小伙很自信地说，"它们的叫声多欢乐啊！我相信，我有一天会把这秘密揭开！"他随手把那美丽的"直聘芝"的标本递给我，也不等我答话，便含笑点点头，和老人缓步走了。

　　凤凰的再生！多么截然不同的新奇的解释！

　　我看着手中的鸟儿，真希望它叫起来，能把它在鸟吊山见到的一切告诉我。……

　　两年过去了——天翻地覆的两年。我本以为，我和老人的一面之交，无非是时代潮流中的萍水相逢而已，谁知前不久居然在一列飞驰着的列车上又见到这位老大爹。那是当火车经过一个叫广通的车站时，一个精神矍铄的白族老头拖一个大木箱上车了。

　　"大爹！"我惊喜地叫道，忙帮着他把箱子送上行李架。

　　"是你呀！"老头也笑了，"从大理坐汽车到这儿，等火车呢。"

我打量着木箱，老人发觉了，笑道："全是标本！给儿子送去的。"说着，在我对面的空位上坐了下来。

"他……"

"考上大学生物系了，学的动物专业！"老人抑制不住地高兴，"写封信叫我把这几年做的标本全给他送去，说要很好地研究一下鸟吊山的鸟。"

就像当年在洱海边听那老人的儿子不能考上大学一样，今天，幸福胀满了胸脯，我同样也说不出一句话来。我只是笑着，打开了车窗。

列车风驰电掣地拉响风笛奔向目的地。夜色：浓了，穿过一个山洞，一片被沸腾的生活、被闪光的灯火照亮的夜空——乳白、绯红……像一片燃烧的彩霞扑面而来：昆明！

老大爹在后面摇摇我的双肩：

"看！鸟吊山就是这个样子！"

我突然想起那小伙关于鸟吊山凤凰再生的解释。这神话多美！那小伙的解释多好！

列车在奔驰，时代在前进，明天，实现"四化"的明天，定会是一个比神话还美的现实。我想，那时，老人的儿子，那个生物系毕业的鸟类学家，将为我的民族、为科学揭示出鸟吊山的秘密。

1978年7月18日昆明

青瓦 ··············

在水波上

　　才写下这个题目，我就想起这是墨西哥作曲家约文蒂诺·洛沙斯一首挺有名的器乐曲。这首曲子的旋律立时就在我脑海里无声地荡漾开来，使我回忆起最近我在洱海的柔波之上的一次航行，回忆起二十多年前最初听到这乐曲时的感受。

　　我那时十八九岁，刚从学校出来，被分到遥远的西双版纳边寨卫生所当医生。离版纳卫生所不远，还有个农场的卫生所，那里的医生姓陈，从武汉医学院分来，爱好音乐。在他简单的行李中倒有一大箱子是唱片，还有一台电唱机，这些东西在当时的边寨确乎是很"洋"气的。

　　一九五六年是值得留恋的岁月。那个时候的生活，有如晴空下的江流，平静，却又非常有力地缓缓流向远方。这个刚出校门的大学生的生活也是充满活力的。白天，他徒步冒着酷暑或暴雨到各生产队巡回医疗；夜晚，便自个儿在他密林深处的小茅屋里听听音乐，过着虽清苦却无遗憾无抱怨的恬静生活。

　　一个星期六晚上，我应邀到他的小茅屋里做客。当他把唱针搁在唱片上时，小茅屋里响起了轻柔的《在水波上》。

　　"闭上眼睛！"他说，"哦，这是个平静的水面，它仿佛载着我们的生活在不知不觉中向前流动。周围只有细碎的涟漪，你正躺在水面上……起一点微风，碧绿的水波举着你，推上去，又放下来，又推上去……看到没有，你的身边，有一叶白帆，也随波浪起伏，乘风而去……"

　　他自信对这支曲子理解得很深，也想努力用形象的语言让我去

竹楼、青瓦与春城故事

理解。可惜，我不会游泳，活像个瞎子，任导游把周围的景色讲得天花乱坠，却始终什么也看不见。但我得承认，乐曲的旋律和极和谐的配器处理，给我以情绪上的强烈感染，留下了永不磨灭的印象。

那是一种对生活无忧无虑的闲适心境，一种有时间去慢慢领略大自然的绮丽风光的舒适情绪，它是徐缓的、松弛而又甜美的。有点像劳动之余躺在柔软的草地上，看着头上悠悠远去的白云，听着耳畔风吹小草的窸窣声的那种怡然自得的心情。我在想，一个国家的人民，在工作之余，如果常有这种好情绪，那这个国家和人民一定有福了。

后来不知是在哪本书中读过卢梭关于音乐欣赏的精辟见解。他说："音乐不能直接地表达事物，但它能在人们心灵中产生经由视觉形象所引起的同一情感。"正是卢梭，验证了我对《在水波上》的情绪理解是对的。我实在没有"在水波上"的直接感觉，但我却和陈医生一样，有着"经由视觉形象所引起的同一情感"。只是他感觉是在水中，而我的感觉在陆上。

但二十余年后的今天，我也有"在水波上"的直接感受了。自然地，我又想起了这支曲子。

那是乘船遨游洱海的途中。我们乘坐的是一条小小的渔船。洱海平波如镜，渔船滑过水面。水是那样清，再深，也能看见水底飘动的水草和穿梭的鱼群。只是染上了一种透明的绿，绿得像水晶杯子里的酒，绿得像水汪汪的翡翠。据说，这是因为洱海沿岸还没有工厂，没有污水排入洱海。这才使得亘古以来倒映在水面上的苍山十九峰上的一木一石，仍然和过去一样清晰。苍山顶上是一片高远湛蓝的天空和雪白的云朵。鸟在水中翱翔，而鱼却游动在天上。我们的小船在十九个山峰的倒影上起伏前进。我看见从斜阳峰开始，十九个山峰一个推着一个，逐渐远去。小船一忽儿被风推上一个山峰，一忽儿又轻轻滑下，又推上去，又滑下……水底的十九个山峰仿佛成了十九个滑梯似的，而且似乎永无止境地推上去，又滑下来，又推上去……那是一种坐车疾驰过拱桥时的感觉，或者像儿时躺在摇篮里。蓦地，《在水波上》从我心底升起！

对，我正是在水波上！这样明显的节奏，这样舒适的摇晃，只有母亲才这样亲切地摇着自己的儿女。看船家不知什么时候也停下自己的桨，挂起了一面白帆，那渔女正拿出围腰，一针、一针，悠闲地在上面绣着自己的希望。是一对戏水的鸳鸯？是吉庆有余的大红鲤鱼？我没细看。男的，坐在船头，任小船起伏颠连，以一种喜悦和盎然的兴致指点山河，自己欣赏，也让我欣赏。

"快看'玉带云'！"他手指对面的苍山。果然！一条细长的边缘整齐的云带，系在翠绿的苍山半腰，水平线一样横亘几十公里之远。

"古话说，'苍山系玉带，饿狗吃白米'，这是大丰收的瑞兆啊！你看——"这次，他指的却是不远处的水面。

风停了，水面静静地倒映出岸上的山光树影。可是，在船家指的正前方，既不是山，也不是树，而是彩虹一般五彩缤纷的水面。先是一片大面积的金黄，像是盛开在水面上某种水草的金色花朵；继而是一片朱红，像水底燃烧的火焰；接下去是一大片石青……整个像有一种强烈的韵律感，仿佛有光电效应的电子音乐，正应和着我心中的旋律，在水面上伸展开去、伸展开去……水面上哪来这样丰富的色彩？我从未见过这种仿佛通晓人意的水波，而且陆上什么也看不见。我奇怪了，那渔女却笑着说："那是我们村子里的倒影：金黄的是稻田，红的是橘子，青的是新盖的瓦房。"

尽管远处苍茫一片，但她的话我完全相信。因为在这块美丽、神奇的土地上，常有些令人难以置信而又非常现实的奇迹。比如苍山下有名的三塔，在晴朗无风的日子里，它们的倒影居然会出现，这可从高原的气候和大理特殊的地理位置做出解释。所以，我坚信眼前见到的并非海市蜃楼，子虚乌有，而是今天建立在坚实土地上的幸福生活的投影。这只要看看渔女低头绣花的幸福面容、看看那白族小伙悠然坐在船头看风景的兴致、看看他们随着水波微微摇晃

竹楼、青瓦与春城故事

的身影，谁都会得出这样的结论：那是一种吃穿不愁、心舒气顺时才可能有的好心境！

水波上，小船儿漂呀漂地前进，阳光下的前程真如锦绣般绚丽，洛沙斯《在水波上》的旋律始终轻轻响在我的心底，并且不断地变奏着、重复着、回旋着。突然，波浪里腾起了几个红色的航标，我觉得，那正是从我心中蹦到晴空下的几个音符，而且，那小伙和姑娘分明地笑了。

他们一定听到了我心底那支欢愉甜美的歌。

蕨 菜

　　我儿时和年轻时都与大山为伴，与森林为伴，故喜食野菜。现在住城市里，每到春夏都要饱餐几顿。我上街找，或请家里人从故乡带来。那些带来的野菜到昆明已经蔫了，可我仍觉得那么好吃。

　　蕨菜，便是我喜欢吃的一种。我小时常随大人上山采蕨菜。第一次看见那毛茸茸的像个握紧的小拳头似的蕨苗就喜欢，老猜这握紧的小拳头里到底藏着些什么？便掰开，什么也没有，放掉，它又握住了。比我们大点的孩子很淘气，贼兮兮地叫我们到旮旯里，把煮过的一支蕨苗递到我们手里，两人各执一端轻轻撕开，用以占卜谁家的新媳妇将来生男还是生女。如撕开后中间呈"N"字相连，主生男，其他则全是主生女孩。每卜一个，便大笑，什么也不懂，只觉得有趣。

　　那煮过的蕨菜清水里漂洗一两天便可下锅。一般炒来吃。选最肥最嫩的，吃到嘴里脆嫩、滑润，还有一股子山野的清香，那种口感是任何蔬菜都没有的。昆明人在炒时喜欢加点韭菜或豆豉，别是一番风味。

　　记得儿时还吃过以老蚕豆米文火熬蕨菜的浓汤。油盐的放法也忒怪：先以一大铁勺在炭火上把油烧滚，再把烧红的盐块放到滚油里，趁滚油腾起火焰时一并浇进蕨菜豆米汤中，随着"嗞——啦"作响，满屋喷香，煮烂的豆米和煮茸的蕨菜熬在一起的浓汤连汤带菜，又鲜又香。家住昆明后，每年蕨菜上市，很想异地如法炮制，惜乎跑遍昆明土杂店就是找不到块状盐。想到滚油浇时烈焰腾腾，有声有色，那场面一如宴会上上锅巴海参般蔚为壮观；而我的厨房狭小，不敢冒险，终于几十年没吃过这种浓汤。

但素炒蕨菜仍不失为餐桌上的佳肴。去年日本翻译家川口孝夫先生来昆，几个朋友请他吃便饭，我知道肥酒大肉未必使客人中意，便嘱厨师只选有昆明特色的蔬菜，如篱蒿、魔芋豆腐、蕨菜之类。果然客人赞不绝口，大快朵颐。说蕨菜日本也吃的，但近些年成了高贵山珍，很难吃上了。商店里卖的多是从东北进口的脱水蕨菜，那味道已大不一样。谈及价格，贵得令人咋舌。想起家乡春天那满山遍野的蕨菜，除极少数人吃之外，多是用来喂猪，这实在可惜。

蕨菜中还有一种水蕨菜，只在西双版纳见过。比旱蕨菜植株小，通体碧绿如翡翠雕就，小溪边，亭亭玉立的，傣家妇女进山常会摘些回来。我早年在西双版纳经常吃。它比旱蕨更脆更嫩，当是蕨菜中的上品！可惜产量太少，且只长于热带河谷中，第一次见水蕨菜我以为它就是"薇"，即伯夷叔齐耻食周粟，在首阳山采食的那种野菜。盖蕨"尖端卷曲如漩涡，叶羽状如薇"，故有此误。后来知道自己弄错却至今仍不知那叫做"水蕨菜"的东西为何物，植物学名怎么称呼。

对蕨菜的知识早先就那么一点点，仅限于吃，人吃，猪吃。记起故乡冬去年末之际，大姑娘小媳妇们成群结队上山采蕨菜，总以为山茅野菜的，怕只有我们那种穷乡僻壤才兴吃。西方人是否吃不知道，日本人近来把它当山珍却是真的。《诗经》"言采其蕨"，可见几千年来我们的祖先就采蕨为食了。

蕨菜不只嫩苗可食，它通体都有用。蕨根里含淀粉，可酿酒；蕨茎纤维坚韧，可制缆绳，耐水湿。《滇南本草》"蕨菜"条载："其味甘滑，性冷，主治去暴热，利水，兼令气下降。"吃蕨菜后有清气上升之感，可见它还是一味良药。

蕨菜一般散见于森林中，大片生长却是在森林砍伐之后的荒地上。对生态学家，这可是不愉快的景观，但对土壤学家来说，蕨菜又成了酸性土壤的指示植物。哪里长蕨菜，哪里的土壤肯定是酸性的，无须再做pH测定。

我喜欢蕨菜只为朵颐之快。当然，也还羼杂些儿时的亲切回忆，总觉得这是普通百姓的菜肴。越是深山老林、穷乡僻壤，越能享用到最鲜嫩、最可口的蕨菜，而深宅大院中的人怕就难有这种口福了。看到蕨菜，一种乡情油然而生，故乡那炫目的织满了紫外线的阳光，阳光下轮廓清晰的远山和山中垂下的银色瀑布，以及春天背着箩筐上山找蕨菜的大姑娘小媳妇们，甚至儿时的淘气都会一一闪现在脑海里。

蕨菜是一种平民菜肴，大多数人喜欢它恐怕还是因为它好吃，且一年只能吃上几次。对国内外食品专家，重视它则是因为它是一种健康食品。现在，国际市场上最受欢迎、最贵重的还是那些来自山野的自然食品。难怪一些食品包装袋上，我们常见到生产厂家要郑重声明某种食品"不含任何食品添加剂"，以示其纯属来自大自然。报载，国外还有出售来自阿尔卑斯山的新鲜空气罐头的。可以肯定，随着地球污染的日趋严重，那些未被污染的空气、水、花、果、山茅野菜什么的，其价值会被越来越多的人所重视。

"物以稀为贵"，这只是一个方面。最可贵的东西却常常是最平凡的。它们以其纯洁和真实，以其平凡体现出真正的价值。如实才是本色。从蕨菜到人恐怕都如此。那是来不得半点"添加剂"的。

春天来了，街上又见卖蕨菜的。前几天外地来的表姐提醒我，蕨菜在家乡还有一种吃法：腌吃。选最嫩、最鲜的蕨苗在罐子里用盐水泡上三五天便可取食。表姐说，那才是最本色、本味！

我打算明天就去买来试试。

1991年4月5日夜

重建玉皇阁碑记

　　吾邑漕涧，古镇也。自汉元封二年（公元前109年）即于此设嶲唐县，东汉永平十年（公元67年）置益州西部都尉，治嶲唐。十二年再设永旨郡。仍治嶲唐。千年古镇，古风盎然，邑人知书达礼，行善积德，遂有古寺兴焉。康熙癸巳（公元1713年）始建玉皇阁，乾隆甲寅（公元1794年）又修葺扩建诸寺，曰观音阁、曰释迦殿、曰财神殿、曰本主三崇庙，偕玉皇阁共五大寺庙雄踞镇北。尝闻香火鼎盛时、翠竹苍松茂林修竹间隐现辉煌殿宇；崇山峻岭曲水高冈处时闻暮鼓晨钟。时旦也，日出于崇山之上；时暮也，月映于类水①之间。草薰木欣，泉澹风爽，实为我邑一胜景也。又每岁正月初九传为玉皇圣诞，是日群贤耆宿毕至，少长妇孺云集，诵经祈福，歌舞遣性。尚有六月南斗会、九月北斗会，每岁皆于此举行，或虔诚默祷寄望，或纵情歌舞游乐，噫！斯阁之于吾邑众生善矣哉！然公元1958年因"大跃进""人民公社"之变革，玉皇阁古庙群遭毁损，断香熄火，栋折梁崩；继而1966年后之十年浩劫，各殿神佛塑像均被捣毁，残垣断壁终夷为平地，至重建之前已片瓦无存，唯见荒草摇曳，蛇游鼠窜。呜呼！天灾人祸，玉石俱焚，自古如斯，哀叹唏嘘之余复如之何？

　　幸改革开放，国运兴隆，政通人和，有识之士首倡重建此阁，继而再修诸寺，喜得各级政府资助拨款，忝以士庶随心功德，历年功成，嘱余作记，曰：是天下事，始创者固难，而复兴者亦不易，

---

① 类水，漕涧有河，古名类水。

玉皇阁之再建令祈福者有所祷处，信仰者有所皈依，而旅游者亦有所游乐也，众望所归，不亦善乎！当钟鼓再起、香火重光之际，为此宏图再现乡里而尽心尽力者，若得后人首肯，功莫大焉！故勒石记叙，以志永久。

竹楼、青瓦与春城故事

嶲唐广场碑记

嶲唐，漕涧古称也。汉元封二年（公元前109年）汉武帝开滇设六郡县，吾邑即六郡之一矣。东汉明帝永平10年（公元67年）六郡合一改称益州西部都尉，仍治嶲唐。亘古史实，足证我邑实为云南第一古镇。嶲唐后名漕涧，盖因东有漕河而西有涧水耳。漕涧东接大理州，西界保山市，北临怒江州，历来为盐马古道，滇西重镇。常年云白天蓝，惠风和畅，雨沛露盈，鸟语花香。更有麦苗青葱又晚稻金黄，温泉暖暖而秋月朗朗；崇山巍巍兮涧水滔滔，钟灵毓秀兮物华天宝。纵观中华千年往事，喟叹神州滚滚英豪，呜呼！时运更迭，荣辱俱往矣！幸改革开放，国运昌隆，历届党委政府领导有方，吾邑民生日好，和谐兴旺。或修路，或办厂，力挽狂飙兮崇山之巅，再挟雷电兮富我家乡。更喜本届镇党委政府，体察民意，富民于开发建设，惠民于修建广场。工程启动之时嘱余作记，曰：村有会所，族有祠堂，如此大镇，岂无广场，抚今追昔，名曰嶲唐；励精图治而开来，奋发图强以继往，或集会庆祝，或动员表彰，或运动休闲，或歌舞说唱，人人皆有所处矣。百姓盛赞繁荣昌盛，业绩彪炳后世不忘。不亦快哉我漕涧！不亦美乎我嶲唐！

公元2012年岁在壬辰春节

春城故事

喧嚣与静谧

  翠湖，这个昆明市中心的公园，在昆明可说是无人不晓。公园里楼台亭阁，曲水回廊，树影婆娑，波光潋滟。于高楼大厦车水马龙中突现这样一个好去处是十分难得的，汪曾祺先生在《翠湖心影》中曾说："城市有湖，这在中国、在全世界都是不多的。"

  翠湖原名"九龙池"，清人倪蜕《滇云历年传载》中有"九泉所出，汇而成池，故名九龙池"。翠湖还有一个老名字——"菜海子"，想是当年"清回透彻，蔬圃居其半"，周围种菜的人家多。再早，翠湖只是昆明城外"赤旱不竭，土人于中种千叶莲"的一片沼泽；出水成河，名"洗马河"，明初，傅友德、蓝玉、沐英带兵入云南，在这里"种柳牧马"。1919年这里筹建公园，因其"十亩荷花鱼世界，半城杨柳拂楼台"的湖光山色而改名"翠湖"，并一直沿用至今。

  翠湖一年四季都是绿的。尤其是雨季，草木繁茂，翠湖的绿树几乎覆盖了全部楼台亭阁。高处望去，一片绿树碧水，此时，就只剩一个字——"翠"。难怪引得汪曾祺又一次赞叹："翠湖这名字取得真好！"

  二十世纪三、四十年代，昆明的市区小，翠湖处于市区的西北郊，因此"昆明人特意来游翠湖的也有，不多，多数人只是往这里穿过"。（汪曾祺《翠湖心影》）可以想见当时的翠湖有多么安静、清澈。

  然而，这种路人多游人少的现象如今却很难再见。随着城市的急剧膨胀，昆明城区比改革开放前扩大了近十倍，原在昆明市区西北郊的翠湖，现在已处于市中心位置，实际上成了一个大大的街心花园。自然生态也发生了急剧的变化。原来的水源是九股地下水，现在主要引盘龙江水补给，通向滇池的洗马河已经不复存在，变成了车水马龙的街道。但闹市中心能有这样一个好去处，自然会成为南来北往的路人，省内省外的游客抄近道、游览、歌舞健身的市内首选。于是，昔日安静的翠湖逐渐变成了城市里最喧嚣的地方。我家正住在翠湖边上，以往是好福气，现在却是从早上五点多到晚上十一点，难得有片刻的安静。

先是一位也许是抗美援朝的老兵，仍有当年的豪迈情怀，天不亮就在翠湖边高唱"雄赳赳，气昂昂，跨过鸭绿江……"此后，必有一中年壮汉，对天作狮子吼，道："欧——吼！"此公中气足，肺活量之大似经扩音机吼出，有着极强的穿透力和震撼力，经他一吼，相信没有不被惊醒的。在他之后，这种吼叫声逐渐多起来，此起彼伏，男女皆有，一时间翠湖成了百家争鸣的场所，原因据说是此吼可以健身。八点之后，歌舞健身大军开始正式入园。他们三五成群，自带音响，各占一方。在一个不足一亩面积的园中园里，却有五六处唱歌跳舞的人，播放的音乐轰轰然混响成一片，在旁边人听来已分不清谁是谁了。

也有占据一个小亭子、一角小回栏，在一支笛子或一把二胡伴奏下的独唱或一个人清唱。哪怕声音走调得离谱，唱者也自得其乐。还有郑重地穿上演出服，化着浓妆的大妈们，或三五成群，或单打独斗，开足音响，边跳边唱"假如你要嫁人，不要嫁给别人……"其乐陶陶，完全不在乎有没有观众或观众的感受。最有气势的当数彝族的左脚舞，一来便几十人乃至上百人，围成个大圈子，弹着十几把月琴、三弦，一跳几个小时，中间不停不歇，通宵达旦都不成问题。

十点过后，随着歌舞的人群入园，游客、路人也越来越多，用"过江之鲫"来形容毫不夸张。路边和树下，卖小首饰工艺品的，卖糕点风味小吃的，甚至竟拍"齐鲁名家字画"的，纷纷开业，这时的翠湖又成了一个大商场。

环翠湖的人行道上也很热闹。这里不约而同地集中了好几个小乐队。有老年人的民乐小乐队，演奏花灯和云南民歌；有气派的铜管乐队，奏《解放军进行曲》和《歌唱祖国》。还有个管弦乐队，高中低管弦乐器搭配得当，看来是专业演艺团体退休人员组成的。他们演奏《山楂树》《铃儿响叮当》《外婆的澎湖湾》和《喜洋洋》等。有时还能听到不俗的女中音，仿关牧村的《吐鲁番的葡萄熟了》，围听的人也最多。

午夜十一点。总以为安静了。不，还有歌手压轴，开足音响，唱起时下最流行的《小苹果》："你是我的小呀小苹果，怎么爱你都不嫌多……"

现在的翠湖，周边都是几十层的高楼大厦，翠湖已被团团围住。设想每天晚饭后，只要每幢高楼、每个窗户后各走出一个人来到翠湖散步，几十幢高楼会有多少人进入翠湖？更别说旅游者，借道的行人、外来务工人员……翠湖能不日夜喧嚣？今天的翠湖已不是几百年前"柳林洗马"那样一片田园风光的好去处了。白天歌舞喧天，入夜霓虹闪烁。气压低时，翠湖的上空灰蒙蒙一片，这个"水绿天青不起尘"的城市，也出现了雾霾的可怕身影……

我想努力找回二十世纪三、四十年代汪曾祺《翠湖心影》里的那份静谧。一个雨夜，当我读到"有的夜晚从湖中大路上走过，会忽然泼剌一声，从湖心跃起一条极大的红鱼，吓你一跳"，不禁想，在翠湖今天还能找到那种氛围吗？正值小雨淅沥，翠湖罕见的没有人影，没有歌声。我当即撑起一把雨伞，决定独自雨中漫步翠湖，去寻找一点逝去的古老。穿过翠湖的堤以及堤上的拱桥，听细雨中沙沙作响的树，看影影绰绰的楼台亭阁这些百年前留下的风景。"细雨鱼儿出"，"泼剌"一声，湖里果真也跃起了一条大鱼。刹那间，我仿佛一下子回到了《翠湖心影》里，心里也跃起了一阵惊喜。然而，就当鱼儿落入水中时，湖面荡起的却是那五颜六色的霓虹。那种诡谲、那种变幻使我明白：鱼，已经不是汪曾祺的那条大红鱼了，翠湖留下的只是心影。明天，又将是翠湖歌舞喧嚣的一天。

喧嚣是一种朝气，静谧是一份古老。能否在喧嚣的朝气里保留一点儿静谧的古老呢？这应该是做得到的。"逝者如斯夫"，吾梦寐以求之。

城里人下乡　乡下人进城

　　我的家面向一个湖，叫"翠湖"，背靠一座山，叫"圆通山"。隔窗望去，湖面波光潋滟，环湖绿树成荫。按理，这绿树应该连绵开去，然后是田畴、村舍、河流……很久很久以前是这样的。有河把这湖与滇池连起来，可以想见当时的美景。那时，从自然环境上城乡差别还不是很大。现在不是了。河流已彻底消失，变成车水马龙的大街，若不知历史，再富有想象力的人都想象不出当年漂荡着小船的河床今天是飞驰着各种车辆的通衢大道。河哪里去了，改道了？填了？盖上水泥板成阴沟了？不知道。城市扩大了十几倍，当年与滇池相通的翠湖成了一个街心花园。一幢幢大楼巨人似的，摆出各种傲慢的姿态把它紧紧包围住了。这个城市住房之密、车辆之多、人口之挤，在全国出了名。

　　傍晚，远眺周边密如森林的楼群，高高低低，灯火点点，我会突发奇想：如果有一种魔力能把这些钢筋水泥的层层构架隐去，就只展现其中的东西，你就会发现一层一层的楼宇，一格一格的房间、宠物、人，在吃饭、在工作、在看电视、在读书、在做作业……楼楼相挤，层层相叠，像三明治、像夹心饼干，一层层往上堆，十层、几十层，都飘在空中，想象一下，这绝对是一幅超现实主义的巨幅油画，很吓人的！

　　这样的拥挤受不了，一有机会城里人自然要往乡下跑。有钱的开上车去乡村旷野打高尔夫，到别墅度假；中等收入的，去吃吃农家乐，买点平价果蔬；低收入的便只有坐公交，自带矿泉水和糕点到附近的郊野、古庙玩玩。总之，要离开那人压人、人挤人的城市到乡下透透气。双休日、节假日你会发现，平日街上如过江之鲫的人流车流突然少了，十字路口少见的畅通无阻——城里人下乡玩去了。

城里人下乡找清净，乡下人反倒想进城找乐子。以往，进县城，上省城，赴京城，对乡下人都是件难得的事、快乐的事。现在很平常。且看我说的翠湖，位于城市中心，进可唱歌跳舞，出可逛街购物，自然这个公园就成了乡下人进城的首选。若稍加注意，你会发现来翠湖游玩的，本地人除退休工人外，几乎都是来自郊县甚至边地的农民，一律着节日盛装，扶老携幼，像赶庙会。年轻人吹着笛子，怀抱月琴，弹着小三弦，或踏歌而行，或干脆围个小场子表演着各自民族的歌舞，吹拉弹唱，各玩各的，各种声音最终混成一锅粥，终于分不清谁是谁的了。来这儿玩的都是不计效果，只求尽兴。直到日落黄昏，方才各自散去。这些来自近郊或外地进城务工的农民，酒吧歌厅咖啡馆他们不会去玩，也不喜欢。那种门一关就各是各家，互不来往甚至楼道上见了面都不打招呼的城里人的生活方式他们也不习惯。到省城看罢高楼大厦彩灯车流，之后就到翠湖唱唱跳跳，图个农村式的热闹。这对那些已经解决了温饱的农民是很自然很愉快的事。以往在边地才看得到的"原生态"的傣族孔雀舞、景颇族的木脑纵歌、拉祜族的三跺脚，以及撒尼族的大三弦等等，在翠湖都能看得到。翠湖也因之成了个平民公园、民族乐园。达官贵人是不来的，名流巨贾是不来的，度周末，他们要到乡下去。

等到富人打完了高尔夫，中等收入的要完了农家乐，低收入者游罢山水都要回城了。留下果皮纸屑易拉罐一幢空别墅下周末再来——也有让老爸老妈留守别墅的。我有老友即如此。常住女儿买的别墅，远离市区，突一日胃部大出血，120赶到，血压都已经量不到了。幸亏及时做了处理后赶回城中大医院救治，方保住了一条老命。此后老两口非常小心，身体不适，看病开药还回城里住单位的福利房。住城里也自有它的方便之处，和乡下人不习惯长住城里一样，城里人未必喜欢长住乡下。最理想的是，城里有乡下的环境，乡下有城里的方便。这种理想环境一下子还办不到，这就使城里人要下乡找清净，而乡下人要进城找乐子。正如泰戈尔所谓"鸟儿愿为一朵云，云儿愿为一只鸟"。这种城里人下乡和乡下人进城恐怕不是一个城市而是改革开放以来全国各地共有的现象。不管对城里人或乡下人，这是生活方式的一种暂时变化，又是对另一种生存环境的永远向往。城里人现在追求的是不受污染的空气、水和绿色低碳环境。而乡下人则喜欢丰富的物质和多姿多彩的快乐。在不发达国家，城市和乡村的这种差别是难以逾越的，发展中国家正在互相交融，叫"农村城镇化"。发达国家则早已解决了这个问题，也许该叫做"消灭了城乡差别"，因之，在发达国家，这种乾坤大挪移的现象就很少见。

不管在任何地方，总有城市，总有乡村，或进城或下乡也是有的。差别在于：一窝蜂进城赶热闹，一窝蜂出城找悠闲的事在发达国家恐怕很少看到。盖因在发达国家，城市里照样可以找到鲜花盛开的草地、天鹅游弋的湖泊和兔鹿奔跳的森林。而在乡村，以绿篱为墙的家家农户也可举行生日party或乡村舞会，邮局、银行、超市、酒吧、医院、互联网到各种社会保险，城里有的，乡村都有。

从城里人不愿到贫困的乡村，乡下人进不起繁华的城市，到现在城里人下乡透气，乡下人进城找乐，再到城里也有乡下的清静和干净，乡下也有城里的方便与舒适，人民就有福了！

《光明日报》2011年8月17日

往昔三牌坊

　　昆明金马碧鸡坊是很古老的。它的建成是为纪念一个美丽的传说，一段古老的历史。这个传说早在西汉时期就流传于长安了。《汉书·郊祀志》："或言益州有金马碧鸡之神，可醮祭而致，于是遣谏大夫王褒使持节而求之。"《汉书·王褒传》又记载，这位受汉宣帝派遣到云南祭祀金马、碧鸡的特使于赴益州途中就病故了。"益州"即现在的晋宁。此后晋代常璩所撰《华阳国志》写得更为详细："长老传言，（滇）池中有神马，或交焉，即生骏驹，俗称之曰'滇池驹'，日行五百里。"同书又说，章帝时"神马四匹，出滇池河中"。关于碧鸡，该书云南青蛉县条下说，"山有碧鸡、金马，光影倏忽，民多见之。"青蛉即今大姚。不管益州（晋宁）也好，青蛉（大姚）也好，离昆明都不远。于是500多年前明代所修的地方志《景泰云南图经》正式载入了这一传说。明朝著名文人杨升庵也曾著《移金马碧鸡辞》刻于西山石岩。久而久之，昆明的东山就被称为"金马山"，西山叫做"碧鸡山"，这就是孙冉翁大观楼长联中所吟咏的"东骧神骏，西翥灵仪"。

　　根据史书所记载的故事，昆明人遂于明代在东西寺塔之间建金马碧鸡二坊。它和北面不远为纪念赛典赤·赡思丁的忠爱坊构成"品"字形，这一地段老昆明人称为"三牌坊"，这是今天的年轻人不知道的。

　　三牌坊自建成之后，先是1657年孙可望叛变，其部将张胜进犯昆明时，金碧坊第一次被焚。重建后过了200年，回民起义军马如龙攻下昆明后再次被毁。在此之前忠爱坊亦为清军团练头子黄琮烧

　　　　　　　　　　　　　竹楼、青瓦与春城故事

掉。1884年，昆明各界捐款重修三坊。1936年忠爱坊再次毁于火灾。此后就只剩金马、碧鸡二坊了。1966年在"史无前例"的文化大革命中连金马、碧鸡两坊也难幸免，又再次毁于人祸。直到改革开放后的1999年，三牌坊又才重建于旧址。

我最初见到金马碧鸡坊是1953年来昆上学时。我那时上的是昆明医士学校。校址在东寺街西寺巷，而宿舍则在东寺街岔向金马坊的一条叫"鱼课司街"的小街上。想是明清时负责收缴渔税的部门——"鱼课司"所在地。从鱼课司街有一条很窄的小巷穿出去就来到金马坊下。西行约百步，就是碧鸡坊了。第一次见到这样雄伟高大的牌坊，很让我这个来自山村小镇的孩子驻足观看了好一阵子。当时阳光正射在"金马""碧鸡"四个金字上，只觉它光芒四射，很有气派。那时这一带的街道、市民生活是极具老昆明特色的。东寺街的东寺塔古意盎然。街道上极少见车辆。省滇剧团瓮声瓮气的大钹声和咣咣作响的大锣，不时响在街上，加上茶馆里的花灯清唱，挂在瓦檐下的鸟笼里画眉的叫声，使宁静的街道平添几分热闹。有时还会听到卖麦芽糖的"叮叮——嗒"，"叮叮——嗒"的敲打声和收旧衣服的女人那悠扬如歌的行板，唱道："有旧衣烂裳嘿——找来卖喽……"此时若是有鸽子从蓝天飞过，还会投下一串由近而远的鸽哨声，这是城市小曲袅袅不绝的余音，最后化成小巷、小院里飘出的一缕珠兰或缅桂的幽香……行走在这样的街道上，会感受到有别于旷野、农村里的那份城市的悠闲和宁静。

出得东寺街，来到金马碧鸡坊下就大不一样了。这条东西向的大街名"金碧路"，路名延用至今。东边是金马坊，西边是碧鸡坊。而碧鸡坊这头的玉溪街是条食品街。一阵阵卤饵铗的香味随风飘散，一群群小锅米线的食客你去我来。要是雨季，偶然还会见到不知谁家的大姑娘，一把花阳伞下是一个竹筲箕，里面几朵鸡㙡、几朵青头菌犹带湿润的红土，只等着回去下锅。

靠金马坊这个方向则要显得"洋气"。临街面的建筑墙面多是杏黄色的。夹道的一排法国梧桐枝繁叶茂，把街道覆盖如穹隆。路边有家老字号越南咖啡馆，橱窗里烤得金黄的法式硬壳面包很是诱人。还有吉庆祥糕饼店，还有公共浴室。所有浴室门口几乎都有两行字："西式洋盆，唯一大池"。广告不像广告，对联不像对联，很怪。再往前走可岔到有广式骑楼的同仁街。人行道在骑楼下面，很有特点。想是抗战前仿越南或广州的建筑。

正北是正义路。1953年我还见到了那有名的"近日楼"。穿过城门洞，是一个古老的清真寺（在现在的百货大楼后面），有一副对联记忆犹新。上联是："畏圣人言小心翼翼"，下联是"法天行健终日乾乾"。那时尚未实行对工商业的"社会主义改造"，路两侧都是私营店铺，大多是老式房子。印象中最漂亮的是艳芳照相馆。当然最繁华的还是要数南屏街和晓东街了。我们常在南屏电影院看学生场电影。

所谓"三牌坊"，所谓"近日楼"，周边景致当年就是这样。其实"三牌坊"之一的忠爱坊此前一直没有重建。往西的小西门一带是比较冷清的。由此忆及汪曾祺的诗句"莲花池外少行人，野店苔痕一寸深"，恐怕是毫不夸张的。

金马碧鸡坊周围，过去是市中心，今天还是中心。重建于原址的三牌坊焕然一新，成了昆明的标志性建筑。我深居简出，少有出门机会，但重建之后还是去看过一次。只见周围高楼林立，步行街上游人如过江之鲫，周围花团锦簇，入夜各种彩灯光怪陆离，三座牌坊放射出从未有过的光辉。回忆起以往的金马碧鸡，那份古老、清寂、悠闲，体现出的仍是一种老大的、缓慢的农业文明。可今天的金马碧鸡坊下，从电脑广告、股票行情到旅游团队导游挥舞的小旗子，到环绕着大花坛和喷泉旋转的各种车辆，匆匆忙忙的行人……一切都恍如隔世！但这一切又提醒你：昆明已进入一个高速发展的信息社会。

世界上大多数城市都有它标志性的建筑物，如巴黎的埃菲尔铁塔、柏林的勃兰登堡门、华盛顿的白宫、北京的天安门……毫无疑问，昆明市的标志性建筑物当是金马碧鸡坊了。因它古老可上溯至

竹楼、青瓦与春城故事

汉代，又因它年轻可以映照今天。而某些城市的标志性建筑建了毁、毁了建，又常常可以反映出一个时代，或天灾人祸，或国泰民安。金马碧鸡坊的几毁几建所反映的，正是一页页厚重的历史，且是历史的最形象的解读！

长时段地看，历史不会倒退。社会总要进步。因之我们完全有理由相信未来的日子里，昆明的吉祥物——金马、碧鸡一定还会给春城带来耀眼的辉煌、无上的荣光！

还有金碧交辉之说。谈及金马碧鸡者，少有不论及的。都道这是60年才能一见的奇景，但我怀疑有多少人见过？据说是时阳光和月光分别照在两座牌坊上，两坊影子逐渐交叠。故名。从天文学看这不是不可能的事。也许将来某一天当无与伦比的太阳的光芒毫无遮挡地投射而下时，我们终将看到，那将是历史最灿烂的时刻。

《云南政协报》2011年3月4日

哑 鸟

梁实秋先生写他当年在四川听鸟："黎明时窗外一片鸟啭，不是吱吱喳喳的麻雀，不是呱呱噪啼的乌鸦，那一片声音是清脆的，是嘹亮的，有的一声长叫，包括着六七个音阶，有的是一个声音，圆润而不觉其单调，有时是独奏，有时是合唱，简直是一派和谐的交响乐……"今天，你也许有机会能听到一只鸟的啼叫，但要想听到"一派和谐的交响乐"的百鸟啭鸣，恐怕很难很难了。盖因鸟儿们的这种大合唱对环境的要求极为严苛，除了山风流泉，不能有别的声音，其次自然生态要好，有山有水有森林，似乎还要有一二小山村。有了这些条件，就有可能听到鸟儿们的大合唱了。

我住在一个近千万人口的城市昆明，虽在车水马龙的市中心，难得附近有一山一水，山叫"圆通山"，水叫"翠湖"，两者都不大，但对城里人来说，已算是洞天福地了。便有鸟儿飞来。也不知来自何方，种类还不少。

斑鸠——汪曾祺先生在《伊犁闻鸠》中说"昆明似乎应该有斑鸠，然而我没有听鸠的印象"，昆明不只有，且很多。便在今天，也经常看到它们在我窗外飞来飞去，有时在树上，有时在屋顶上，在清晨天刚蒙蒙亮、城市尚未醒来时才偶然听到一两声它们的叫声："咕嘟嘟——嘟！"一年也就三五次。

喜鹊——在我窗外的树上有喜鹊的巢。马路边的高压线铁塔上居然也有。这使我感到奇怪。更奇怪的是，历来形容喜鹊"叽叽喳喳"是鸟中饶舌者，民间又认为喜鹊叫是报喜的，它们黑白相间的身影也不时掠过我的窗前，然三缄其口，似无喜可报。

　　竹楼、青瓦与春城故事

黑头公——比麻雀略大。叫声不婉转，然清脆多变。以前昆明没见过，西双版纳却很多。怎么逐渐北移至昆明？要问鸟类学家才知道。对黑头公我有一种负罪感。缘于二十世纪六十年代大饥荒岁月，肉食缺乏，孩子嗷嗷待哺，家门口的树上跳跃着很多黑头公，它们成了我猎杀的对象，用气枪打下来，去毛、烧烤，很香。现在想来是多么野蛮的屠杀行径！数十年后，它们照样飞到我的窗前，但不像在西双版纳那样快乐地啼叫了，是因我而沉默，或者别的？

鹡鸰—— 一种生活在水边的鸟儿，我的家乡叫它"点水雀"。常见它沿小河起伏飞翔，似用尾巴点水，随点随叫"唧滴滴！唧滴滴"！昆明城里居然也有这种鸟儿。滇池有多条河流入口，是从那些河上飞过来的吗？

灰喜鹊——成群地，在窗外掠过一两次，后来不见了。和它们来时一样突然。这种鸟干脆就不发声，想是这儿不适合它们栖居，于是穿过喧闹的城市又飞回远山。

杜鹃——在近千万人口的大城市中心能听到杜鹃叫是一种难得的福气。数十年也就那么绝无仅有的一次，两声，凌晨闻之，一阵惊喜，忙下床寻觅，已不知去向。往后近二十年就再也没有听到过。杜鹃是很野的，在飞越这座城市时看到这片绿荫停下来叫了两声，见车水马龙，失望之余又飞走了。忆及二十世纪八十年代，赴贵阳花溪参加笔会，住在花溪畔的"碧云窝"，宾馆靠山近水，一条小路"两边山木合，终日子规啼"，每天清晨和晚饭后竟有数十杜鹃在树上一只接一只、一声接一声不停地啼叫，直叫到月亮升起。第二天天刚刚亮又开始叫，天天如此，始信"杜鹃啼血"之说。花溪听杜鹃是我一生难忘的听觉盛宴。而多年以后，飞过翠湖的这只杜鹃却只给我留下一声孤独的叫声便无影无踪。

八哥——窗外也不时见八哥掠过。它们全身黑羽，只在翅尖有几根白毛。近观可见其黄色蜡嘴上有两撮小胡子。八哥善学舌，笼养调教会说很多话，野生的则只会吱吱喳喳叫。翠湖的八哥能让它学什么呢？汽车喇叭？工地上建筑机械的轰鸣？抑或翠湖里混响成一片的音乐歌舞？它学不来，并且连吱吱喳喳的叫声也被压抑了。

逐一盘点了翠湖所见的这些鸟儿，我发现了一个共同的特点：它们皆因翠湖的树和水而来，来了却又不叫或少叫，在自然状态下，这是罕见的。我一直试图找原因。

某日，清晨，又是斑鸠难得的叫声把我唤醒。然后是黑头公。高兴得忙起来探视，未及漱洗便想找到那啼叫的鸟儿。然而就在这时，翠湖周边的第一声汽车喇叭突然撕裂了清晨的宁静，随后"波！波！"一声接一声的喇叭，"唰！唰！"地一辆接一辆的小汽车、公交车轰鸣而过……随着上班高峰的到来，车流人流逐渐加大；再加上环湖小贩叫卖声，还有据说可以强身健体的吼叫声，翠湖晨练唱歌跳舞的音乐声……且一律用上高音喇叭，听到的噪声也就越来越强大。最震撼心魄的还数周边拆建工地上不时传来的施工机械的轰鸣，翠湖喧嚣的一天便这样开始了。偶见有觅食的鸟儿飞过，这时也一只只噤若寒蝉，似乎成了一些哑鸟。

汪曾祺说："城市发达了，鸟就会减少。"（汪曾祺《香港的鸟》）我要说，城市发达了，有鸟也不叫。翠湖边有鸟，且种类还多，但不叫，就是因为这城市的喧嚣。

人在愉悦时才会唱歌，鸟也一样。它不唱歌，它没心情。

或问：忘了每年来昆明越冬的红嘴鸥了，那些频频上电视的明星。我以为红嘴鸥是另类。它们不像翱翔于喜马拉雅山的雪山雄鹰，也不如西伯利亚的雷鸟，它们躲避严寒，不远万里到春城越冬是为寻找美食。每年11月便飞临翠湖，叽叽喳喳从早叫到晚，给这个城市更添了一份吵闹。有一年的初冬，赶在红嘴鸥没来的某天凌晨，进翠湖散步，没有听鸟的奢望，只想呼吸点新鲜空气。突地，一声清越的啭鸣，大喜过望之余，忙到柳荫深处寻觅，原来是一只关在笼子里的宠物鸟。难得的一声啭鸣，应和的却是汽车喇叭声及随后加入的越来越多的噪音。

回来的路上，来来往往，净是赶去上班的人群。开始有鸟儿飞

竹楼、青瓦与春城故事

过。清晨本应是它们依枝啭鸣的时刻，却听不见一声啼叫。

　　看来，生活在翠湖的鸟儿也如匆匆走在路上的行人一样，只为生存奔忙着，很少或者已无暇顾及歌唱了。

《人民日报》2014年11月5日

小贩与城管

　　说到小贩，就会联想到"贩夫走卒"一语，似乎是贬义的。事实上我们的生活中离不开小贩。社会发展到今天，住的是高楼大厦，要买东西马上就会想到超市、商场，对一次性购买很多东西，逛一次超市一揽子解决，不失为首选。可要是突然的急需针头线脑，或突然地嘴馋，想来一串冰糖葫芦、一袋休闲食品，为此跑一趟超市就觉得大可不必。这时就会想到巷口的小摊贩，要是再听到小巷深处一声吆喝："冰糖葫芦！"这无异于及时雨了。

　　在一种特定的氛围中，小贩甚至具有一种诗情画意，似乎离开了他们，小城镇大城市一律变得干枯乏味。比如，一夜淅淅沥沥的春雨，正当"春眠不觉晓"之时，突地一声甜润的声音传来：

　　"卖花吧——"

　　醒了。脑子里会出现"小楼一夜听春雨，深巷明朝卖杏花"这样的句子。这是一种多么诗意的栖居！它是春雨和那个一早来城里卖花的姑娘带来的。

　　在河道密如蛛网的水乡，小贩就在船上。我记起一幅画或一幅套色木刻来了：仿佛是乌镇那样的江南水乡，临河的楼上，一个美丽的少女正把一个小巧的竹筐子钓上来或是放下去。她无疑是跟船上的小贩做买卖，要卖点嫩藕或鲜鱼、或莲子什么的……这样的交易真是水乡的童话。

　　我还有这样美好的记忆：儿时。夏天。我们家乡有一种卖雪的小贩。他们到高山上照不到阳光的沟壑处，背回大筐晶莹的雪，用饭勺挖一勺，再用手掌压实，浇以糖浆或蜂蜜之后抹下。吮或咬上

　　　　　　　　　　竹楼、青瓦与春城故事

一口，甜蜜冰凉沁人心脾，这就是农家孩子最早吃过的"冰激凌"了。是那富有想象力的小贩在我的家乡"开发"出这种既简单又好卖的玩意儿的。我不知该叫它什么，总之，没有乡村集镇的小贩我吃不上。

及至昆明上学，印象最深的是卖"叮叮糖"的。"叮叮糖"就是麦芽糖。之所以叫"叮叮糖"是小贩不吆喝而只是敲打剁糖的"斩子"——一个马鞍形的东西。敲打时发出的声音仿佛就是"叮叮糖""叮叮糖"！

所有这些使小贩成为一个小镇或一座城市人性化的表征。一个人的故乡不管在哪里，当他"独在异乡为异客"时，回忆故乡少有不回忆起小贩的。

然而随着城市越来越大，超级市场、百货商店越来越多，小贩，这农耕文明不可或缺的产物在膨胀了的城市中似乎越来越不受欢迎了。摆地摊的占道经营使行人无法下脚；卖油炸土豆的当街支上沸腾的油锅，实在担心什么时候也被他油炸。更有叫卖"丹东馒头"的，也不知这馒头是否真的好吃，居然从东北叫到西南，且率先用上高音喇叭："馒头，丹东馒头！"一经开叫，声闻数里，午休或埋头工作时常被吓得心惊肉跳。走路、居家都开始对小贩皱眉头了。于是投诉。于是撵走。小贩成了不受欢迎的人。且看昆明，这个人口高度密集的城市，人行道上密集的人群如过江之鲫。用"比肩继踵"形容绝非夸张而是写实。想想，那些支火炉架油锅的小贩穿梭于这些密集的人群中会是什么情景？城管因之应运而生。城里也就经常上演猫捉老鼠的游戏。有的小贩把小零碎一律摆在铺好的一张塑料布上，城管一来，塑料布一卷，塞在自行车后面的大筐里就迅速转移；城管一走，马上又就地铺开。最可怕的还是那些卖油炸土豆的。我经常在人行道上碰上这种小贩，三轮车上拉一锅滚油，远处不知谁喊了一声"城管来啦！"小贩迅速跨上三轮车马上撤退，一锅滚油便在人群中左右晃荡，一路险象环生。最聪明当数卖棉花糖的，设计出的家伙简单而又巧妙，全捆在一辆自行车上。

城管来了便一跃上车，连人带货立马逃之夭夭，城管只有望着远去的背影无可奈何。

可怜的还是那些卖菜的农妇。有的背上还背个孩子。前面一声"来啦!"还来不及撤退，两筐新鲜蔬菜当场没收，还得交50元罚款。若有壮汉稍加反抗，几个城管便蜂拥上前，按进车里，拖到山上暴打一顿。此类事件常见诸报端。这时，市民无疑又同情这些小贩了。

卖果蔬杂货的小贩大多来自农村或是进城务工的农民工家属，谋生已属不易，还要担惊受怕，四处躲着城管，市民因之厌恶城管同情小贩是很自然的事。可只要一想到小贩影响交通，影响市容，影响环卫、环保，甚至还存在某些安全隐患，比如滚油烫伤或引发火灾之类，又觉得城管的管理是完全必要的。设想没有城管，任其放任自流、摊点遍街、人车争道，整个城市会是怎样一个乱象?

书及此，想到很久很久以前西双版纳的赶早街。这种早街一般是一周一街，地点就在人口相对集中的城镇街道。每当周日，天不亮，四乡八寨的民众便挑着自家种的香蕉、菠萝、番木瓜，各种禽、蛋及鲜鱼等等在街道上支上小篾桌或铺上几张芭蕉叶就摆起小地摊来了。赶街的人有各个寨子的傣族、山上下来的哈尼、布朗，还有当地机关单位的职工，很是热闹!但太阳一出就照例散去，各自回到村寨干农活去了。云南内地也有这种街，管它叫"露水街"。我觉得这种"赶早街"或"露水街"就很好。城市可以划出几条非主要的街道让摊贩们赶赶"露水街"，到时间负责摊位的清洁然后收摊，这无论对小贩或市民都是两全其美之策。

又想到很出名的台湾夜市。限定街道，限定时间，主动引摊入市，结果不但解决了摊贩问题，台湾夜市还成了颇具特色的旅游观光景点。这种成功经验，也完全可以学习。近日读报很高兴看到昆明城管也允许晚上在指定的时间和地点摆地摊了。在背街和立交桥下面，夜市也很红火，这就很好。记者在采访中还发现摊主中既有从甲城市到乙城市专摆地摊为业的，还有大学生和公司的白领；既

　　　　　　　　　　竹楼、青瓦与春城故事

有专业小贩也有业余性质的。一个汽车推销员不满足于雇员生活，立志要自己积累资本创业，便也在晚上做起地摊生意。他觉得这无论如何"要比晚上窝在家里看电视好"。一个"创业型"的摊主就告诉记者，他做蛋煎饼，一个饼有一块钱的利润，一天可卖300个，一个月收入就9000元，还不用上税。虽不说日进斗金，一般白领怕也比不上。看来"贩夫走卒"这个词随着社会的发展和观念的改变是要淘汰啦。君不见北京有名的"秀水街"从那里起步走出了多少百万富翁！

至于城管，饱受诟病，甚至有人主张取消。窃期期以为不可。进城的农民谋生不易，客串小贩的市民创业也很艰难；没有小贩的城市缺少生气，没有管理的城市更是一片混乱。总之，小贩是需要的，城管也是需要的。如何使我们的城市更生机勃勃而又有章可循，更为有序而又富于人性化，如何合法经营而又合理管理，这才是我们所要探讨的。什么时候卖油炸土豆的不再和城管玩躲猫猫，而卖花姑娘能给城管献上一束鲜花，我们的城市就有福了。

《人民日报》2012年2月29日

昆明的雨

　　汪曾祺先生写过不少耐读的散文。我特别喜欢写昆明、写云南的那些篇什。这不仅因为我是云南人，且住在昆明，读来有外地读者没有的亲切感受。更重要的是，他字里行间流露出对昆明、对云南的热爱之情深深地感动了我。其中，《昆明的雨》一篇就不知读了多少遍。现在又一次重读——在昆明雨季的某一天。

　　一开始，汪曾祺先生就说，他以前不知道"有所谓雨季；'雨季'是到昆明后才有了具体感受的。"接下来，他历数了昆明雨季看到的和吃到的：仙人掌、各种野生菌子（蘑菇）、木香花、缅桂花、陈圆圆自溺的莲花池、杨梅、雨天的鸡……每事每物，在他笔下都写得那么细致，那么传神。本土作家皆不能望其项背。

　　且看，写雨是"明亮的、丰满的、动情的"。"丰满""动情"用以形容雨，实在是太别致了！写木香花："数不清的半开的白花和饱胀的花骨朵都被雨水淋湿了。""饱胀"两字写尽了雨水的丰沛。写卖杨梅的小姑娘的叫声"娇娇的"，"她们的声音使昆明的雨季的空气更加柔和了。"最绝的是写雨中的鸡。"把脑袋反插在翅膀下面，一只脚着地，一动也不动地在檐下站着。"我从小在农村长大，雨中的鸡的这种白描形象我很熟悉，可就写不出来。

　　那个雨天，汪曾祺先生在莲花池畔的一家小酒店里要了一碟猪头肉喝闷酒。40年后他记忆犹新，写了一首七绝：

　　　　莲花池外少行人，
　　　　野店苔痕一寸深；

浊酒一杯天过午，

木香花湿雨沉沉。

    在汪曾祺的旧体诗中，我最喜爱的是这首。寥寥28个字，写尽了20世纪40年代昆明雨季的宁静、清寂和时在西南联大学习的莘莘学子的苦闷和无奈。在深邃的意境中流露出一种淡淡的哀愁。莲花池本来坐落在昆明市的西北部。一池清水，一尊陈圆圆着比丘尼装的雕像，有点荒凉、凄清。从1949年之前到"文革"莲花池没有多少变化。"文革"中，李广田先生就选择了昆明荒郊之外的这一池清水结束了自己的生命。我在昆明居住多年，以往少有机会到莲花池，当时那里除了陈圆圆雕像和那池水，实在没什么好看的。

    改革开放，市区扩大了十几倍，现在的莲花池已处于市中心一带。高楼大厦、车水马龙，白天，人流如过江之鲫；入夜，灯火似天上繁星，再也不是"莲花池外少行人"的荒郊，再也找不到有木香、有苔痕的"野店"了。有的是酒楼、饭店、大排档。入夜，路边烧烤摊上聚集的是打工仔、打工妹和附近大学里的男女大学生们。嘻嘻哈哈，边吃边聊。农民工谈老板、谈工资，大学生谈考研、谈微博、谈"把妹达人"，满街是油烟、尾气和烧烤混合的怪味，木香花的清香早没了。

    眼下正是昆明的雨季，很想找回汪曾祺先生《昆明的雨》里的那种感觉，遂走上街头。卖鸡㙡，干巴菌及各种菌类的还有，全被集中到农贸市场。过去，从达官贵人到平民百姓，鲜有雨季不吃两顿菌子的。常见街头巷尾有趿一双红塑料拖鞋的小家碧玉，手拿个小竹筲箕，仿佛家中一切具备，只等着附近买点鸡㙡什么的回去下锅。当今住高楼大厦，罕见这种就近买菌的姑娘了。走到卖菌的二手贩子那儿一问，干巴菌100元一两，鸡㙡50元一两，贵得令人咋舌！这绝对是一般市民吃不起的。物价上涨，说是肉类最明显，我看昆明人从野生菌类的涨幅上，更感受到通胀的压力，这恐怕是昆明雨季带给市民的特殊感受了。

汪曾祺先生还写到雨中卖杨梅的。杨梅倒还有，只是没有小女孩娇娇的叫卖声了，它已被买来摆在超市里再卖。没有"火炭杨梅，这种杨梅我从未吃过。"乒乓球大？想是汪曾祺先生夸张的形容，抑或已绝种了？变异了？那没准也和昆明的雨有关呢。

现在昆明雨季下的雨如不和过去对比会觉得很正常。年轻人绝对感觉不到它有什么不同。上了岁数的只要一回忆就会发现它的差异。汪曾祺先生笔下的那种昆明雨一直下到20世纪60年代。那是一种什么样的雨啊！有声有色，有形有味。这种雨什么时候落地呢——当一年中气温高达二十七八度（也就是一两天），说明雨季即将来临。丽日蓝天里先是大朵的乌云，有模有样的，像思索着的大脑。突地电闪雷鸣，雨声哗哗然，由远而近，宣告着雨季的正式开始。雨季里常常是东边日出西边雨，垂下的雨丝被阳光照亮，如一排排竖琴的弦，银光闪闪。一阵豪雨之后突然又天开云散，又回到丽日蓝天。这时，树叶上，花朵上的水珠儿在阳光照射下如钻石般闪烁。如果你有幸被这场雨淋了，就有机会尝到昆明雨的滋味，一滴滴都是甜的。这种阵雨一天会反复多次，蓝天因之显得特别润；白云因之显得特别亮；这时天空中也许会出现一道艳丽的彩虹，空中又复响起嗡嗡的鸽哨声了。

接下来的日子雷雨少了，阵雨多了，这种阵雨也就十来分钟。最长不过半小时。一天里便这样停停下下，下下停停。正如汪曾祺先生不知"雨季"之说，昆明人也不知他老家的"梅雨"是怎么回事。昆明的这种和阳光结盟的雨落到地上，就使"草木和树叶里的水分都到了饱和状态，显示出充分的、近于夸张的旺盛。由是，造就了一个四季如春的昆明。

这几年，昆明的雨季照样年年都来，但细心观察、对比，就发现它和以往不一样了。"70后"的年轻人缺少对比，是不知道昆明现在的雨和已往有什么不同的。

首先是天空不一样。以往昆明雨季的天空白是白，蓝是蓝，每片蓝天和每朵白云界线很清楚。便是乌云，也是有模有样的。当然

　　　　　　　　竹楼、青瓦与春城故事

现在也有蓝天，但多是灰不灰、蓝不蓝，那些有形有状的乌云也变得像破棉絮似的笼统一片，布满天空。阴霾，已成了昆明的常客。即便下雨。琴弦似透亮的雨丝再也见不到了，彩虹也因之基本和这个城市绝缘。雨水的味道怎样？这些年没尝过，不过我敢肯定没过去的清、过去的甜。原因很简单：满街如蚂蚁搬家似的车流所排出的废气和尘埃笼罩在城市的上空，若在远郊的山顶看昆明，灰蒙蒙一片，这种高碳烟尘凝成的小颗粒和雨水搅和在一起，落下来的会是纯净水吗？

雨水已不是当年的雨水了。那么木香花呢？"昆明的木香花很多，有的小河沿岸都是木香花。"那是西南联大时的景象了。这些年在昆明已不再看到木香花，连有着很多奇花异卉的花鸟市场也难得找到。这种美丽的小花已随着老宅院的拆迁、河道的改造而绝迹了。

又一次在雨中重读汪曾祺先生《昆明的雨》，沉思默想，观察对比之后，突然对木香花来了兴趣。昆明是再也找不到木香花，便打电话到曲靖问一位亲戚。说有。刚好他分出一盆养在小花盆里。遂请他带来。过不久花到，柔弱得很。为验证它的身份，我特地翻了《辞海》"木香"条，有"灌木""攀缘茎""奇数羽状复叶"等，我一一核对无误。好！我一定得精心呵护这小苗苗。复又想到明年雨季再来时天上已斗转星移、地上已物异人非，此雨非彼雨矣！不禁黯然神伤。

然木香花会有的，猪头肉也会有的。只是"一杯浊酒"中恐怕再难品出"木香花湿雨沉沉"的那种况味、那种氛围了！

2011年11月16日

今日昆明人

　　王蒙先生在为我的文集所写的序言中，一开始就赞美云南，之后，又以他的王氏幽默赞美昆明，说："尤其是昆明，四季如春，繁花似锦，在昆明购物，小贩说起话来也是那样的温柔和蔼，分贝比河北人或者广东人低十几倍。"各地的方言皆有自己的特点，汪曾祺先生在一篇文章里似也谈到，昆明方言温软低柔。一方水土养一方人，也包括语言。谈论昆明人，先说说昆明人讲话有什么特点。从语音听来，昆明方言介乎四川和贵州之间，音量确实不大，与关东大汉声震屋瓦的声音相比很有亲和力。尤其是地道的昆明女孩，声音柔柔的、甜甜的、扁扁的。"甜""柔"同属南方女孩的语音，这"扁"则是昆明方言有别于"吴侬软语"之处，即没有吴侬软语的"嗲"，因而自成特色。

　　我发现，一个地区的居民个性，语言特色似乎和该地域的自然环境有很大关系。天寒地冻容不得你喋喋不休，这成就了关东人的豪迈、说话干脆的性格；而长江边上的武汉，天气酷热，似乎成就了他们热烈火暴的"九头鸟"脾气。四川人讲话（尤其是农村人）则声调偏高，这也许又是因为川西平原人口密度大，罕见大的自然村落，多是十几家、几十户的小居民点，在飞机上看，星罗棋布，密度很大，距离很近。在没有手机的年代，隔着田垄高声呼唤便能听到。长此以往，代代沿续，就形成四川人讲话高嗓门的特点。昆明人，尤以老昆明，过去一家或几家同住四合院里，家人、邻里间喁喁闲谈，讲话无须大声，更不会因严寒酷暑迫使谈话短促、简单，于是，昆明人的柔软绵长的语调便这样形成了。

　　　　　　　　　　竹楼、青瓦与春城故事

冬无严寒，夏无酷暑，"花枝不断四时春"，一年四季皆可出游的自然环境养成了昆明人好玩的性格。庙会、花市、年货街都是比肩接踵万头攒动。如今，省内游、国内游、环球游的话题，在昆明是亲朋间、单位里乃至公交车上都能听到的。然而城市膨胀，人口流动，在大街上是很难听到地道的老昆明话了。

　　在昆明有一个去处——翠湖，能集中观察到昆明人那种好玩、包容而又温良的民风。历史上，翠湖原是昆明市西北郊的一个小湖泊，叫"菜海子"。改革开放，城市暴扩，现在，这一带已变成车水马龙的城市中心，翠湖也就成了市中心的一个大大的街心花园。里面亭台楼阁，曲水回廊，一年四季叶绿荫浓，花团锦簇，冬日更有贝加尔湖的鸥群飞来越冬，届时树影碧波，白鸥点点，闹市中有如此风景，自然成了全市最喧嚣的场所。喧嚣不是游人喧哗，而是好玩贪玩的昆明人一年四季都要在这里唱歌、跳舞、奏乐。特别是双休日和晚饭后，亭子里、树荫下、小广场上，有跳彝族左脚舞的，有老昆明敲敲打打唱滇戏、扭花灯的，有小年轻狂吼"狼爱上羊呀"的，不远处还有大妈大嫂们穿着演出服，化了浓妆，且歌且舞，高唱"假如你要嫁人不要嫁给别人……"所有这些，你得近距离听，稍远就轰轰然混响成一片了，分不清哆来咪发嗦、听不出任何旋律任何节奏。每个音符在空中打斗而奏乐的人却各玩各的，相安无事，这最是昆明人温和性格的明证了。这叫我想起不久前媒体报道外地某些城市广场，大妈们跳广场舞，周围住户不堪其扰，有的买来更大功率的喇叭进行干扰，更有甚者，或泼大粪，或放藏獒乃至鸣猎枪示警，等等。这一对比，更凸显了昆明人有如春日般的和煦性格。

　　昆明人这种包容、温和的性格在翠湖西路上也明显看得到。环翠湖有东南西北路，翠湖西路的人行道相对宽敞得多，很多自娱自乐的小乐队和流浪歌手常在晚饭后或节假日麇集在这里。有高中低音管弦乐配得到位，看的是五线谱，显得很有专业素养的、自名为"老唱片"的乐队；也有只凭一台电子琴支撑音量，二胡或口琴或笛子或唢呐胡乱配搭的凑合型；或者干脆就凭一把吉他唱流行歌曲的流浪歌手。不足半里的一条人行道上有四五个乐队，相距也就是一二十米。也是各吹各打，互不干预指责。游人经过这里，想听雅一点的，可以选择那个有着小提琴、萨克斯的"老唱片"，他们的乐队有和声、有变奏，听他们奏一曲《莫斯科郊外的晚上》《铃儿响叮当》《花儿与少年》什么的，确也惬意。一般上了岁数的老昆明，要听云南民歌花灯，就围在那个凑合型的小乐队旁边。年轻人喜欢流行歌曲，就去听弹吉他的流浪歌手唱时下最火的《小苹果》。这个歌手把吉他套子打开摆在地上，他收钱。其他的乐队则既娱人也娱己，不收费。其中，最受欢迎的还是那个有专业素养的"老唱片"乐队，常常围得满满的，赢得阵阵掌声。乐队各吹各打，听众也自由选择，互不干扰，互不较劲，一片和谐从容的气氛，这确是昆明的一大人文景观。昆明人那种好玩、贪玩而又温良恭俭让的民风在翠湖得到最集中的展现。

四季如春的昆明成就了昆明人春天般和煦的性格。那么，自然、社会环境发生变化是否也会使民性悄然改变呢？我观察，地道的昆明人，尤其是中老年人那种温和、谦恭的性格没有变，"80后""90后"的昆明年轻人却明显不一样了。还记得二十世纪的五、六十年代，昆明人的生活好悠闲，喝早茶的中老年人聚在茶馆里听着节奏缓慢的老滇戏清唱；米兰飘香、青石板上有着苔痕的小巷里，各种悠长、绵软的叫卖声隐隐传来……应和的是蓝天白云里掠过的鸽哨声。如今昆明市，有的是林立的高楼大厦和大街上如过江之鲫的人潮车流，罕见蓝天白云，灰蒙蒙的天空里传来的是波音、空客掠过时的轰鸣。那些中老年人组成的乐队歌舞队尽管仍在人行道吹拉弹唱，然更多的年轻人却骑着悄无声息的电动车疾驰而过，仿佛都急着要去办某件重要的事情，对此充耳不闻。即便是走在路上的年轻人也不一样。大多数步履匆匆，却又低头玩着各自的手机，好几次差点和我撞个满怀。莫非这就是新的昆明人？很想找找那些说话温软的昆明女孩，但看到的只有放学时打打闹闹叽叽喳喳的中学

　　竹楼、青瓦与春城故事

生和晚上与男友到翠湖边酒吧里听听席琳·迪翁喝一杯咖啡的白领女士了。老昆明世代相传的民性是否在这几代人的身上已悄然改变？我不知道。一个不争的事实是生态环境、生活环境、生存环境和半个世纪前大不一样了！特别是近些年，人口自由流动，使大量的外地人拥入了这个民风淳朴、从不排外、四季如春又很容易挣钱的城市。现在走进翠湖，特别是节假日和傍晚时分，你能听到各种口音：河南、四川、贵州、江浙、东北、两广……其中很多人已在昆明买了房子，成了当代昆明人。昆明已从二十世纪五、六十年代的七八十万人口的城市，猛增到现在的七百多万，成了一个移民城市。移民影响着民风民俗。环境也改变着这个城市。二十世纪五、六十年代在大观楼远眺滇池，在西山远眺昆明市区都是澄明一片。现在登西山南望滇池，北望市区，大多日子里都是灰蒙蒙的，似雾似霾，再见不到"水绿天青不起尘"的昆明往昔。

既然自然环境影响着一个民族的性格的形成，那么自然环境以及人文环境的变化，长年累月，一代又一代，是否也会改变昆明人的个性？比如现在生活在美国的印第安人与他们的祖先相比，为适应当代社会的竞争，其民族个性怕也和他们的祖先不完全一样了。看着雾霾似的空气、受污染的滇池、被拆掉的古老民居以及被高楼大厦包围着的小小盆景似的翠湖，还有翠湖里那些南腔北调的外来移民，有着昆明性格的温和柔顺、谦让而又爱玩耍的、操一口纯正昆明话的老昆明人，怕只有在翠湖那些唱歌跳舞奏乐的人群中才能找到了。而当一曲终了，夜幕降临，就连这几个人也消失在黑乎乎的钢筋水泥的森林里了。

一只斑鸠的歌唱和语言

　　斑鸠是一种两栖鸟儿，大多栖息在山林里，绿化得好的城市里也偶尔见到。昆明圆通山下，翠湖之滨，波光潋滟，树影婆娑，是飞入城里的鸟儿首选之地，近些年，斑鸠也不时飞来，家住这儿的人，有幸不时会听到斑鸠叫：

　　"咕嘟嘟——嘟！"

　　汪曾祺先生《伊犁闻鸠》一文曾仔细描述了斑鸠的这种叫声。他因在新疆听到斑鸠叫而引起"快乐又忧愁"的乡愁。他一直把昆明当他的第二故乡。他说："昆明似乎应该有斑鸠。"不是"似乎"，肯定有，过去、现在都有。前些时昆明一张小报上就登出一幅照片，是二十世纪全国生态环境最好的时候，一大群斑鸠像广场鸽似的在一家仓库周边的地上觅食。更早，只会是更多。汪曾祺先生在西南联大上学时应该听到过，可能是年纪大忘了。"大跃进""人民公社"之后，全国遭受生态灾难，昆明市区也就再听不到斑鸠叫了，直到近几年，昆明"见缝插绿"，树多了，斑鸠又回来了。

　　"咕嘟嘟——嘟！"

　　今年开春，几乎每一天，我都能听到一只斑鸠在窗外歌唱。我住的院子里有几株浓密高大的柏树，斑鸠就躲在浓密的树荫里叫着。大门外是车水马龙的大街，我担心过往的车辆惊吓了它。然而它似乎已习惯这城市的喧嚣了，仍每天一早都要来柏树上叫几声。

　　"咕嘟嘟——嘟！"

　　今天一早我又听见这熟悉的声音了，却不发自柏树荫里，而是从另一面——我书房的对面屋顶上传来。我悄悄走进书房，轻轻掀开窗帘的一角，在另一幢楼的屋顶上，我终于看到这种久违的鸟儿了。浅浅的米色羽毛，脖子稍淡，随着叫声能看见它的小脑袋很有节奏地点了三下，脖子处的羽毛似也蓬松开来，像鸽子。

"咕嘟嘟——嘟！"它继续叫。

"咕嘟嘟——嘟！"另一头还有一只，似在应答。"天将雨，鸠唤妇。"古人是这么说的。那么，是雄斑鸠在呼唤雌斑鸠了。

有时这只斑鸠只叫出三个音节："咕嘟嘟！"这是单声。按汪曾祺先生的说法"单声叫雨，双声叫晴"。他说，以此法判断阴晴"似乎很灵验"。我没测过。斑鸠的这两种叫法很容易区分的，故乡的斑鸠也这样叫。我相信所有地方的斑鸠叫法都一样，不管它是新疆籍还是云南籍。那天，我书房外面的斑鸠以双声叫过之后，阴雨了快半个月的昆明果然晴了。

我一直想弄清这对可爱的斑鸠是从哪里飞来的。城外的山上？似乎太远了，我想它们的巢应该就在附近。或许就在院子里的那株大柏树上？柏树都是一棵主干一个劲往上长的，少有有利鸟儿筑巢的横生枝丫。那么，它们的窝也许就在附近翠湖公园的某棵树上？可我经常到翠湖散步，从未见过一个鸟巢。汉杨雄所撰《方言》一书云："鸠，蜀指拙鸟。不善营巢，占鹊巢居之。""鹊巢鸠占"这句成语盖出于此。原来，斑鸠是一种笨鸟，连窝都不会造，是否真是这样？只有鸟类学家才能给出答案了。我在昆明几十年，没见过喜鹊倒是真的。斑鸠绝对无巢可占。飞进城里的这对斑鸠何处是它们的巢？这在我心里一直是个谜。且不管它！能天天听到这对可爱的斑鸠的叫声就是一种福气。

应该说，斑鸠的叫声是很好听的。它好听在于简单、朴实。既不像画眉那样花哨，更非鹦鹉、八哥般学舌、滑稽。像山里人说话，是非常悦耳的。我每天早上看着那些匆匆忙忙去上班去打工的人们，很奇怪他们怎么会对这对斑鸠发出的叫声充耳不闻？他们什么时候才会对斑鸠产生兴趣呢？我是从小就对斑鸠有兴趣的。记得小时候听过一个民间故事，说的是一个勤劳善良的嫂嫂偏偏碰上一个歹毒懒惰的小姑子。小姑子不断给父母和哥哥进谗言，虐待嫂子最终致死。嫂嫂死后魂魄化为一只鸟儿四处悲鸣，满腔的悲愤只凝成一句话：

"三姑毒——毒！"

这就是斑鸠。

现在斑鸠的叫声给喧闹的城市平添了几分山野的幽静，也说明城市这几年生态变好了，这是让人高兴的事。它们飞进城还可能会受到更多关爱和保护，众目睽睽，谁也不敢去伤害它们的。可友人说未见得，飞到昆明翠湖越冬的红嘴鸥不也曾有受到伤害的报道吗？

或日，赴饭局。饭馆就在翠湖边（这里就应该听得见那只斑鸠的叫声）。席间，一位朋友对一盘菜表现出极大的兴趣，赞不绝口："好吃！好吃！鲜、嫩、香！"

"小童子鸡也没这么好吃。"另一位朋友尝了一口之后也说，"什么鸟儿啊？"他问。

"斑鸠。"上菜的服务员表情木然。

我吓了一跳！该不会就是那只斑鸠吧？餐桌上的这只爆炒斑鸠和那只每天歌唱的斑鸠距离太近了！想到这，那餐饭，我就只吃了点素菜。

第二天一早醒来，听到的是窗外各路公交车报站的声音和频频按响的喇叭声。满耳是逐渐加强的喧闹。很久很久都没听见那只斑鸠执着而真诚的歌唱了。完了，不可能的事难道真的要变成可能？正当我陷入绝望和悲哀之际，那熟悉的叫声终于从窗外传来，不过，这次我怎么听，都像那句话：

"三姑毒——毒！"

《文汇报》2011年7月5日

············· 竹楼、青瓦与春城故事

翠湖周边写生

汪曾祺先生把翠湖称作"昆明的眼睛"。"眼睛是心灵之窗"。透过它，能看到昆明人的平和、温顺、善良、包容的好脾气。就像这终年都温和都春意盎然的城市——

要了解昆明，一定得到翠湖看看。翠湖位于昆明市中心，不大，绕湖走一圈就是半小时左右。在车水马龙的闹市中心，这么一个有楼台亭阁、曲水回廊的好去处在全国怕也不多见。它既是市内一个四通八达的大街心花园，又是赋闲市民、退休工人和进城务工农民的休闲好去处。偶见金发碧眼的老外，却绝对见不到衣冠楚楚的高官高管、白领丽人什么的。这些人有暇都往城外的别墅或高尔夫球场跑了。翠湖因之绝对是个平民公园。

汪曾祺先生把翠湖称作"昆明的眼睛"。"眼睛是心灵之窗"。就这个意义上说，翠湖是"昆明的眼睛"也不错。透过它，能看到昆明人的平和、温顺、善良、包容的好脾气。就像这终年都温和都春意盎然的城市。

翠湖里面是不让摆摊设点的，因之翠湖周围东南西北四条路比翠湖更热闹。翠湖之于昆明就像过去的大栅栏之于北京。环湖走一圈，昆明这个城市的民俗、民风、民性大体略知一二了。而在那些被高楼大厦包围的大道上，有的是商家店铺，车水马龙，你是看不到这些的。我住在翠湖边，也写过翠湖一年四季的风景，却疏忽了它的周边。昨天，先是无意，后是有心地在翠湖周边逛了一次，仔细观察，才发现如果想了解昆明，想看看这个城市的众生相，还真得要到翠湖周边逛逛才行。

第一，你会发现昆明人是很"好"玩的（"好"在这里读第四声hào或第三声hǎo都可以）。昆明夏无酷暑、冬无严寒，一年四季皆可出游，养就了昆明人"好玩"的习性。节假日如不外出，退休工人、小市民大都要到翠湖转悠。翠湖西路的人行道相当宽敞，很多人不进湖就在这儿玩，不到一公里的路边，光小乐队就有三个。一个叫"老唱片"的小乐队，乐手有专业文艺团体退休职工，也有音乐爱好者。配有提琴、吉他，萨克管、单簧管、双簧管、电贝司，还有架子鼓。曲目有《雪绒花》《卡布里岛》《友谊地久天长》《铃儿响叮当》以及苏联歌曲《莫斯科郊外的晚上》《山楂树》，还有中国的《步步高》《花儿与少年》《外婆的澎湖湾》，等等。曲目不断变换，或独奏，或合奏，一听就知道有过专业训练，面前的五线谱就说明了一切。老百姓虽不懂，但听得出水平，这个小乐队就成了翠湖边最受欢迎的乐队了。常常是里外三层，静静地听，听完鼓掌如仪，挺礼貌的。仿佛是进音乐厅听高雅的交响乐，不起哄，不吵闹，所有的听众一下子变得文雅了。

还有一个是民乐队。二胡、月琴、笛子，还有唢呐，奏的是云南民歌或云南花灯调子，听众是年老的市民和星期天进城玩的农民，算是下里巴人。他们会依声地跟着哼那些调子，听得也很专注。紧挨着是一伙对着话筒吼叫的卡拉OK，什么"深深地一个吻""狼爱上羊呀……"听众又多是年轻人。歌者与听众搞互动，有说有唱，又吼又叫，气氛异常热烈。

稍远，还响彻着咚咚作响的非洲鼓。敲鼓的是几个黑人，像是云南高校的非洲留学生。几个昆明小伙也学着敲，也敲得有模有样的，搞不清是教授还是娱乐。

洋乐队、民乐队、卡拉OK、非洲鼓，所有这些都集中在短短的不到三百米的人行道上，只有靠近了，才能分辨出不同乐队的不同旋律，远远听去则响成一锅粥了。特别是那叮叮咚咚的非洲鼓，听来就像是专门来捣乱。然而他们全都相安无事，各吹各打，各拉各

·········· 竹楼、青瓦与春城故事

唱，互不较劲，互不指责，都沉浸在自己奏出的旋律中了。这就是终年温温吞吞的气候养成的昆明人温温吞吞的好脾气。

昆明人的好脾气还表现在凡事不着急，慢慢来。在翠湖北门旁有两个婚姻"超市"，一个是中老年婚姻介绍，一个是父母为儿女找对象的。有社区街道办的，也有是民间自己搞的。一排排男女资料：某女士，某先生，年龄、职业、文化程度、婚姻状况（离异？丧偶？……）写成一张张卡片，万国旗似的，在行道树上一排排拉了起来。对张三李四有兴趣，可以进一步询问旁边的婚介人员，而为子女物色对象的，一般都是父母或七大姑八大姨的亲自上阵，家长对家长先谈。不管是中老年人或年轻人，经济来源收入多少这首先是要问的，完了当然是要问是否有车有房等等。

我经过这儿的时候，正碰上一个东北口音的中年人在问婚介，直截了当："三十岁左右的剩女，有么？"

那口气像是在问排骨蹄髈什么的。婚介的老阿姨显然是老辈人，听不懂，诧异地看着他："你说什么？"

"他是说，"旁边一个染着黄头发的时髦小伙解释，"有没有三十岁左右的老姑娘。"

"有有有！"老阿姨乐呵呵地笑起来，忙不迭拿出一沓卡片，"喏，一般的，还有高学历的，你要博士还是硕士？"又补充一句，"就因为人家学历高职称高，这种姑娘宝贵啊。"

"咱只想找个老姑娘过日子，什么'钵事勺事'的，不管那些'事'。"

老阿姨哈哈地又笑起来，"你填一下这张表，我肯定能帮你找个满意的，然后你们就可以在翠湖里边第一次约会。"

"我玩过，电话打过去是空号。"东北人叫起来。

"我们是社区办的，不骗人。"老阿姨严肃地接说，"如果是空号，立马儿赔你一个新号。"

"要赔人——假一赔十！"旁边的黄头发小伙嬉皮笑脸地插了一句，哈哈地走了。

"这死鬼！"老阿姨笑骂了一句。

那东北人也笑了，忙着掏钱："预付多少？说。"

东北汉子的爽快掺和进昆明温煦的民风中，那是一种很特别的愉悦了。

顺畅、柔和，昆明的民风就是这样。什么"寒流""热浪"，碰上昆明的山水，一律变得温煦如春。人也一样。

不信看翠湖南路，那里又别是一番热闹。它紧连着车水马龙的十里长街东风西路。因之人更多。这里有卖烤肉串的、烧豆腐的、油炸土豆片的……都是游击型的，所有家什全安在一辆推车上，城管不来，他各自摆下摊子安心地卖，见城管来了，推上车子就走——这儿的城管也好说话，他不管流动小贩，只管占道经营摆摊设点的。见一个卖烤肉串的，老熟人似的，顶多说一句"你又在这儿摆摊子了"。小贩就赔个笑脸，推上车子走人。少见没收、罚款、掀摊的事。饱受诟病的城管在昆明也特别温和。

还有些身怀绝技的残疾人在翠湖南路也不时看见。我那天就看见一个没有双臂的残疾男人，右脚趾夹着一支笔，在地上写着："大贪官、作报告，小贪官、戴手铐……"

周围的人默然地看着他写，不知是可怜他或是欣赏他写的字？有人问了句："哪儿来的？"

"四川。"然后继续写他的。

这自是影响交通的。甚至他写的内容。但没有人呵斥，更无人举报，有的只是不时地往他一个大口缸里放张纸币。昆明人心肠好。

在环湖的几条马路中，北边要相对安静些，不过也就是白天。晚饭后翠湖北门的小广场常是老阿姨唱歌跳舞的好去处。伴奏是放录音。有彝族的弦子或芦笙，也有民乐合奏。有次放的是印度音乐，跳的竟是肚皮舞。杂七杂八的，随时变换，唯独听不到"红歌"。这么想着，耳边传来的却是《莫斯科郊外的晚上》："深夜花园里，四处静悄悄，树叶儿也不再沙沙响……"

竹楼、青瓦与春城故事

随着声音，黄昏的翠湖北路迎面走来一个老头，一副行头滑稽而奇特：一个特别的架子前面固定了一把口琴，后面又固定了一个小鼓，当他摇头晃脑地吹奏那把固定的口琴时，那小鼓便在后面咚咚地敲着节拍，而他的双手则弹着一把吉他，为口琴配着和弦，右脚掌上还套着串小铃铛，他踩着节拍走路，小铃铛便按2／4拍踩出节奏——整个儿就是一个小乐队！开初我以为这是个疯子，可《莫斯科郊外的晚上》旋律和节奏一句都没有错！也不是乞讨——他没地方放钱——只听他一路变换曲目，没有哪支曲子演奏错误。这就是昆明人的"好（hào）"玩和"好（hǎo）"玩！他走远了，传来的最后一首曲子是《在那桃花盛开的地方》。翠湖没见过桃花，正在盛开的是山茶和杜鹃，还有一种高大乔木，叫"紫花楹"。万朵紫色花朵无一片绿叶，落照中像燃烧的紫色火焰，我从未在别的地方见过。就这么烧着，和歌声、和舞步，直到夜晚。

《光明日报》2012年8月24日

左脚舞

我家住七楼，楼下便是有名的昆明翠湖公园。凭窗远望，绿荫碧水、亭台楼阁，尽收眼底。不时有歌舞之声传来，节假日尤盛。乐音本是悦人的，可要是荒腔走板或三五群歌者各唱各吹，轰轰然混响在一起，那是噪音，受不了。若再使用扩音器就更折磨人了。实在无法忍受只有投诉，然至今收效甚微，没法子，也只好由它。

忽一日正欲午休，窗外又传来一阵叮叮的月琴声，也不用电喇叭，是三五把琴在弹拨，似乎只有节奏而无旋律或听不出旋律，只是反复弹着：

"叮！叮！叮！叮！"

简单。固执。走到窗前一看，只见湖中小广场上围着一大圈人，穿着红绿艳丽的民族服装，随着这叮叮叮叮的简单节奏，手拉手地跳着，同时和着简单的旋律唱着。就这样边弹边唱，慢慢地绕着圈子。不时有唱者即兴演唱，其他人应和，似乎人人皆可唱，人人在应和。居高临下，见到的只是一个红红绿绿的圈子在一起一落地抖动，然后旋转，煞是好看。

那天中午，我难得地休息了一个小时，其间那月琴仍在叮叮地弹拨，彩色的舞圈仍在歌声中慢慢旋转。我开始工作。4个小时后，我停下手中的笔，才注意到那叮叮的月琴声和歌舞声就从没有停过。我在边疆工作多年，见过各种民族舞蹈，但这样不知停歇的，我还是第一次见到。什么民族？什么歌舞？我决定进翠湖去看看。快到那歌舞升平的小广场时，见有两个着艳丽服装的小女孩从公厕里出来，小跑着要重新加入这个舞圈。我赶忙追上问：

"什么民族?"

"彝族。"她们懂汉语。

"这叫什么舞?"

"左脚舞。"

"你们每个双休日都来跳?"

"都来。"

"怎么那么多人?"

"来昆明打工的人多啊,互相打个电话就来了。"

"就这么跳下去?"

"当然。"一个姑娘得意地说,"在我们寨子里不吃不睡跳几天几夜呢。"

"就不停?"

"上厕所才停。"两个姑娘调皮地大笑。

我也笑了。这时只听舞圈里一个小伙开始领唱,用的是彝族话。我忙问:

"他唱的是什么?"

一个姑娘想了想,很大方地翻译给我听:"两根竹子一样长,砍根竹子盖学堂,郎是老师来教书,妹是学生只想郎。"

"当学生不好好学习啊!"我故作严肃。

两个姑娘也笑了。这时舞圈里又一个姑娘引吭高歌,这次我再请她们翻译时,两个姑娘涨红了脸,相互推诿着。

"你说。"一个姑娘用肩膀碰另一个。

"我不。"那姑娘用手捂着脸。

还是先前的姑娘大方,匆匆把四句话翻译完便拉上另一个姑娘的手,咯咯地笑着,跑进跳舞的人群中了。

她的翻译当然是散文化的,我只稍作整理,押了韵,如下:"我家门口有丘田,等人来种好几年,别人来种我不要,阿哥来种倒贴钱。"

乍听似没什么,田就是田,种就是种,可两个姑娘为什么脸红呢？再一琢磨，原来是姑娘唱给小伙的一首大胆情歌。要害是个"种"字。按时下的网络语言，这真够"雷人"！

我走近舞圈，仔细观察舞者的变化，左右手是互挽着的，只有脚在动。且步步是左脚先动，右脚跟进，跳动中舞步略有变化，有种默契的重复，应和着那叮叮的月琴和歌唱，悠悠地转着像一个神奇的永动仪。可为什么要叫"左脚舞"呢？这时舞圈里又一个中年汉子唱起来了，我忙拉住一个正准备进入舞圈的小伙问：

"他唱的是什么意思？"

小伙汉语说得流利，马上翻译给我听："左脚起步右脚跟，一左一右走不停，只要路上不停步，什么事都办得成。"

这次不单是领悟，且是惊奇了。我会突然想到我的写作，每次提笔开始都很难，可只要有个开头并坚持下去，最终都会成功。都说真理是朴素的，这普通的彝族汉子唱出的不正是一个朴素的真理：不论目标有多么遥远，只要你一步一步走下去，总有到达的一天。

对爱的表达之大胆，对目标追求之执着，这看来听来都十分简单的"左脚舞"原来还有更为复杂深刻的内涵呢！回家的路上我边走边想，思绪如天马行空，不知怎么会联想到交响乐。想到贝多芬的《命运交响曲》主旋律不就命运叩门的那两句，简单到听一遍就能记住这命运沉重的叩门声。可作曲家通过和声和配器的处理，命运主题变得那样恢宏、那样复杂。由简单感知复杂，于复杂中又见简单，《命运交响曲》因之不朽……

沉思之中，只听后面有人轻声说："请让一下！"原来我挡住了别人的镜头。

照相的是一位年轻的妈妈，她取的景是我身后的抽象雕塑——两只竞翔的海鸥。它们没有喙、眼睛和脚，甚至连头部都不怎么清楚，唯有的是两只强劲有力的翅膀。把这两只海鸥和雕塑基座连接在一起的是两条宽宽的弧线，像水波，更像两朵浪花。整个雕塑简洁、明快，勾画出美和力，具有一种强烈的动感和内在的韵律。

竹楼、青瓦与春城故事

离海鸥雕塑不远处还有另一座塑像，名"海鸥老人"。据说最初把海鸥引进翠湖的就是这位海鸥老人，为纪念他，给他塑了像，塑像旁还郑重其事地写有中英文的碑文铭记。但不知为什么，从没见过有人在此照过相。看来人们更喜欢那简洁、美丽的海鸥。我想这"海鸥老人"雕塑既不是简单，更不是复杂，它是太具体、太平庸了！活脱脱就是庙子里的一尊菩萨。

　　回到家，远听那叮叮的月琴仍在响着，左脚舞还在跳着，还是那么简单，那么固执。我开始相信那姑娘说的左脚舞可以跳通宵的说法了。左脚舞看似很简单而又很复杂，在简单的旋律和节奏中，不断萌生出新的意境：关于爱、关于生命……在如此纷繁复杂、充满诱惑的花花世界里，这群自由自在的舞者是值得羡慕的。

《文艺报》2012年11月7日

翠湖的浪漫之夜

　　翠湖，这个位于昆明市中心的大大的街心花园，原本是很浪漫的。大约是二十世纪七、八十年代，"翠湖约会"是年轻人一次次成功爱情的见证。"月上柳梢头，人约黄昏后"，那时只要居住在昆明，大多都在翠湖的柳树下、亭子里约会过。后来翠湖的情侣不知为什么越来越少了，那些相依相偎的身影逐渐被一些来此吹拉弹唱的爷爷奶奶们取而代之。

　　每天晚上，整个翠湖一片喧嚣，很难找到一块安静的地方。我很奇怪越来越多的年轻人都到哪儿谈情说爱去了？有熟悉当今年轻人生活方式的朋友说，去酒吧，就着烛光慢慢喝着一杯咖啡；或去歌厅，在震耳欲聋的重金属摇滚中蹦迪；安静一点的无非就是独自守着一台电脑或窝在沙发里手握智能手机和远处的他（她）共同生活在一个虚拟世界里。这符合时代的发展。

　　我们年轻那会儿，依依的杨柳不要钱，潋滟的波光不要钱，朗朗的月光不要钱，幽静的亭子不要钱，那纯真的爱更不讲钱，所以清贫的年轻人就来这里约会。现在不一样了。那种树下湖边"月移花影动，疑是玉人来"的期盼，那份感人的柔情，这代人是很难细细品味了。翠湖因之逐渐成了一个老人们唱歌跳舞的场子。

　　我每天晚饭后到翠湖散步无非就是活动一下筋骨，在此起彼伏的喧闹的噪音里，并不期望感受到温馨与宁静。但是有一天，它让我又重新体验到一种久违的情愫。

　　那一天，黄昏之后的翠湖，来此唱歌跳舞的老人们早早占据了灯光较为明亮的一些场地，各自又唱又跳。在我前面有几株大树，

　　　　　　　　　　竹楼、青瓦与春城故事

枝叶婆娑，平日，会偶遇零星散步的人，今夜，黑黑的树影下却蹲着一个小伙，正小心翼翼地在地上放置着什么。走近才看清，就着树丛间落下的几点朦胧的灯光，他正在把一支支白色的小蜡烛小心地竖到地上，搭成一个"心"形图案，一对正在散步的中年夫妇停下来饶有兴趣地正和他谈着什么：

"这个'心'形的图案要对称。"那男的看了一会儿发话了，"现在看起来右边小了，左边大了。"

小伙子忙站起来打量了一下："的确是。"他也笑了，又拿了几支蜡烛加进去放大并做了些调整。

"这就对了。"中年夫妇说，"你今晚为谁点燃这颗'心'？"

"我的女朋友。她在昆明打工。我从深圳来的，刚下火车。"小伙子说，"我今晚要以这种方式向她求婚。之前她什么也不知道，包括我突然来到昆明，包括我今晚的求婚。"

这时吹起一阵晚风，尚未点燃的蜡烛有几支被风吹倒，他扶起这支又倒下那支，有个路过的女孩给他出了个主意："你应该先点燃一支，然后用火烤一下每一支的底部，这样蜡烛才能粘牢在地上。"小伙子说："谢谢！"这个办法果然管用。

"你通知你的女朋友了吗？"又是那中年妇女问。

"还没通知呢？"小伙子胸有成竹地说，"我要告诉她，进翠湖时给我一个电话，到时候我再点亮这些蜡烛。"

"她会看到一颗燃烧的、热烈的心！"女孩说。

我一直默默地看着这一切，仔细地品味着这种久违的浪漫。这个远在深圳的打工仔，不远千里来到这里，以这种也许并不怎么新潮的方式表达着一种相当古典的人类高尚的情感。这种校园式的纯真爱情，在现代社会已经难以见到了。

我不说话，只一个人默默地想着，不知何时，我身边又站了一个穿浅色风衣的女孩。"你今晚的求婚一定会成功的。"她柔声说了句，声音很低，话里流露出的是祝福抑或是羡慕？她没有说更多，只是用一张纸巾擦拭着因感动而流下的泪水。我想是属于那种多愁善感的女孩，她也许觉得烛光为其点亮的那个女主角太幸福了！或者，还多少有点儿羡慕，羡慕她有这样一个懂得感情、深深地爱着她的小伙。

小伙看看表，终于掏出了手机，他要打电话了。往下，应该是最有戏剧性的对话，哪怕只是从他这一方的对讲中，你都能够感知到姑娘的惊诧：

"什么？你在昆明？什么时候来的？"

"惊喜？你要给我什么惊喜？"

"你现在哪里？翠湖？"

一连串的提问，出乎意料的错愕，还有喜悦的甜蜜。然后姑娘答应小伙马上就来……

期待中的姑娘出现了。看到这明亮的"心"的一刹那，她的第一个行动会是什么，她的第一句话又将是什么。哦！这是高潮！我本应留下做他们爱情的见证人，看看这感人的一幕，但不知为什么，我怀着一颗喜悦的心离开了。

久违的翠湖的浪漫之夜已经以超出我想象的方式加倍地给予了补偿。我不要谜底的揭晓，我不要圆满的结局，我要的是耐人回味的想象空间，一种永久的甜蜜……怀着一种温馨的感觉我重新沿着我每晚散步的路走下去。前面是一个紫藤花架，原先花架下有两排和花架铸在一起的水泥靠椅，盛花期时堆在架上的紫藤花垂落下来，把靠椅、走廊全遮住了，成了个花的隧道。暗夜，会偶见一两对情侣在这里相拥。

可不知为什么，前些时，紫藤架下的水泥靠椅被锯断拆除了，我想，敲下那些水泥，锯下那些钢筋是要下很大决心、花很大工夫的。做这事的人也太有心了。

思忖间，紫藤花覆盖的走廊里突然亮起一道雪亮的光，在暗处画出了一个圈，仿佛要在花影中找寻什么，在确认无人之后，这道强光终于熄灭，跟着一个黑影蹿了出来，朝我来的方向继续搜寻而去。

是保安！翠湖浪漫之夜竟然画上这样一个句号。

那颗"心"不知是否已经点亮……

《文艺报》2013年10月18日

买　菜

　　中国传统，买菜历来是家庭主妇的事儿。哪见过一个大老爷们儿手上挽着菜篮子，彳亍熙熙攘攘的菜市，为两根葱、一头蒜和小贩们讨价还价的？然而今天男人到菜市买菜已经不是什么新鲜事。本人就是一个。这当然不是什么"雌化"的结果，而是我喜欢。

　　事实上我是吃现成饭的，妻从未把买菜的任务交给我。有空了，帮她到菜市买一点，就一个月不帮买，她也不唠叨。偶一为之的事却被一些勤劳的女主人树为典范，用以数落她们的丈夫，真是天晓得！

　　我历来就不是那种买菜、做饭、洗衣、带孩子全会的全能模范丈夫，家务全包，让"雄化"了的老婆去炒股票、跑信息、吃饭跳舞、笑傲江湖。严格说，家务事我干得很少，买买菜不是出于我的勤快，而是一般平民百姓居家过日子必得干的。一般百姓不可能像那些手持大哥大或每进饭店必可开单据报销的角色，今日石斑鱼，明日果子狸。便是吃单位食堂，算下来，一个月少说也得一百五六，工资如我辈者只有自己开伙，自己调剂，这就得不时上街买菜。

　　我上街买菜还出于一种职业爱好。作家在某种意义上也算厨师吧。在这里你可以近距离地观察各种各样的人，感受丰富多彩的生活。人，全是下里巴人；生活，是最平民化的生活。深宅大院的达官贵人、出入星级饭店的名商巨贾是不会到菜市场来买菜的。

　　其实菜市是城市里难得的风景。逛菜市是很有趣的。

　　一步入菜市就到了一个色彩缤纷的世界。先看两厢里那大片鲜

竹楼、青瓦与春城故事

嫩的绿：韭菜、莴苣、豌豆苗，间杂着紫的茄子、红的西红柿、黄的鲜金针、白的豆腐……在昆明，野生蘑菇上市的时候，那菜市上的色彩，我敢说是全国最丰富的！所有的蔬菜都带着城市里难得感觉到的那种田野的清新，那是由泥土的气息和露珠的晶莹混合成的一种嗅觉和视觉上的愉悦感，刹那间会使你觉得置身田野而不是生活在钢筋水泥的包围之中。再看人人都那么自由自在，无拘无束。有的，全神贯注地在选择、比较；有的，锱铢必较地讨价还价。万头攒动，依然撑着雨伞，一任雨水滴到别人头上；比肩继踵，却还要骑着单车，把车轮蹭别人一身泥而浑然不觉。人们在菜摊子前或蹲或站，乍一看，像是一路外出觅食的蚂蚁，不时有一两只离开队伍，在边上停一会儿，少顷，又匆匆汇入那浓黑的一群中去了。

我便是这匆忙过客中的一个。先在一挑翠绿水嫩的青菜前驻足，卖菜的农妇马上笑脸相迎，首先强调她的菜是大粪浇的。

"大粪浇的好吃！"她说。

这话乍听起来令人发笑，实则包含着一个悲哀的真理：长期滥用化肥和杀虫剂已导致土地的严重污染。这种被污染而板结的土地已失去其自然肥力，那种靠化肥"养"出的蔬菜经常上菜市的人都知道，它中看不中吃，老煮不熟，有时还带有一股子刺鼻的杀虫剂味儿。这叫我想起五、六十年代在西双版纳时，寨子里的乡亲们不管谁家要是没菜，可以临时到田里捞上几个田螺，配以豉笋，那田螺豉笋味之鲜美，想起就流口水，怕是星级饭店里也吃不上的。现在，据说在西双版纳的稻田里，田螺也像珍珠般难寻了。其原因也是滥用化肥农药，土地和水源污染的结果。那卖菜的农妇当然不知道人畜粪便沤制成的农家肥比化肥好的道理，也讲不清工业文明如何破坏了动植物之间这种生态的循环和平衡，但菜市场上一句"大粪浇的好吃"，能让你感知到那个全球性的严重问题：环境污染！

离卖小菜不远的地方是一个卖鹌鹑的。我见过野鹌鹑，在草丛里飞得特快，追急了可以短距离地飞出几丈远。是否是吃害虫的益鸟不知道，但绝对于人无害。因为它肉质鲜嫩，蛋的营养价值又高，现已像家禽般饲养，一笼笼出卖。买者问好价，卖者一伸手就拎出一只，随手扭断脖颈，两三把拔去毛，再开膛掏出内脏，整个过程不到十分钟，鲜血淋漓而又干净利落，交给顾客时有的鹌鹑还在蹬腿。也有买活鹌鹑的，说就拿到附近喂蛇，喂饱的蛇又拿到餐馆卖，蛇吃鹌鹑不只残忍，已近可怖，我不愿看，只想那条蛇很快也会成为那些大腹便便的老饕们的桌上佳肴了。蛇吃鹌鹑，人又吃蛇，弱肉强食不一定仅在"动物世界"里才看得到。

同样，块头大的就是强者这种非洲林莽的规律在菜市场上也未见得。那头，一个虎背熊腰的卖肉汉子正极不耐烦地把一堆带骨肉摔到肉案上，冲一个退休教师模样的老人吼道：

"不掏钱又想吃精肉。不带骨头？吃蚂蟥去！"

一回头又点头哈腰对刚走过来的一个娇小女孩说："里脊肉留好了，不到40块，挺新鲜的。"边说边毕恭毕敬地把一堆新鲜的里脊肉放进那女孩的菜篮子里，一副黑铁塔似的身板，露出的却是弱者的谦卑。那女孩看也不看，扔下一张50元的票子走了。

卖肉的张扬说，这是买去给狗吃的，一种纯种的、高贵的狗。"20万！"他大声道出价值，显然觉得非常荣幸。

那退休教师模样的老人在旁边叹了口气，只说了句"又涨价了"，便无奈地捡起那堆肉骨头离去。

便是这样几句话、几抹色彩构成了市声、市景，逛菜市的人都会听到、看到，有时可以充耳不闻、视而不见，有时也不妨听听、看看，便会产生瞬息的感触。比如"弱肉强食"一词，在这菜市场上从单纯的动物学概念来看就未必准确。动物世界里猛兽猛禽多是强者，菜市场上就不全是这样：那体魄健壮的屠夫不是强者，智商比他们高的退休教师模样的老人更不是强者，连那小公主似的小保姆也不是。是谁呢？菜市场上你能感受到当今那种荒唐的却又是严酷的价值取向。

菜市场上自然也有些叫人愉悦的风景。比如那些带露的鲜菜、鲜花、鲜果，烧烤店里烤得金黄闪亮的鸡鸭，各种色彩，各种市

竹楼、青瓦与春城故事

声，那绝不是逛别的地方能感受得到的。

最令我难忘的是一位卖葱姜芫荽的老太太，穿一件旧且脏的衣服，佝偻着背坐在一把小椅子上，以她昏花的老眼不断地拾掇着一根根葱、一枝枝芫荽，仔细地去掉泥土，去掉那蔫的、枯黄的枝叶，弄得清清爽爽，一堆堆放在一块塑料布上。显然地，她担心的不是自己少赚，而是怕顾客吃亏。也许是她信息不灵，菜市上的一切早已涨价，可她的葱姜芫荽一直是老价钱。别说赚，连养活自己都难。我是她的老主顾了，有时一两毛钱就不要她再找，老人总是执意地往我篮里再塞几根葱，或一块姜或一头蒜，就生怕亏了我。每次，看看她添上的翠绿的葱，我只觉得分量特别重，那不是秤能称出来的，人熟了，对老人该有个称呼，有次我问：

"老人家姓什么？"

"信佛，吃斋。"

我不再问下去，芸芸众生中我又发现，信仰是如此有力地支撑或支配着一个将行就木的老人。

再往前走，原有一烧烤店，曾挂着一串串烧烤，阳光下闪耀着华贵的金黄色。现在那里却是一片白，从里到外正镶着白色瓷砖，说是原先的烧烤店倒闭了，又说发了。

有倒闭，就有发展；有掠夺，也有奉献；有毁灭，必有新生；有污染，自有净化……菜市上有腐烂变质的东西，但更多的是新鲜的嫩绿。买一次菜，我就会带回一些新鲜的嫩绿和一些新鲜的想法。

"人们一思考，上帝就微笑。"我喜欢思考，所以我喜欢逛菜市，喜欢买菜。

1993年1月

春城说菌

　　菌，北方人叫蘑菇；昆明人叫"菌"，确切些，叫"菌儿"，后面这"儿"音说得飞快，乍一听，像是叫"节"，有一种特殊的春城方言味。相声大师侯宝林曾论及北京话里的"儿"字的运用，说尾音加个"儿"字，听来有一种亲切感，比如相声迷要把侯宝林叫"宝林儿"即是。可见，春城人是多么喜爱他们生活中的小蘑菇。

　　每年从6月份雨季开始，到中秋月桂飘香的时候，整整四个月，昆明人都能吃上各种各样的野生菌儿：青头菌、牛肝菌、奶浆菌、鸡油菌、干巴菌、北风菌……品种不下十来种。或红或青，或黄或黑，如帽如盖，如箭如笔，五彩缤纷，形态各异，摆满一街。这时，几十万昆明市民，鲜有一年不吃一两次菌儿的。菜市场上，挎菜篮的，提塑料袋或网兜的，有家庭妇女，有下班时顺路上菜市的男女职工，有身着军装的退役老兵……都争相选择自己喜爱的菌儿。买菌的人中，不时还可以见到一两个大姑娘，趿着红拖鞋，手里拿着小巧的竹筲箕，就只买菌。仿佛临到锅烧热了，突然想吃菌，顺手抄起竹筲箕就出来了。那双塑料红拖鞋，那筲箕，一看就知道是附近街道的小家碧玉。

　　于是在街道上，在大院里，这个季节常闻到各种菌儿的不同香味。昆明人吃菌，大多配以皱皮青辣椒及大蒜。除盐之外，无须放味精、酱油、芡粉之类。爆炒之后，文火一焖即可。揭去锅盖，菌红椒青，配以白色瓷盘，不吃光看，便已赏心悦目，馋涎欲滴了。一旦举箸，或滑润，或鲜脆，滋味各不相同，又都有一个共同点：入口鲜香，那味道是鸡鱼荤腥所不能比拟的。

竹楼、青瓦与春城故事

春城各种菌中，滋味最美的首推一种叫"鸡㙡"的菌儿了。此物据说在靠近云南的川、黔地界亦产，不知是否也叫鸡㙡？开放的鸡㙡如华盖，未开的如箭如笔。撕开来，白嫩如鸡脯，味鲜甜无比。盐渍之后，以香油烹之，至水分干净，加以干辣椒，炸至焦黄，即可长时间贮存，曰"油鸡㙡"，为云南一大特产。吃面条时，浇盖一勺，香辣鲜甜，那风味是极其独特的。

　　青头菌是野生菌中上市最多的一种，菌帽浑圆厚实，状如胖乎乎的孩子，煞是可爱。菌面做国画中的石青或铜绿色，观之叫人想到斑斓古朴的西周青铜器。白石老人画白菜、画竹笋、画荸荠，我想他生前要是见过云南青头菌定会请其入画的，因为那形状、那色彩极出效果。我奇怪云南的国画家们何以不画？

　　还有一种菌儿，我不知道在植物分类学上是否属于蘑菇一类？这是一种蜂窝状的黑色块状菌儿，据说在云南也只产在昆明及其附近几个地州的松林里，别的地方迄今没有发现。它色如焦煤，质柔嫩如风干的脊肉。云南人把腌制的风干肉叫"干巴"，此物故名"干巴菌"。干巴菌的口感和味道与蘑菇完全是两码事，它鲜甜而又有嚼头，有一种无法比拟的独特香味，雨季进入昆明的小巷或大院，常闻到这种外地人叫不出名堂的浓香味。如果是一个归来的游子，他会惊喜地喊出他所熟悉的名字：干巴菌。记得今年6月应邀赴哈尔滨，见到热情洋溢的昆明籍女诗人林子，她第一句话便是问"干巴菌"。她是从干巴菌开始回忆她的春城的。

　　干巴菌好吃，说实在难得拾弄。因长在松林地下，状如蜂窝，所以一块干巴菌里，常夹堆着大量的土和松针，得小块小块撕下，剔尽，那确实是极磨性子的活儿。在昆明，这常是老太太们干的事。物以稀为贵，此物在昆明居然比鲜猪肉还贵！是云南菌儿的上品。而且全国绝无仅有。据说就有靠卖干巴菌而成万元户的。

　　昆明菌子既如此之多，每年雨季一开始，我便要拼命买菌吃。说是"拼命"，确实是要把所有的种类都品尝一遍。家里人老担心中毒，每次吃一种新品种总是提心吊胆。特别有种昆明叫"见手青"的菌儿，未经触动的呈黄褐色，只要手一碰上，就会留下青色的印记，颇有一种不安全感。也确实不太安全：烹调得当，鲜、香、脆；烹调不当，就要中毒。菌类中毒，据说都要见到小人人，在追逐，在厮打，从地上打到墙上。传非洲大森林有一种致幻蘑菇，吃了可产生各种各样的幻觉。我心想，这不是挺有趣儿的童话境界么？每当我买回一种以往从未吃过的菌儿时，颇有点日本人"冒死吃河豚"的胆量。听那色彩斑斓的菌儿下锅时"刺"一声响，心里便嘀咕：没准吃了真的见到小人人，那敢情也有趣儿。

当然，街上无人卖毒菌，我更是从未中过毒。而日本人的冒死吃河豚，我想也绝不是活得不耐烦，恰恰是想活得更有滋有味儿。

我有几个思想活跃的青年朋友，据他们告诉我，当今那些有知识、有头脑的青年最时髦的追求是人的"完整性"。从衣食住行开始，到读书、职业选择、探险、留洋、性、宗教以及艰苦的和奢侈的生活，统统都要尝试一下，说这才是人生。诚然，这种人生观有它积极的一面，但也有它消极的一面。撇开消极面不说，它的对生活持一种积极参与的态度是可取的。特别于一个作家，最忌把自己关在象牙塔里，以精神贵族自居，不屑于与群众为伍，处处表现出唯恐别人不知道自己是作家的一副模样。而我却以为，一个作家最大的乐趣就是作为一个普通劳动者生活在群众中，也食人间烟火，也为油盐柴米的事操心，忧众人之所忧，乐众人之所乐。也许正是如此，我喜欢在菌儿上市的时候赶热闹。究其原因，一是这东西确乎好吃，在这里可算是一种极大众化的食品，甚至，还因为"即便中毒致幻，还能一见小人人"这种孩子般的好奇，这种神秘感。这当然不是为了要在科学上有所发现。虽然世界上很多科学发现和发明，莫不始于最新的这种好奇和神秘感。难怪伟大的爱因斯坦要说："神秘性是世界上最美好的事物之一。"好奇、喜欢探索神秘的东西，凡富有想象力的作家肯定都是这样。

但我的喜欢菌儿，更重要的还是因为自己在社会上是个百姓，在家庭里也是个一般成员，每当我工作之余或节假日拎个小网兜儿，徜徉菜市，于比肩接踵、讨价还价之中，感到自己就在生活中，是个和芸芸众生生活在一起的极普通的人，这确实是最愉快的事。

写于1985年最后一次买菌之后

再说云南的菌子

　　菌子，北方人叫蘑菇，云南通称菌子。昆明人也许太喜欢菌子，把这名字"儿"化了，通通昵称为"菌儿"，且说得飞快，听起来就像"节"。

　　每年端午过后不久，一夜雨水，几声炸雷，满山遍野的菌子就出土了。曰牛肝，曰羊肚，曰见手青，曰黄赖头，曰谷熟，曰北风，曰铜绿，曰鸡油，曰奶浆，曰虎掌，曰鸡枞……每一种都色、香、味俱备，风味独特，全是上得了国宴的山珍。还有刷把菌、胭脂菌……似乎略逊一筹；其实味道也不错，同样是很难吃得到。

　　历数了这些菌子，我似乎闻到了它们的香味而满口生津了。菌子的味道和香气是极独特的、神秘的，可以说没有任何一种食物可以与之相比。古今中外均把菌子视为人间至味，《吕氏春秋》最早赞扬道："味之美者，越骆之菌。"黄庭坚赞美得更为具体："惊雷菌子出万钉，白鹅截掌鳖解甲。"说它像截下来的鹅掌，去甲后的团鱼。古人如此赞誉，国外亦视为珍品。古埃及法老时代，蘑菇是一种神圣食品，不准平民百姓享用。罗马人还认为蘑菇有一种神秘力量，称其为食物之王。确实，菌子那种似肉非肉、似蔬非蔬的绝佳口感，是任何一种食品无法比拟的。从营养学的角度看，菌子还是一种健康食品，它高蛋白、低脂肪、高维生素、低热量、且极富食物纤维和矿物质。云南菌子种类之多，全国无有出其右者。

　　先说一种叫"鸡枞"的。此物之所以与"鸡"联系起来，想是其柔嫩的纤维一种如"新剥鸡头肉"之质感，却远比鸡肉还嫩、还鲜、还香。汪曾祺先生称其"味道鲜浓，无可方比"。云南视其为菌中之王，似不为过。鸡枞很怪，你若专门去找，很难找到，常常是"踏破铁鞋无觅处"可又"得来全不费功夫"。有时在你找了很多别的菌子以为再不可能找到鸡枞时，它却在你回家的路上，草丛里、土堆旁迎候你，给你大大的惊喜！我在"五七"干校时，一夜风雨之后，在我的篱笆床下，居然也蹿出了七八朵鸡枞！我那份高兴，真有一种天上掉馅饼的感觉。有种说法，鸡枞今年在哪儿找到，明年在同一地点又可以找到。找到鸡枞的人于是三缄其口。"五七"干校之后不久就撤销了，也不知长出的鸡枞饱了谁的口福？

鸡枞在云南分布甚广，内地则无。作家张洁有次和我谈及已故的冯牧先生，说他在世时常谈及云南的鸡枞。她问，真那么好吃吗？什么样儿？我一时无法形容，只好告诉她雨季来云南准能看到、吃到。

云南还有一种极为特殊的菌子叫"干巴菌"。云南人把风干的肉叫"干巴"，此物极像一块干巴，或者说更像一块块焦炭或干牛粪，长相不雅，实在没看头。从生物学角度看，是否属于蘑菇一类？我存疑。所有菌类皆从林中、从草丛中撑出一把把小伞，如美人般亭亭玉立，唯有干巴菌，是藏匿于落地的松针下，要扒开松针，刨去地表土才能找到。汪曾祺先生当年在西南联大，最初看到干巴菌时一直怀疑"这东西也能吃？"及至"把草茎、松毛择净，撕成蟹腿肉粗线般的丝，和昆明的皱皮青辣椒同炒，入口便会叫你张目结舌。好一个"张目结舌"！这是初尝干巴菌者对此物最到位的评语了。干巴菌入口脆、香、鲜，很有嚼头，特别其独特的异香是任何别的食物所没有的。炒菌时常常是一家炒菌，香飘四邻。雨季，过道里异香扑鼻，云南人闻到都知道那是有人家在炒干巴菌了。还有虎掌菌炖红烧肉香味也非常独特，惜乎很长时间市场上罕见此物了。

或问，云南有名贵的松茸吗？有的。过去云南人嫌它有怪味，很少吃，有的地方还大不敬地叫它"狗鸡枞"，不吃。只是这几年出口变得金贵了，才在筵席上见到。

还有一种菌比较稀罕，出口时有个名字叫"松露"。很诗意的。在法国，只有普罗旺斯才产，价格几近黄金，舍不得净吃，只在菜肴里放一点点，提提味道而已。在欧洲，到树林里找松露得靠训练有素的狗或猪来嗅。知道这一点，才想起滇中有一种叫"猪拱菌"的，名字俗一点却正是此物。产量少，价位高，当云南人发现它是一种好东西时，已被经销商们高价收购出口欧洲了。何物"松露"？我识菌颇多，此物却至今无缘见到，更没有吃过。

我喜欢吃菌子还在于它有一种神秘性。蘑菇在一些儿童读物里早就给孩子们一种神秘印象了。对成年人来说，它的神秘性质其实是它的致幻性。一本科普读物称，亚马逊大森林里有一种致幻蘑菇，据说，吃后会进入一种光怪陆离的梦幻境界，巫师吃后，在飘飘欲仙之际做出占卜，其欲仙欲死之状颇令人信服。一个英国探险家于是以香烟与巫师换取致幻蘑菇服用，此后称，"那是一种无法用语言形容的奇妙感受"。爱因斯坦曾说："神秘性是世界上最美好的事物之一"。云南菌子中如"见手青"者就有神秘性，它的菌盖内面为嫩黄色，人手一碰到就马上变青色，故名"见手青"。此有微毒，但味特鲜特香，如烹调不当便会中毒。菌子中毒的一个典型症状就是致幻性，有的人怕致幻性，不敢吃见手青，我每年则要如"冒死吃河豚"一样专门选见手青来炒吃。吃便吃了，终无致幻的情景出现过。

又到吃菌季节了，不禁想起儿时三五个小伙伴背个小竹筐上山采菌的情景，采一筐各种菌回来吃个够，我的菌瘾大约就是儿时染上的。往后每年到了雨季便想吃菌子。今年我照例要吃见手青，还要吃鸡枞，吃干巴菌。前两天到农贸市场一问，乖乖！鸡枞、干巴菌已疯涨至每斤800至1000元。我不禁想起，十年前当菌子还是一种大众食品的时候，市场上常见小家碧玉趿一双红塑料拖鞋，手举一个小小的竹箅箕施施然漫步在农贸市场，仿佛厨房里一切就绪，单等菌子下锅。时隔10年，眼下这样的高价，市场上再也见不到这种风景了。几乎大多数菌子都被餐馆、酒店收购，因之价格暴涨，一般平民百姓是很难吃得起菌子了。盛产菌子的云南易门县每年都要搞一次"云南野生菌交易会"，届时十里长街摆满了各种各样的菌子，餐馆也净卖菌子，这样的场合罕见老外，我想，如果哪一天干巴菌不幸被一个做蘑菇生意的老外知道，那很可能就像松露一样，还不等进入国内市场就通通出口了，那时，就算你有钱也吃不上。我因之告诉一个从事外事的朋友："你请老外吃饭时可千万别上干巴菌。"

书及此，电话铃响了。有老友电邀去吃见手青。他夫人炒得一手好菌，见手青尤妙。想到此，便欣然搁笔去也。

《人民日报》2013年3月12日

忧拆迁

　　翠湖周边是昆明房价最贵的地方。有个新起的楼盘叫某某公馆，最好的楼层，最好的朝向，楼价最贵的时候是三万多一平方米。而昆明房价，平均下来也就是每平方米七八千左右。翠湖周边房价何以如此贵？因位置在市中心，交通、医疗、购物都极为方便。最难得的是，车水马龙的市中心居然有一山一水。水就是翠湖，山叫"圆通山"，住翠湖周边的人，想近水，出门就是翠湖；想登山，出门就上圆通山。夏赏绿荷，冬观白鸥，这是翠湖的美景；春看樱花，秋览明月，这是圆通山的风光。闹市中心有如此洞天福地，房价岂能不高。

　　我有幸就住在翠湖边。这片区域在有些人的眼里被看作"富人区"。我当然不是富人。工薪阶层住在这里的也不少，原因是房改前有的单位就在这里办公，宿舍也就在这里。我住的就是单位的福利房，和富人共享优美的外部环境。区别在于，有钱人住的商品房面积大，内部装修豪华，家具配套高档。我的住房只有73平方米，无配套豪华家具，只有几个旧沙发、书桌及满架的书而已。有幸忝住于富人区得感谢单位在此已半个多世纪矣。想想市内的住户，面积住得再大、再豪华，出门就是车水马龙，哪比得上我坐北朝南的这套房子，冬日阳光灿烂，夏日凉风习习，窗外见山见水，福利房住出了别墅的感觉。唯一的缺点就是太高，七楼，而又没电梯，我每天上下三四次，至今登楼面不改色气不喘，这也得益于住高楼的好处。难怪所有到过我家的朋友都说，这么好的环境，住别墅也别搬了。这当然。立马拿一套别墅和我换我也不换。决心有生之年就

竹楼、青瓦与春城故事

终老于此了。

对于个人，这种决心当然谁也动摇不了。可是近来，"拆迁"这可怕的阴影已笼罩在我和所有这片住户的头上了。

那是两年前单位开会，被告知不久的将来连办公室带宿舍都要整体搬迁至数十公里外的滇池边。说是那里环境如何好、将来交通如何便捷、生活如何方便等等。单位答应以一比二甚至一比三的条件和这儿的住户置换，说70、80平方米的住房，在那里可换一套连排别墅。作为交换，就是这块地皮。当大家沉浸在住别墅的美好想象中时，一张早已准备好的同意搬迁置换的征询意见书立即发到各人手上，要求当场填了就交还，容不得回去（或者根本不打算）让你和家人商量。就这样，大多数住户（包括我）就兴冲冲填上同意搬迁、置换，完全沉醉在别墅梦中而不顾及其他了。据说，后来相关人士即以此为依据，证明绝大多数住户都同意搬迁，报到市政府。于是征地、拨款……很当回事。单位也就紧锣密鼓地成立了相关机构，开始建房了。其间，还让大家到工地参观了一次。真是不看不知道，一看吓一跳！工地面临滇池，周围一片荒野，无超市、无医院、无学校、无农贸市场、无公交车站……看来，等到这些配套设施齐备，少则五年、多则十年！像我这样的老人，无车，儿女又不在身边，古稀独居，半夜三更，有个病痛，我找谁？这并非只是想象，我有个老朋友，老两口就因住郊区别墅，女儿不在身边，突一日，老友胃出血，救护车赶到时，血压都量不出来了。所幸不是心梗，否则早就完蛋了，"这就是住别墅的'好处'。"老友苦笑说。现在又搬回城里住原来的老房了。

这件事让我很震动。想想，古稀之龄，单身一人，看来得现实点儿，咱就不享住别墅的福了。还是要住在一个交通方便、就医方便、购物方便的地方。就这三点，翠湖周边完全可以满足。况且周围还有邮局、银行、电影院、图书馆等等。大多数住户事后想想又不愿搬是可以理解的。

那不搬又咋办？到时你能顶得住吗？于是搬。搬之前自然得先找房。可以肯定，春看樱花、夏赏绿荷、秋览明月、冬观白鸥这样的风景再不会是一推窗就看得到的了。我舍不得翠湖。我只求用补偿得到的钱在翠湖周边找套二手房，只要生活、就医方便就行。这样的房子，你在找别人也在找，很有可能最终找到的只是一套终日不见阳光、阴暗潮湿的房子。到时还得搬。老人对老屋有习惯性和依赖性，一旦搬家，特别是搬到住房环境比原来要差的地方，很有可能就因一次伤风感冒或关节筋骨疼痛而一病不起。有说老人搬家就生病，恐有它的道理。可我早晚得搬，搬去的地方十有八九没有现在的好，住下来就病咋办？此忧其一。

其二，就算找到最满意的房子，接着就是搬家。搬家，于一个儿孙满堂的老人不用操心，自有儿孙打点照料，到时换一张床就行。搬家，对年轻人也非易事。我年轻时就搬过，用一周的时间始搬完、安顿妥当。有的人说搬一次家，"几乎要了半条命"，这话有点夸张，却道出了搬家的劳累与烦琐。家中要是没有年轻人，很难设想，由一个老人去搬家。虽说有搬家公司，事前行李、家具、书籍杂物等等总得打包装箱，搬后一切的安放整理，总得自己干。那时每天六七次上下楼，我在七楼，被锻炼，这绝对是免不了的。要是有点心脑血管病，恐怕就此倒在楼梯上一命呜呼了！那时只管催你搬迁的人自是不愿也不会想到住户的这些困难和痛苦的。

忧其三，房子找不着，限期已到，一台台冰冷的拆除机械已经轰隆隆开到院子里，开始拆除已经搬走的住户的房子，是强制，也是警告：你将是最后被拆掉的一户。只见轰鸣声中，又有一户人家搬走了，心理上陡然又增加了一分压力。决心不搬，以死相抗者倒也罢了，对一个还想活下去而又无门求告的老人如我辈者，到时又将如之何？

书及此，突然记起多年前在电视上看到的一个画面：三峡大坝库区搬迁，移民中一个老人，三步一回首看着自己的老屋，潸然泪下，这画面一直让我感动至今。人是有感情的，哪怕对钢筋水泥这些冰冷的东西，相处多年也会觉得亲人般亲切，想到它轰然倒塌时

竹楼、青瓦与春城故事

也就是它生命的结束，不禁黯然神伤。

忧伤之余，有一点我实在搞不清楚：何以如此好的一块风水宝地、人见人赞的一片风景，居住其中没有想到这是一种福气，还要去侵占良田，折腾着搬迁，这到底所为何来？

《光明日报》2013年10月18日

翠湖留下的心影

　　翠湖，这个昆明市中心的公园，在昆明可说是无人不晓。里面楼台亭阁，曲水回廊，树影婆娑，波光潋滟，于高楼大厦车水马龙中突现这样一个好去处是十分难得的，汪曾祺先生在《翠湖心影》中曾说："城市有湖，这在中国，在全世界都是不多的。"

　　翠湖原名"九龙池"。清人倪蜕《滇云历年传载》"九泉所出，汇而成池，故名九龙池。"九龙池现在仍在，已无九泉涌出，恐流失，单独砌成一个池子。翠湖还有一个老名字："菜海子"，想是当年"清回透彻，蔬圃居其半"，周围种菜的人家多。再早只是昆明城外"赤旱不竭，土人于中种千叶莲"的一片沼泽。出水成河，名"洗马河"。明初，傅友德、蓝玉、沐英带兵入云南，在这里"种柳牧马"，1919年筹建公园，因其"十亩荷花鱼世界，半城杨柳拂楼台"的湖光山色而改名"翠湖"。这名字一直沿用至今。

　　翠湖一年四季都是绿的。尤以雨季。草木繁茂，翠湖的绿树几乎覆盖了全部楼台亭阁。高处望去，只是一片绿树碧水，此时，就只剩一个字"翠"。引得汪曾祺又一次赞叹："翠湖这名字取得真好！"

　　二十世纪三四十年代，市区小，翠湖处于市区的西北郊，因之"昆明人特意来游翠湖的也有，不多，多数人只是往这里穿过。"（汪曾祺《翠湖心影》）可以想见当时翠湖有多么安静、清澈。

　　这种路人多游人少的现象随着城市的急剧膨胀，城区比改革开放前扩大了近十倍！原在昆明市区西北郊的翠湖，现在已处于市中心位置，翠湖实际上成了一个大大的街心花园。自然生态也发生了

　　　　　　　　　　　竹楼、青瓦与春城故事

急剧的变化。原来的水源是九股地下水，现在主要引盘龙江水补给，通向滇池的洗马河，现在已经不复存在，变成了车水马龙的街道。但闹市中心能有这样一个好去处，自然会成为南来北往的路人、省内省外的游客抄近道、游览、歌舞健身的市内首选。于是，昔日安静的翠湖逐渐变成了全市最喧嚣的地方。我家住翠湖边，以往是好福气，现在是好遭罪，从早上五点多到晚上十一点，难得有片刻的安静。

先是一位也许是抗美援朝的老兵，仍有当年的豪迈情怀，天不亮就在翠湖边高唱"雄赳赳，气昂昂，跨过鸭绿江……"似乎仍操着军人的步伐，威武地从我窗下走过。此后，必有一中年壮汉，对天做狮子吼，道："欧——吼！"此公中气足，肺活量之大似经扩音机吼出，有着极强的穿透力和震撼力，经他一吼，相信没有不被吓醒的。在他之后，这种吼叫声逐渐多起来，雄起雌伏，男女皆有，一时间翠湖成了百家争鸣的场所，原因据说此吼可以健身云云。八点之后，歌舞健身大军才正式入园，他们三五成群，自带音响，各占一方，在一个叫"水月轩"的园中园里，不足一亩面积，却有五六起唱歌跳舞晨练的人，播放的音乐轰轰然混响成一片，在旁边人听来已分不清谁是谁的，在别处，可能会因此发生抢地盘，相互指责叫骂的事，然昆明人却能相安若素，互不见怪，并能准确地按照自己音响播出的节奏，扭臀摆腰，旁若无人地手之舞之、足之蹈之，这不能不说是如昆明气候一样温煦的昆明市风的一大亮点。昆明人那种好玩而不好斗、活泼而不生猛的民性，在喧闹的翠湖中得到最充分的展现！

也有占据一个小亭子、一角小回栏，在一支笛子或一把二胡的伴奏下的独唱或就一个人清唱。哪怕声音哑得离谱，尖得牙齿发酸，唱者也自得其乐。还有郑重地穿上演出服，化着浓妆的大妈们，或三五成群，或单打独斗，开足音响，边跳边唱"假如你要嫁人，不要嫁给别人……"其乐陶陶，完全不在乎有没有观众或观众的感受。她们自己唱歌给自己听，自己跳舞给自己看。最有气势当数彝族的左脚舞，一来便几十上百人围成个大圈子，弹着十几把月琴、三弦，一跳几个小时，中间不停不歇，通宵达旦也不成问题。

随着歌舞的人群入园，游客、路人也越来越多，用"过江之鲫"来形容毫不夸张。路边、树下，卖小首饰工艺品的，卖糕点风味小吃的，乃至竞拍"齐鲁名家字画"的，也纷纷开业，翠湖十点以后又成了一个大商场。

环翠湖的人行道上也很热闹。这里不约而同地集中了好几个小乐队。有老头们的民乐小乐队，演奏花灯和云南民歌，有气派的铜管乐队，奏《解放军进行曲》和《歌唱祖国》。还有个管弦乐队，高中低管弦乐器搭配得当，看来是专业演艺团体退休人员组成的。有时还能听到不俗的女中音，仿关牧村的《吐鲁番的葡萄熟了》，围听的人最多。

这就是现在的翠湖。从凌晨五点多到午夜十一点。之后，总以为静下来了，不，还有个卖唱的歌手压轴，照样开足音响，唱起时下最流行的《小苹果》："你是我的小呀小苹果，怎么爱你都不嫌多……"

虽不说天天如此，起码大部分时间是这样。看看现在翠湖周边，都是几十层的高楼大厦，翠湖已被团团围住。可怜的翠湖已成了一个小小的盆景了。设想每天晚饭后，只要每幢高楼、每个窗户后各走出一个人来到翠湖散步，几十幢高楼会有多少人进入翠湖？更别说外来务工人员、旅游者、借道的行人……翠湖能不日夜喧嚣？今天的翠湖已不是"柳林洗马"那样一片田园风光的好去处了。白天歌舞喧天，入夜霓虹闪烁，气压低时，翠湖上空还灰蒙蒙一片，这个"水绿天青不起尘"的城市，也出现了北京霾的可怕身影。声污染、光污染、空气污染……翠湖已为我们付出了代价。

我想努力找回二十世纪三、四十年代汪曾祺《翠湖心影》的那份静谧。一个雨夜，我读到"有的夜晚从湖中大路上走过，会忽然泼剌一声，从湖心跃起一条极大的红鱼，吓你一跳。"在翠湖今天还能找到那种氛围吗？正值小雨淅沥，翠湖罕见地没有人影，没

············ 竹楼、青瓦与春城故事

有歌声。我当即撑起一把雨伞，决定独自雨中漫步翠湖，寻找一点逝去的古老。穿过翠湖的堤以及堤上的拱桥，听细雨中沙沙作响的树，看影影绰绰的楼台亭阁这些百年前留下的风景。"细雨鱼儿出"，泼剌一声，湖里果然真也跃起了一条大鱼。刹那间，我仿佛一下子回到了《翠湖心影》里，心里也跃起了一阵惊喜。然而当鱼儿落入水中，湖面荡起的却是那五颜六色的霓虹。那种诡谲、那种变幻使我明白：鱼，已经不是汪曾祺的那条大红鱼了，翠湖留下的只是心影。明天，又将是这个小盆景歌舞喧嚣的一天。

喧嚣是一种朝气，静谧是一份古老。能否在喧嚣的朝气里保留一点儿古老的静谧呢？这应该是做得到的。"逝者如斯夫"，吾梦寐以求之。

《光明日报》2015年4月10日

城市上空的童话

　　我的外婆很善于酿酒。当年，她酿的米酒、苞谷酒、大麦酒远近闻名。酒好在于酒药好。所谓"酒药"，就是在酒曲中加上某些药草。儿时，每年春天我都要和一伙表兄弟随着外婆、姨妈、母亲到一个叫"马会坪"的地方找酒药。大人们忙于找酒药，孩子们便在开满杜鹃花、龙胆花的草地上疯玩。玩累了便躺在草地上看一只只"叫天子"（云雀）怎样腾空而起，"唧滴滴""唧滴滴"地叫着向蓝天深处飞去。躺在草地上看着头上的蓝天，第一次发现天竟然蓝到这般程度！水汪汪的，仿佛是倒扣在头上的一碗蓝色的水。那叫天子叫着叫着，从一个小黑点越飞越高，高到什么也看不见，只听到"唧滴滴""唧滴滴"的叫声从天际传来，清越而悠远，真担心这只欢快地叫着、奋力朝蓝天钻去的叫天子会不会把蓝天戳个窟窿？然后那蓝色的液体就会瀑布般倾泻下来！幻想着，那叫天子已"唧——"一声从蓝天最深处坠落到草丛里了……这是儿时我关于高原蓝天最深刻的记忆。

　　看云，最好的去处莫过于在大理坝子里看苍山上的云了。一朵朵白云，在山腰，在山顶如白莲花似的开放着，有时候连成一条白白的带子绕在山腰，叫玉带云。最神奇的是玉局峰上升起的那朵云，如体态婀娜的少女站在峰顶眺望，那叫"望夫云"。每当望夫云升起，洱海便要刮起飓风，巨浪滔天，直到吹开海底，见到石骡子风才停歇。见到玉局峰顶升起形如古代少女的望夫云，所有的船只都要迅速靠岸。

　　云在滇南一带，是大朵大朵的，幻化的。在滇南，热带地区的云会形成茫茫云海，淹没了谷地、平坝，只露出几个小山头，像海岛浮在水面。直到中午十二点过，这些平铺的云才聚成一朵朵，白牡丹似的升起，绽放在蓝天。天空因这洁白的云彩的拂拭而倍加湛蓝和明亮了。

很奇怪的是，晴天的晚上，那些雪白的云朵不知到什么地方躲起来了，白昼的蓝天这时变得深邃而高，颜色则近乎黑色了。但它给人的想象并不冰冷，而是毛茸茸的，像黑色天鹅绒，钻石般的星星密密麻麻地布满天空，闪闪发光。除了在高原的故乡外，我没有在其他任何地方看到过这么密、这么亮的星星。关于星空的第一印象也是在儿时，形成并植根在脑海里。那是在春节前，当地人时兴到一个叫"下澡堂"的地方洗澡。进到山里，搭起窝棚，升起野炊，吃罢晚饭便和大人们下到温泉里泡到半夜。抬头看天，夜空里群星璀璨耀眼，那些大粒的星星周围还有晕，没有月亮的夜晚，远山近树也被星光照得朦朦胧胧。远处的森林里不时传来小麂子"罕!""罕!"的叫声，不时有闪亮的流星划过天际，但大人说，那是天上的星星在拉屎，说是运气好，白天就会在地上找到星星屎。第二天我们在山野里果真找到指甲那么大的亮晶晶的"星星屎"。我后来知道，它其实是云母。关于星星，故乡留给我的是童话般的记忆。

还有蓝天。在二十世纪四、五十年代，在我居住的城市里还不时出现。常常是一群鸽子带着鸽哨呼啸而过，头上便是那瓦蓝瓦蓝的天和雪白的云朵。自然，白天有这样的天空，晚上便能见到星星，虽然少一点。现在多了高楼大厦，多了车水马龙，城市的上空却是灰蒙蒙一片，烟尘、更多的是汽车的尾气遮住了阳光。除了秋天偶见蓝天之外，晴天的天空大多是灰不灰、蓝不蓝的，白云也不再那么清爽明亮，像一团团不洁的破棉絮。最后的几粒星星也因城市上空强烈的光污染而消失了，我们的城市，大都成了没有洁白的云朵、没有湛蓝的天空、没有璀璨的星星的"现代化"城市了。

再说彩虹。我儿时是带着一种既神秘、且爱且怕的情感来看彩虹的。有说那是条龙，在吸水；有说那是一座桥，有神仙在桥上相会；还说那是一道门，穿过去身上就能长翅膀飞上天堂……故乡的彩虹记忆中总是出现在东山。每当彩虹出现时我总是想跑近它，然后穿过那彩虹之门……但大人总说，你一走近它就什么也看不见了。我相信大人不是骗我，否则那些放牛的孩子早就成了小飞人了。这种彩虹还会伴随着一个影子，只是颜色略淡。虹影，这是我在别的地方从未见到过的。出虹的时候，我和小朋友们常指指点点议论着；如果是龙，想到它的头的所在，看看它怎样吸水；如果是门，就穿过去，看能否真的长出双翅？但大人们只准我们议论，不准我们用手指指点点，说那样手指会长疮。

也不知从何时起，我走南闯北就再也看不到彩虹了。我已同它诀别。

某日，见马路边一位园林工人正给花坛草坪浇水。阳光照在细密的水雾上，幻化出一道虹影，一个小女孩惊奇地叫道："妈妈，快看！那是什么？"

妈妈笑了："孩子，那是小彩虹。"

"她有妈妈吗？她的家在哪里？"

"在天上。"妈妈想了想，抬头看看天，"不过，她的妈妈已经不见很久了。"

"很可怜，是吗？"孩子的眼睛一直没有离开那短短的瘦瘦的彩色水雾："我要帮她找到妈妈。"

这是童话。也是现实。

但愿这小女孩长大后的某一天，一阵雷雨之后，她会惊喜地第一次在这城市的上空看到久违的彩虹。那时我会说：

这是现实，但曾经是童话。

《光明日报》2012年12月7日

竹楼、青瓦与春城故事

期望长寿，却又怕老

　　何谓"老"？国家规定男60岁、女55岁退休似乎是"老"的一个界定。《礼记·曲礼》："七十曰老。"把"老"的界线放得更宽。就生理机能或自身感觉而言。明显感到老之已至，男人当在75岁前后、女人则在60岁左右。在此之前，生理上虽已进入老年期，体力上尚无明显差异。我这里指的是没啥大毛病的健康或基本健康的老人。"五年一小坎，十年一大坎"。民间对老年人的健康状况如是评估，该是一种客观总结。老夫古稀之龄，虽干不了重体力劳动，尚无精力不济、衰老年迈的感觉。可刚迈过75岁就明显觉得体力大不如前。先是每日早晚一个小时散步觉得腿软了、步子慢了，回到家里疲倦了。忆及年轻时在边寨和群众"三同"，即"同吃、同住、同劳动"，当时酸、冷、硬、辣什么都能吃，田边地角倒头便睡，餐风宿露、日晒雨淋从不会生病。现在，亲朋好友宴请，一桌子美酒佳肴，也就浅尝辄止，毫无食欲。听力下降，耳鸣重听，老眼昏花，老花镜不离左右，晚上已到了无安眠药不能入睡的程度。

　　与体力衰退同时的是记忆力的迅速下降。现在浮现在脑海里的往事、故人、古典诗词，大多是幼年和青年时记住的。过去读书常是过目不忘。现在过目即忘，越是近期阅读的忘得越快。常常是，进书房要找本书，跨过门槛就问自己：我进来是干啥？于是凡三件以上的事，就得找个小本本记下来。比如到医院找大夫开药，倘若不是事先把要开的药名写在纸上，大夫问起时只有张口结舌。最尴尬的是，见到熟人对方主动打招呼，不是"此人好生面善"，而是压根想不起这张脸。急中生智，只好佯装问对方：还在老单位工作？对方会答：是的是的，还在某某单位。这时可进而发感慨：时间过得真快呀！我们上次见面是……如此两三个回合，最终还是会把这个人从忘川中捞出。当然，你也可以直截了当告诉对方，人老了，记忆力差了，一时想不起尊姓大名。坦率倒是坦率。却很得罪人，别人可能会以为你傲慢、装样。

心智的衰老已影响到理解能力。平日读书、看报，明明是大白话一句，眼睛看过去了，却不知道这句话的意思，要反复再看才弄明白。阅读能力简直退到了小学生的水平。

这种心智的老化还表现为逐渐丧失了对外部世界的新鲜与兴趣，没有进一步了解与探究的欲望。白居易诗云："五欲已消诸念无，世间无境可勾牵。""五欲"：财、色、名、饮食、睡眠地。这确实是对老年人机能衰退状况的最精到的概括（当然，也有老当益壮、老有作为的老人，其中最令人敬佩的当是周有光、季羡林、启功诸先生了）。而更可怕的是，不管你是谁，等到你完全丧失生活自理能力，吃喝拉撒、洗澡更衣、坐卧走动等等皆需别人照顾，却又心智未泯时，就非常尴尬而又痛苦了。"人生不满百，常怀千岁忧"，每思及此，我只好这样宽慰自己：上帝是公平的，每个人都有这一天，概莫能外。

当然，家有儿女保姆照料，虽免不了尴尬，总要相对好些。空巢老人可就境况凄凉了。我有一故人，离异独居，儿女皆在国外，平日也出门走走。忽一日，邻居发觉楼道里有异味逸出，才想起这位独居老人已多日不曾露面：遂敲门，报警，开门发现已死于床下，想是心脑一类疾病致死。因国内无亲无故，由街道负责处理后事。呜呼！完了也就完了。还有一个朋友，供儿子留学国外，学成定居澳大利亚，有一个体面的职业。忽说要回春城度假，其母欣喜至极，一直巴望着那难得一聚的天伦之乐。然儿子偕妻子回昆之后日日疯玩，老母卧病高烧。儿子居然不管不顾，做母亲的只有独自伤心落泪。孟浩然诗云："不才明主弃。多病故人疏。"老病之后，连儿女有时都靠不住，指望什么"刎颈之交"的故人来关照就更难了。难怪作家张浩有次在电话里跟我说："不怕死，怕老。"此语极是！

人总是这样：想长寿，却又怕老。首先是不敢面对自己。不敢面对自己那张老脸。老人最怕照镜子就是这个道理。每当看见自己昔日的满头青丝变成了稀稀拉拉的白发，光滑红润的脸盘变得像个核桃；眼角耷拉，牙齿缺漏，黑褐的色斑左一块右一片，下巴底下的赘肉层层叠叠，一拉半天不能复原，免不了要哀叹岁月的残酷无情。今人如此，古人亦是。东晋桓温看到他当年"种柳皆已十围，慨然曰：'木犹如此，人何以堪！'攀枝执条，泫然流涕"。今天顾影自怜，为自己衰老流泪的人可能不多，努力想拉住青春尾巴、改变自己衰老模样的人却比比皆是。女人，尤其是演艺圈女人更甚。但依我看，整容后的老女人，还不如一个本色的老姐、老嫂、老妈、老奶那样亲切，慈祥。

古云："老而不死是为贼。"这当是指那些不识时务还倚老卖老、已无所作为还嫉妒后生的老朽昏聩。这种老人不仅不会受到尊重，甚至叫人讨厌了。不被人讨厌，老人恐怕还要有合适的人生态度。记得王蒙赠我条幅云："逝者如斯夫，有书未老也。"他的意思是与书为伴或著书立说，逝者如斯亦不会老了。专家学者发挥余热，这自是社会所欢迎的。百姓如我辈者，力所能及，则不妨活到老学到老，不能，则各人只管好好保健，好好养生，碍人事、讨人嫌、自寻烦恼、返老还童、偏执易怒、举止失态等等老糊涂表现，则应当尽量避免。

叶帅有诗："老夫喜作黄昏颂，满目青山夕照明。"人都不免要衰老，但愿能有叶帅面对老境的乐观豁达。也愿这个社会，"老吾老，以及人之老"，对老年人有更多的关爱体谅，在老年保障上有更多的举措，有更完善的制度。

《文汇报》2014年11月16日

飞翔的爱

    被称为"中国鸽子花"的珙桐，在全世界100多个国家和地区都被当作名贵观赏树种广为栽培，在它的故乡中国却鲜为人知。我也是多年前才在昆明植物园一睹芳容。看见鸽子花，才会又一次赞叹造物主的伟大：它什么形状的东西都能创造出来。

    珙桐是一种高大乔木。树高可达20米。开花时两片（也有三片）长7—15厘米的洁白的大苞片仿佛白鸽的双翼，那棕色的头状花序又像鸽子的眼睛和嘴巴。微风起处，白羽翩翩，确实像一群竞飞的白鸽。

    这种花连周恩来也是1954年4月才在日内瓦第一次见到。当时他正在日内瓦湖边散步，见到路两边盛开的珙桐花如一群飞翔的白鸽。他惊于那美丽的形状，停下来仔细欣赏。随行的人告诉他，这叫"中国鸽子花"，来自中国。这更使周恩来大感惊奇：中国的城市里怎么见不到这美丽的行道树呢？

    这被称为"中国鸽子树"的珙桐的确长在中国。它是第三纪孑存的植物，在第四纪冰川时大部毁灭，躲过劫难者，残存在中国的四川峨眉山、湖北的神农架、贵州的梵净山、湖南张家界和天平山海拔1200—2500米的森林中。在云南西北部的维西、贡山、兰坪，东北部的镇雄、彝良、水富等县阴湿的阔叶林中也可以找到这些"白鸽"栖息之地。在植物分类学上，珙桐系单科（珙桐科）一属、一种。这很罕见。加之树种的古老，被植物学家称为"活化石"、"植物界的大熊猫"。属国家一级保护植物，可见其珍贵。

    珙桐英文名为 davidia inuolucrata，是用一个叫"戴维"（1826—

1900）的法国传教士的名字命名的。1886年戴维在四川穆坪首先发现盛开的鸽子花。上帝怎么把伊甸园里这奇特美丽的花朵给了中国，而不是信仰基督教的欧洲呢？他惊异又不解。随着戴维回国，"中国鸽子树"的消息不胫而走。1903年英国园艺公司决定派一个叫威尔逊的人来华采种，带回英国后居然繁殖成功。从此，"中国鸽子"便飞遍世界，成了珍贵的观赏林木。

外国人可以为一粒种子不惜远涉重洋，而作为珙桐原产地的中国，如果不是周恩来曾经问过这种树，恐怕照样"养在深闺人未识"。据说当时周恩来问："为什么我国原产的鸽子花在欧洲早就引种栽培，花开得那么好，而在国内却很少见到？"

虽然是总理50年代早就这样问过，但我国直到改革开放的80年代才在各地园林部门引种栽培。

80年代后，国家教委统编的《初中生物学》第一次采用了鸽子花做封面，国人——特别是后代才算认识了我国的山林中还有这么个宝贝。

此前，只有珙桐生长的地方才知道这种树。云南的维西人叫它"酸枣子"，傈僳人叫它"蜡比子"，贡山怒族人叫它"欧拉"。他们都知道它花好看，树干高大，木质又好。在湖北秭归，甚至还有关于珙桐的民间故事。

传说汉代王昭君远嫁塞外的匈奴国王呼韩邪单于。因思念故土、思念亲人，常常写下一封封家书让白鸽子带回她的故乡——湖北秭归。一只又一只白鸽子飞越千山万水，飞到秭归附近的万朝山下，疲惫不已，停在一株巨大的乔木上，突然一夜风雪，白鸽冻僵枝头，化作了美丽的花朵，宛如白鸽的精灵。

还有一个传说是，古代一个皇帝，有个独生女儿叫白鸽公主，公主不爱门当户对的皇亲国戚，偏偏看上了一叫"珙桐"的勤劳勇敢的农家小伙，并折断一根碧玉簪各持一半，誓不二嫁。国王知道后勃然大怒，为使公主死心，他杀了珙桐。公主闻讯悲恸欲绝，穿上白色孝服，逃出宫来，在珙桐受害处哭得天昏地暗。突然，在泪水浇洒处长出了一株形同半截碧玉簪的嫩芽，转眼之间长成一株大树。白鸽公主知道这就是她的珙桐，便一头扑了过去。白鸽公主撞死树下，树上霎时开出了形同白鸽的花朵。树和花从此成为一体，永不分离。

伟大的爱情常常会创造奇迹，王昭君为了自己的祖国，远嫁塞外，成了中原汉民族和北方游牧民族之间友谊的纽带。远离故土，远离亲人，王昭君自己大约不是心甘情愿的。这是一种牺牲。这种牺牲似乎通过传书送信的鸽子的死暗示出来了。而白鸽公主的殉情更是明白无误地为爱情而献身。两个传说都体现了一种古老的东方哲学思想：爱是一种奉献，这种牺牲是不朽的。

现实生活中又何尝不是如此呢？

郑州一个叫张家勋的人，在郑州航空工业管理学院搞园林管理工作。航空工业和园林管理，一个天上，一个地下，压根沾不上边。他本人也非在对口的科研单位，按说管好学校里的花木就完全可以算他尽职尽责了。偏偏张家勋不满足，当他了解了珙桐这一珍稀植物和周恩来50年代的愿望生前得不到实现，便决心为珙桐的栽培、繁殖做出贡献。在1972—1985年间，张家勋先后六次到湖北神农架、贵州梵净山、四川大小凉山和云南维西、贡山等地考察鸽子花的生态环境和生长习性，最终得出了我国共有6个省36个县生长珙桐的结论。更为可贵的是，通过他的大胆尝试和科学管理，居然把只生长在海拔1200米以上阴湿森林中的鸽子花树引种到海拔只有103米的郑州平原，为这种珍稀植物的进化、繁殖做出了贡献，他因之获得"河南省科技进步奖"。一个在航空工业部门的人做出这样的成果，没有那点奉献精神是不行的。

如果没有张家勋六次跋山涉水深入高山密林考察，不可能把群群"白鸽"引入平原；如果没有那个叫"威尔逊"的英国人为一粒种子远涉重洋来到中国，今天"白鸽"也不会飞遍全世界。张家勋和威尔逊都不满足于城市那舒适的然而平庸的生活，偏要自找苦吃。姑不论他们各自的目的，这种奉献精神总是植根于爱——起码是对事业的热爱。

对事业的爱也罢，对故乡、亲人的爱也罢，或者，纯粹是男女之爱，毕竟使得大地生长出了一种美丽的花朵。在传说中是如此，在现实中也是如此。

因之，白鸽带着人们对和平的热爱和愿望而迅速飞遍全世界也就是一种必然了。

《人民日报》2011年1月5日

土地的依恋

　　中国农村两个庙是最常见的：一是水母宫，二是土地庙或称土主庙。水母管水，北方缺水故常见水母宫；土地管土，南方山多地少，也许是土地庙多的原因。一水一土，农民的命根子，焉能不跪拜、不祭祀。按理说水母宫或土地庙建构应是最宏大的。事实是，几乎所有的水母宫土地庙都非常简陋，和供奉释迦牟尼、玉皇大帝的寺庙简直无法比拟。山西太原晋祠的水母宫算有名，也只一间，进门得低着头。所塑的水母娘娘不是神圣的女皇或贵妇样，而是个北方农村小媳妇，以盘腿坐炕的姿势侧坐在一个扣着锅盖的水缸上，举起手臂正在梳头。很平民化、很生活化、很美！

　　水阴柔，历来是女性象征。土地厚重，主男性，故土地神称"土地老爷"或"土主老爷"。"老爷"非官，男性尊称也。和水母宫一样，土地庙不管在任何地方也是最寒碜的。在我的家乡，甚至连庙也没有，农民常随手捡一块条状石头塑在田间地头山下，说这就是土地老爷。于是烧香跪拜，献上酒礼。本来么，土地就在脚下，找块象征性石条，让大地雄起，便于顶礼而已。但这不等于怠慢土地老爷，恰恰相反，对土地的依恋、感激之情，比起对神佛等虚无缥缈的东西，它更实在、更亲切、更热烈、更家常！这种把大地之神视为一家的祭祀活动，我于2007年农历6月13日在老爷山下看到了。

　　山在云南宜良汤池镇木希村后。原名鸟纳山，彝语"麂子出没的地方"。现在老百姓都叫这座山为"老爷山"，确切地说，是"土地老爷山"。因为上面有座土主老爷庙，供奉着土主（土地）老爷。

　　　　　　　·········· 竹楼、青瓦与春城故事

此土主与所有传说、信仰的神祇不同，他是很人性化的。流传在这一带的民间故事说，古时孽龙作怪，宜良坝子几成泽国，幸好鸟纳山土主请天神降龙治水，后人感其恩德，就地取材以巨石雕"土主老爷"一尊供于山顶，从此风调雨顺，鸟纳山因之又称为"老爷山"。四乡居民还在每年6月13这一天上老爷山祭祀土主。是日山下各村寨乃至呈贡、昆阳、晋宁等县农民皆登山祈福。实际上，这种祭祀活动更像是一次郊游、一次走亲戚。这也许和当地的一个传说有关。传说南诏时期的某年某月某日，宜良坝子一洪姓女子与众姊妹上山挖野菜，至土主像下，有女孩戏言，看谁能把空箩筐抛出罩住那土主石像，便算是土主媳妇。众人皆未罩住，唯美貌出众的洪姓女子的箩筐一抛出便罩在石像头上，众姊妹笑闹着说土主很快便会来娶她。这一夜女子回家果得一梦，梦中一英俊小伙子自称鸟纳山土主，下山来了却人间缘分。一场春梦之后，洪家姑娘未婚先孕，足月产子。因羞于见人，只好将孩子藏于粗糠中，乡亲们从此叫这孩子为"粗糠宝"。这"粗糠宝"长大后英勇无敌，还辅佐南诏王建功立业，后唐王朝庄宗同光年间，民间有"五鼠闹东京"之说，这位"粗糠宝"还奉诏赴东京平了鼠妖。南诏王因之封他为"护国佑王"，赐姓"段"名"宗榜"。关于段宗榜的故事，至今在大理流传很多，被视为英雄，成为一方保护神，白族尊其为"本主"。宜良老爷山下的百姓坚持他们的"粗糠宝"就是白族英雄段宗榜。民间传说，各地有不同版本，这是自然的事。作为白族，我倒觉得宜良版更人性化、更人情味。你看，人（洪家女子）神（土主）交合，神被人性化了。而交合的结果，人（粗糠宝）又被神化了，它所表达的实质是：人和土地是血肉相连的，不可分离的。人离开土地便只有饥渴，而土地没有人哪来的果硕花繁？

这种人对土地的崇拜与眷念之情，在"以阶级斗争为纲"的岁月是无法表达的。只有到新时期，信仰自由了，山下百姓的日子越来越好过，求神拜佛也才不再受到限制。何况这位老爷山的土主还是洪家的女婿。于是每年农历6月13这一天，山下四乡八寨的百姓才上山看看这位土主老爷洪家女婿，随到随拜，然后野餐，然后登山览胜，整个过程没什么隆重的仪式、典礼，香烛纸火也就意思意思，小箩筐里背的更多是上山吃的东西。看罢这位有亲戚关系的土主老爷，四乡八寨的百姓便一起游乐歌舞，或顺便挖点野韭菜、野花椒带回家。据说，凡老爷山上挖回的东西，在坝子里都长得相当茂盛。

　　我来到老爷山下的木希村时，这里同时在举行庙会。村委会后面的小广场上，密密麻麻摆了很多摊子。热气腾腾的羊肉汤锅，吃得几个小伙满头大汗，大姑娘小媳妇则对云南无处不在的凉米线情有独钟，那一缕缕洁白柔滑的米线盘在碗里，滴上红油，撒上金黄、香脆的花生、芝麻，再盖以翠绿的芫荽、葱花，浇以酱醋，看一眼就会叫人馋涎欲滴。更有操江浙、河南口音的小摊贩卖电动剃须刀、手机壳子、小玩具什么的，居然也来赶远离昆明、宜良的这个庙会，仿佛这就是他们村子里水母宫、土地庙的庙会，这在新时期以前是不可想象的，足见国家信息、交通发展之快。

　　但更多的人却往山上走。老爷山不通公路，2800公尺只能徒步攀登，且非常陡峭。6月13庙会这天据说都有雨的，今年却是难得的晴天。只见蜿蜒曲折的山路上从山脚到山顶，成千上万登山的人群远远望去就像一队蚂蚁缓缓爬行。山顶的人小了，不见了，山下还源源不断往上爬，有一种令人感动的执着的壮观。听说到了山顶，可远眺昆明市区楼群和浩渺滇池，近可观宜良田畴和阳宗海碧波。本想"会当临绝顶"，享受一下"我欲乘风归去"的登临快感，但自觉年过花甲体力大不如前，几近三小时的攀登，万一羊肠小道老眼昏花踩了个风化石，顺着只长荒草的陡峭山坡一滚而下，那真是"一失足成千古恨"，加之主人劝说，便只好作罢。

　　此行虽未见到传说中我们白族英雄段宗榜在宜良的这位"父亲"——鸟纳山土主老爷，但他扎根在这片沃土上那淳朴、敦厚，仅仅以一块粗笨石头凿成的雕像我已想象得出：他实际是一个以土地为生命的老实巴交的农民。鸟纳山下的百姓把自己的形象赋予了他，农民——土地——土主已经血肉不可分了。这是一种原生态的信仰，因而它是本真的。

我相信或人、或物、或事，凡本真的，定会有永远的价值。

2007年11月12日

一支唢呐的快乐

　　乐器中我最不喜欢听的就是唢呐。只觉得它单薄而又咋呼，有种金属的尖锐感，烦人。唢呐有很强的模拟性，可以模仿鸟鸣、人笑、马嘶等等，然近乎夸张，已经完全失去了作为一种乐器的内在张力。民间喜欢在节庆日子吹奏唢呐，大约就是因为它的这种夸张和喋喋不休，图个热闹。

　　但我却喜欢上一支唢呐了。且是一支荒腔走板的唢呐，一个流浪的拾荒者吹奏的破唢呐。

　　晚饭后，这支唢呐不时会在翠湖吹响。翠湖是位于昆明市中心的一个公园。半个世纪前，翠湖所在的位置还是市区的西北郊。汪曾祺先生的《翠湖心影》写尽了翠湖当年的那份幽静。现在的市区扩大了十来倍，翠湖成了市中心一个被高楼大厦包围起来的街心花园。人群匆匆如过江之鲫，行人？游人？分不清了。从早到晚，一些退休老人还要在这里支起高音喇叭，吹拉弹唱，远远听去，丝竹管弦，宫商角徵……整个搅成了一锅粥！然就是这支唢呐，每天以它撕裂似的声音凸显了它的存在。

　　记得最初听到这支唢呐的声音是春节前的一个黄昏。当时正和一个搞房地产的朋友在翠湖漫步。这位在业界小有名气的老总这几年随房价的飙升狠赚了点钱，开宝马，住别墅，属于先富起来的一族。那天散步他却忧心忡忡，问起缘由，说是春节放假，农民工都要回家过年，工程都停下来，可工钱得在走前发到每个人手里。

　　"那当然。"我说，"大过年的，你还能拖欠农民工的工资？"

　　"不能按时交房我又找谁呢？"他一脸无奈地说，"所以我只能

竹楼、青瓦与春城故事

给每个工人发百分之六十的工资。"

"什么？"我一下子还听不明白这两句话之间的关联。"现在劳动力市场用工短缺，农民工都学会待价而沽，哪里给的工资高就往哪里去。把工资都发给农民工，万一走了就不再回来，这工地就瘫了！这损失我又找谁要？"

这似乎也有他的道理，可又觉得有悖人情。

"别看我开宝马、住豪宅，不容易啊！"他深有感触地说，"从土地竞拍到住房交付使用，各路诸侯都得一一打点，这已经是这个行当的显规则了。工地上要再出个工伤事故什么的，残了、瘫了，你还得养他一辈子。"说话间，手机响了："什么？全额发？不行！好……我马上来！"他一脸的紧张，"工人拿不到全额工资要打人，要闹事，我得赶紧去趟工地！"

朋友匆匆走了。顺着湖堤，我一个人边走边为他想：他要想不扩大事态，就只能全额发放工资，让农民工欢欢喜喜地回家过年，节后果如他所说农民工要跳槽，那也是没法子的事。最坏的是，他当天捂紧荷包，就是不发全额工资，那又会是什么结果？开打？闹群体事件？不管他放了点血或手下流了点血，或蚀财或处理善后，或担心节后返城农民工去向，这个春节，这位朋友肯定过得很不开心……想着这些，平时翠湖里那些乱成一锅粥的吹拉弹唱竟然都听不见了。

然而就在此时，就是这支唢呐裂帛似的吹响了，一下子撕裂了我的思绪。听得出，这支唢呐在努力吹奏那支唱遍大江南北的《青藏高原》，却高音上不去，低音下不来，完全谈不上音准、节奏，不时走音、跑调，听得你牙齿发酥、头皮发麻！然那吹唢呐的人仍顽强地吹着，自得其乐，他似乎决心要吹出全曲中的那个最高音，一副不登上"青藏高原"的顶峰绝不罢休的样子。

我认定这个吹唢呐的人不是民间吹鼓手，也不是街头的流浪艺人，他连个够格的业余音乐爱好者都说不上。且不说他五音不全，连唢呐这种乐器适合吹什么乐曲都不知道，完全就是胡来乱吹！也许，正是这种盲目的固执使我来了兴趣，倒想看看是个什么样的"演奏家"。

循声过去，只见湖边柳树下坐着一个五十来岁的瘦小老头，他双腿骑马似的跨在一条石凳上，石凳上一个啤酒瓶压着一张简谱（还懂简谱？），正全神贯注地看着、吹着，两个腮帮子鼓鼓的，像塞了两个核桃。旁边是个大编织袋，里面塞满了塑料瓶、酒瓶、易拉罐……原来是个拾荒者！看来他心情挺好。

终于，他要换口气了，我抓紧发话："一个月苦多少钱？"

他头也不抬，仍盯着乐谱说："够吃，够租一个床位，还够买一瓶啤酒喝。"

"还买一支唢呐。"

"捡的。"他指着唢呐口一个裂纹说，"不过还可以吹。"

怪不得声音那么破！我暗笑。又问："生了病咋办？"

"有'低保'啊。我可什么也不愁。"

他似乎懒得再和我对话，仍一门心思地要吹好他的《青藏高原》。看来，他毫不在乎别人的感受。既然这个公园谁都可以来此吹拉弹唱，他又为什么不可以自己吹给自己听呢？

我走了，他看都不看一眼，全不注意我的来去，仍旧一门心思地攀登他的《青藏高原》。

我喜欢上这支破唢呐了——准确地说，是对这个吹唢呐的人感兴趣了：他的全部生活就是捡垃圾，然后吹唢呐。两件事，两句话，再简单不过，因此，也就再自由不过。在大多数人看来，这无疑不是一种体面的生活，是几乎所有人都不愿意的。然而几乎所有人，宁愿心力交瘁甚至冒着付出生命的危险，也要追逐生命中也许永远用不完、动不着的那份财富，细想来，这实在不可理喻。

有位哲人曾说："我不追求生活中非必需的东西。"是有人压根不追求，比如这个吹唢呐的。但也有追求到很多，最终又把"非必需"的部分还给社会的，比如比尔·盖茨和李嘉诚。他们都不是哲学家，却以各自的方式表达了一种哲学思想。毫无疑义，让人羡慕

竹楼、青瓦与春城故事

的仍是比尔·盖茨和李嘉诚。但是，同样地，亿万富豪们要操心和思虑的也亿万倍于这个吹唢呐的人。这个吹唢呐的，他有着一种简单的自由、简单的快乐。

可智者又说了，"愚蠢的人容易欢乐。"这么说，我那搞房地产的朋友绝对是聪明人了，否则他何以赚那么多钱？

就在春节大假期间吧。一天傍晚，闹市般的翠湖行人、游人逐渐散去，湖中堤上只有少数散步的人，我匆匆走进翠湖，迎面又碰上那个吹唢呐的。

"走，听我给你吹一支新曲子！"他认出我，热情地晃动着手里的一瓶啤酒打着招呼说，"我用过节的时间练好了一支曲子——《喜洋洋》，你听过么？"

《喜洋洋》，我当然知道这支经典的民乐曲子。而且我知道他会把它吹成什么样子。只是此时他"喜洋洋"，我却急匆匆——我得抄近道赶到附近的一家医院看我那位搞房地产的朋友，他急诊住院了。

《人民日报》2011年6月18日

喜洋洋

　　民族管弦乐《喜洋洋》是一首很有中国传统、中国气派的曲子。作曲家把取材于山西的两支民歌加以拓展、发挥，以欢快——轻松——欢快的"ABA"作曲方式把人们那种高兴、愉快的情绪表现得酣畅淋漓。且听乐曲开始时的几句，一下就使人有种快活喜庆的感觉。正当想好好感受这种好心情时，主题一转，一段徐缓、舒展的旋律又会把人的心情导向一种轻松。那是一种无牵无挂、无忧无虑的松弛。像是对生命本身的享受。在蓝天白云下，静静地听着松涛。或在橘黄色的灯光里，在沙发上了无所思地养神。总之是一种非常写意的闲适。突地，旋律一转，音乐又回到第一主题上。回到当初那种喜悦乐和的氛围中。并且这次更热烈、更奔放，是一种诱惑似的演绎、一种煽动似的号召。听着听着真想有所动作，有所宣告：活着多好！善待生命，每天都欢欢喜喜地过吧！

　　但比我、比大多数人真正这样欢欢喜喜生活的，还是演奏这支曲子的那些人——我说的是昆明翠湖边的一个小乐队。

　　小乐队没有舞台，窝在翠湖北门入口处一侧，借着门口射下的灯光看谱子。小乐队更不是专业的，只是每晚临时凑合的几个人。有时三五个，有时七八个，最多时也就十来个，全无定数。乐器也就很杂乱。不讲究高、中、低音合理搭配，二胡、笛子、月琴、扬琴……有啥奏啥，有时乐队里会突然出现一把大提琴或一支萨克管，不土不洋，亦中亦西，这时乐队的音色会是怪怪的。乐队的成员也是杂七杂八。像相互认识，又好像未必认识，谁想参加演奏，自带乐器加入就是。有次，一个退休老工人模样的，带了一对碰

　　　　　　　　　　　　·········· 竹楼、青瓦与春城故事

铃，说声"我也来试试"，走进去就"叮""叮"地敲起拍子来。还有一次，一个趿着塑料拖鞋的人，听着听着，从背后抽出一支笛子就合奏起《步步高》来了。乐队接着要奏《花儿与少年》，要转调，他变戏法似的又从背后抽出一支：原来是个卖笛子的。背后的袋子里，插了很多长长短短、不同调式的笛子。

要是听众里有喜欢唱歌的，技痒，也可走上前去一展歌喉。

"会奏《草原之夜》么?"

"可以。"

就走到乐队面前，就唱，不错，就鼓掌。

要是请到吃专业饭的客串一晚，乐队会郑重其事地报幕，隆重推出："下面请欣赏国家三级演员……"什么的。这种机会不多。吃专业饭的羞于来此演出。他们怕掉份儿。

乐队的成员始终在变化着，就像听众每晚都不一样。这些听众大多是晚饭后来翠湖散步的。高兴了停下来听听，很专注，不想听了，就走人，很自由。他们也和这个乐队一样男女老少各色人等，不断变化。可能有附近大学的教授、干休所离休老干部、来翠湖谈情说爱的恋人，或者就是住在附近五星级宾馆里的大款。但更多的我看是普通市民。特别是那些劳累一天、下了班无处可去的农村来的打工仔打工妹，这里无须花一分钱，都饶有兴致地听着。那份专注、投入比之于维也纳金色大厅里那些衣冠楚楚的听众毫不逊色。

《喜洋洋》的旋律在翠湖边奏响的时候，就像《蓝色多瑙河》或是《拉德茨基进行曲》奏响在金色大厅的时候。这时围在小乐队边上的那些最普通的听众的情绪被调动起来了。那些市民会忘记一天的油盐柴米，那些打工仔会忘记回工棚洗脸吃饭，统统进入一种情绪，无忧无虑并且快乐着。不是歌星的煽情，不是迪厅的躁动，而是打内心里涌出，在眼睛里闪现，在脸庞上荡漾的一种表情：欢喜，乐和。

花钱的是给人们带来洋洋喜悦的这支小乐队。且不说自己花钱配置乐器，他们还要花钱租借公园的椅子，花钱买矿泉水喝，花钱乘车来回。为了演奏时不至于各吹各打，他们肯定还要再花时间凑在一起多少排练一下。谁组织的？绝对不是社区。谁掏的钱？绝对不是赞助。就是大家在一起拨弄拨弄，图个好玩。于是吃罢晚饭几个熟人一个电话：王师、李姐、小周、老陈……带上乐器，来了，奏了，走了，回家睡个好觉，如此而已。

从黄昏到晚上十点多，这个小乐队当然还要演奏别的。比如《步步高》《金蛇狂舞》《今天是个好日子》《花儿与少年》，等等。不管听哪首曲子，那些打工仔打工妹这时都会变得非常文明，不狂吼乱叫，只是静静地欣赏，一曲终了就礼貌地鼓掌。特别是《喜洋洋》一听开头两句他们就会高兴地鼓起掌来。《喜洋洋》是奏得好。节奏清楚，情绪投入。听众们对这支曲子也特有兴趣。并非因为有谁开门见喜，每天都喜上眉梢。相反，麻烦、痛苦乃至灾祸常常是人生一种尖锐的事实，刺得人心发痛。

然而此时，只有此时，人们才忘乎一切地享受着音乐带来的那份好心情。一个个音符像一滴滴清澈的泉水，滋润着焦灼的心田。劳动使这些人的手掌越来越粗糙了，音乐却使他们的心越来越柔嫩了。听小乐队演奏时他们一个个都那么文雅，那么易于感动，我相信长此以往他们会变得乐观向上，远离暴力和野蛮。

一种无量功德便是这样响亮却又是默默地给予着、普济着。

我也是这支小乐队和它演出的《喜洋洋》的受益者。每晚我都沿翠湖散步，走完一圈后便在小乐队面前驻足，和大家一起用心倾听，而且一定要等奏过《喜洋洋》之后才离去。一介布衣，我也有自己的烦恼乃至痛苦。是小乐队给我带来好心情。先是欢愉，然后平静，然后思考。想到实际上只有危及生存的痛苦才是真正意义上的痛苦。除此之外，不管是谁，忧道也罢，忧贫也罢，温饱之后的痛苦恐怕也就是一种奢谈罢了。大多数人最终还不是想过得更舒服一点、更顺心一点，而这又是永远无法满足的。即所谓"欲壑难填"。这种因欲望不能满足的痛苦就更不值一提了。至于哲学家的那种痛苦呢？恐怕亿万人中才有一个、几千年才出一个。芸芸众生如我辈者不是。所以，你为什么要难受呢？

于是，仿佛又听到小乐队奏出的《喜洋洋》的旋律了。

古云："人生不如意者常七八九。"那么就常思一二而忘八九吧。人生有多少乐趣啊，亲情、友情、运动、旅游、读书、品艺、助人、劳动……除了学习，人只要知足，就会快乐。因此，要努力地做、好好地活，就像这些演奏《喜洋洋》的小乐队成员一样。

《云南日报》2004年4月30日

最初和最后的杜鹃

　　杜鹃，是花名也是鸟名。我这里说的是鸟和与这种鸟相关的音乐。

　　杜鹃，又叫布谷、郭公、杜宇、子规、伯劳。大多叫"布谷鸟"或"杜鹃"，不讲那些与杜鹃有关的故事和传说，只说它的叫声，因为谈的是音乐。

　　杜鹃的叫声城里人是听不到的。某些山清水秀的山村也得在春天方可听到。说"人间能得几回闻"并不夸张。

　　杜鹃是一种固执的鸟。古人说它一叫就要叫到嘴出血，曰"杜鹃啼血"。它的叫声其实并不婉转，甚至很单调，"布谷！""布谷！"老是那么重复，却有着一种说不出的圆润，并不嫌烦。这挺怪。我想可能和它叫的时候是春天，叫的地方总是桃红柳绿、水清云白，那单调的声音听起来也悦耳了。

　　我小时家乡的生态环境非常好。蓝天下雪峰皑皑，化成的雪水滚滚如流玉，"杜鹃枝上杜鹃啼"，山上的杜鹃花开时，杜鹃也叫了。"布谷！""布谷！"此呼彼应，其时，柳条在春风中飘荡，花朵在蝶翅下绽放，空气清新，太阳温暖……谈及杜鹃怎能忘记儿时初闻杜鹃的记忆呢！

　　及至昆明上学，身居闹市，自无杜鹃。后到西双版纳工作，也常到山寨，见过不少奇奇怪怪的热带鸟，就是没有杜鹃。想是和鸟的分布习性有关。

　　很是怀念这种鸟，便唱有关杜鹃的歌。有一首波兰民歌就叫《小杜鹃》，歌中唱道：

小杜鹃叫咕咕，少女寻找丈夫，看她鼻孔朝天，永远也找不着，咕咕！咕咕……

我也跟着"咕咕"。听不到杜鹃叫便只有自个儿叫了。

后来，我认识了一个印尼归侨姑娘，她就是我现在的妻子。她在海外学过音乐，会弹钢琴，会拉手风琴。我记得她在西双版纳用手风琴给我拉的第一首曲子就是佐纳逊（1886～1956）的《杜鹃圆舞曲》。佐纳逊是瑞典作曲家，早年放无声电影，需要人在旁边钢琴伴乐，佐纳逊当时在斯德哥尔摩一家叫"金杜鹃电影院"里干的就是这种工作。《杜鹃圆舞曲》就是在这种情况下即兴创作的。佐纳逊并非是那种有名的主流派作曲家，但你得承认这曲子的确写得不错，通俗易懂，又非常典雅，连正规的管弦乐队也常演奏它，比起施特劳斯的一些著名的圆舞曲也毫不逊色。

我已记不起当年那个归侨姑娘是在什么时间、什么地点为我演奏这支曲子了，这不重要。重要的是手风琴响起的时候，我又仿佛听到多年不曾听到的布谷鸟的叫声。

乐曲一开始，你就能听到杜鹃的一声声的叫唤了。在叫声中，似看到悠远的蓝天白云、银亮的雪峰、一条条积雪化成的清流在山谷中穿流哗响，一簇簇报春花、杜鹃花、雪绒花在春风中的摇曳……不管这是北欧的风光或是故乡的山水，乐曲给不同人的始终是同一的情感积雪化成的清流在山谷中空流哗响，一簇簇报春花、杜鹃花、雪绒花在春风中摇曳……不管这是北欧的风光或是故乡的山水，乐曲带给不同的人始终是同一的情感。那是一种澄明和闲适，是春日给人的那种好心情。这时便很想歌唱。作曲家似乎心有灵犀，曲子的第二主题就是一段如歌唱般的旋律，悠扬而婉转，又似阿尔卑斯山下一个农庄的春日舞会场面，听着那优美的中速圆舞曲节奏，真想也置身其中，翩翩起舞。很快杜鹃又叫起来了。乐曲的第三部分再现了这个杜鹃主题。当最后一个音符停止时，杜鹃飞去了，留下的是一片温暖、祥和和轻松。

这是我最初的杜鹃。在大自然中听到的和在音乐中听到的杜鹃。

此后很多年，大约是1986年的春天吧，我在贵阳的花溪听到一群而不是一只杜鹃的啼叫。叫"花溪"的那条溪水颜色是嫩绿的，我们住的那叫"碧云窝"的地方从名字就可想见它有多美。花溪两岸有很多树。一条清静的白沙路两旁种了两排高大的法国梧桐，那些杜鹃便停在树上叫个不停。早晨叫，中午叫，甚至月色朦胧的夜晚也叫。"两边山木合，终日子规啼。"记不清这诗句出自哪位诗人笔下？1986年花溪的杜鹃就是这样"终日"叫唤的。贵阳多雨，下雨时杜鹃的叫声也不停，且更加圆润，好像都化成雨滴，滑动在树叶上，串在秧针上……花溪杜鹃啼是大自然在我一生中所给予的最慷慨的馈赠。

但这也许是最后的给予。因为从那以后直到如今花甲之年，我就再也听不到杜鹃的叫声了。

我曾经寻觅过，指望能再一次听到。一年春天我回到故乡，看到的是商品经济带来的热闹，一幢幢钢筋水泥的房子盖起来了，农贸市场熙熙攘攘，乡音里竟然夹杂着四川乃至温州人的谈话，卡拉OK厅，电子游戏室……过去没有的出现了，过去有的消失了，东山、西山的森林不见了，山顶的积雪消融了，水瘦了，山寒了……儿时开满了打破碗花花、结满了野草莓的小河边堆放着这迅速膨胀的小镇的排泄物：塑料袋、碎玻璃、破衣物甚至还有一条死狗。记得儿时，每到这个季节总会听到杜鹃的叫声，这次在故乡待了多日却再也听不到。真不知道它们飞到什么地方？

又回到城市。耳畔当然只是那没完没了的汽车声和附近工地传来的阵阵喧嚣。我悲哀地想，这一辈子恐怕是很难再听到杜鹃的叫声。

那么花溪呢？那当年杜鹃群集的地方也许还能听到吧？问贵阳的朋友，回答也是"听不到了"。那里的青山绿水是否依然如故？

从听不到杜鹃的叫声，我已经明白。

看来杜鹃是一种对生态环境极为敏感的鸟儿。它与透明的空气、纯净的水、安静的山野同在，一旦废气、废水、噪音出现，杜鹃也就消失了。杜鹃虽是春天的鸟儿，肮脏和丑陋的春天却没有杜鹃。城市里也没有杜鹃。

但北欧某些城市的春天，据说就有杜鹃啼叫，这多么叫人羡慕！而我，现在只能从佐纳逊的《杜鹃圆舞曲》里听它的声音。

我们失去了纯净、宁静的自然。

我们失去了杜鹃。

生活中，有的东西要习惯于失去，但有的，你不能失去，否则，便只有永远地、艰苦地寻觅——

我现在就得去找另一首写杜鹃的曲子：英国作曲家弗里德里克·戴留斯的管弦乐曲《春日初闻杜鹃啼》。

2000年1月22日

我听《希伯来祷歌》

任何一个作家、艺术家的作品不都在同一个水平线上。一个一流的作曲家也可以有平庸的乃至失败的作品，柴可夫斯基的《第三钢琴协奏曲》就是。他自己不满意，至今亦鲜为人知，罕见有乐团演奏。

反之，不怎么有名气的作家、艺术家，某些作品也可以流传千古。在音乐方面，德国作曲家布鲁赫（1831—1920）就是一个。这位作曲家也写过交响乐、协奏曲、歌剧，就其总的成就。在音乐殿堂里要远排在贝多芬、莫扎特、柴可夫斯基之后。但一首《第一小提琴协奏曲》堪与贝多芬《D大调小提琴协奏曲》媲美，还有一首大提琴曲《希伯来祷歌》，虽不是大作品，却同样是不朽的经典之作。

《希伯来祷歌》一译《神之日》，也有叫它《科尔尼特拉》的，是犹太人的祷词："我辈皆起誓"的音译。犹太人每年有赎罪节，开始之日，虔诚的教徒群跪在教堂里，第一句祷词便是："科尔尼特拉……"布鲁赫在传统的祈祷音乐基础上，写出了这首大提琴曲。

"科尔尼特拉……"——"我辈皆起誓"。

下面是什么呢？且听布鲁赫怎样以音乐的语言向我们展现犹太人的内心世界。乐曲最初的节奏非常缓慢，低音区里有沉痛的旋律在倾诉。这是发自内心的忏悔，又像是对灵魂的无情拷问，邪恶、不善、欺骗……一句句，一声声，说出来，在神的面前全说出来！其坦诚、其痛苦撼人心魄。当开始时这个旋律更换音区重复时，听到的似乎又是一个女人更为情绪化的激动和悔恨。一刹那间，会觉得每个人那不可告人的隐私在此时都痛苦地、毫无保留然而又是自觉自愿地倾吐了。灵魂在涤荡着，净化着。当第二个主题出现后，明朗逐渐代替了沉郁，灵魂轻松了，充满了一种由虔诚信仰激发的内在力量。此后，由管风琴奏出的乐句让人觉得像是走进教堂里，一缕缕通过高处彩色玻璃射下的阳光，使气氛显得神圣而庄严。上帝、良知就在面前，一切都那么圣洁、美丽。祷歌结束时，颂赞着神的恩泽和威力，充满了对明天的希望和憧憬。

我的这张CD碟片是由俄裔美籍大提琴家米沙·麦斯基演奏的。他以俄国艺术家独有的气质，把布鲁赫的这部作品诠释得完美而深刻。可以听出一点儿俄罗斯的忧郁，但更多的是深沉和严谨，有一种内在的精神张力。由布鲁赫这位德国犹太作曲家写《希伯来祷歌》。出现这样引人入胜而又发人深省的效果是一种必然。

由此想到犹太民族，它的诺贝尔奖的获奖人数、文学艺术及科学领域的代表人物以及各种专业人才、数量之多远远超出他们的人口比例。联合国教科文组织的一个统计数字足以说明问题：在犹太人聚居的以色列，14岁以上的人平均每月读一本书，全国每4500人就有一个图书馆。据说，犹太人的孩子稍稍懂事，家长就会在《圣经》上抹点蜂蜜让孩子舔，意在从小让他知道：书是甜的。在犹太人心目中，学者比国王伟大。家里出个博士生是全家的荣耀。一句话：这是一个视灵魂胜过肉体的民族，视精神比物质还宝贵的国家。历史上犹太人到处被驱赶，流离失所，但不管是哪个国家的犹太人，都非常顽强地固守着自己的精神家园。

一个民族牢固的精神家园是靠这个民族每一个成员的同一信仰建构的，把这种信仰只简单地理解为"宗教""上帝"，未免太片面。应该说是"正"和"邪"、"善"和"恶"、"是"和"非"的价值取向。很难设想一个只问目的、不择手段的人，一个只认钱、只信权的民族会有什么精神家园。宗教（不是邪教）总是以救世为目的。但正如吴宓先生指出的："盖宗教之功足以救世，然其本意则人之自救。"（吴宓：《我之人生观》）如果连自己的灵魂发生危机都不知道，谈何自救？更谈何救世？

又怎样发现自己灵魂的危机呢？按德国哲学家康德的说法："有两样东西，我们对它的思考越是深沉和持久，它们所唤起的那种越来越大的敬畏就会充溢我们的心灵，这就是头上众星的天空和心中的道德法则。"

一个不敬畏心中的道德法则的人是什么事都可以干得出来的。

其实，早在康德之前，早在犹太人之前，古老的中华民族就敬畏心中的道德法则，懂得如何建构自己的精神家园了。在《论语》第一章里，伟大的思想家、教育家孔子就主张"吾日三省吾身：为人谋而不忠乎？与朋友交而不信乎？传不习乎？"可悲的是，这早已失传。

听着《希伯来祷歌》那震撼人心的旋律，我常想我们无须孔子的每日"三省"，只要每年也有个犹太人的"神之日"，就在那一天，以良知为神来审讯一下自己的灵魂，沉重地说一声："科尔尼特拉！"——"我辈皆起誓！"我们的世界就会美好得多。

这就是忏悔。

忏悔不是怯懦，而是良知的闪耀和人格的升华。廉颇因"负荆请罪"而见英雄，巴金因"文革"忏悔更显崇高，德国前总理勃兰特在犹太人墓前下跪未见丢人，反倒显示了真正的日耳曼民族的优秀品格。

一个不愿忏悔的人几近不知羞耻。

我们应该学会忏悔。

《文汇报》2000年8月12日

竹楼、青瓦与春城故事

阳光和船

另一种阳光

1778年，法国驻英大使馆窦·法努公爵得知奥地利天才的作曲家莫扎特和母亲正客居巴黎，便非常恳切地要求莫扎特为其善弹竖琴的女儿的结婚纪念写一首竖琴曲子。鉴于法努公爵不仅是贵族、大使，更重要的是一位长笛演奏家，莫扎特欣然应允。作品很快写成，编号为K·V·299，这就是莫扎特独一无二的《C大调长笛、竖琴协奏曲》。

应该说，这部作品并非莫扎特的代表作，但我以为是最具莫扎特风格的作品。听莫扎特的东西，给人一种阳光灿烂、前程似锦的感觉。这部作品把法国式的典雅、华丽和莫扎特一贯的明亮、清纯融为一体，使莫扎特风格发挥到极致！德沃夏克曾说，"莫扎特就是阳光。"《C大调长笛、竖琴协奏曲》可以使只具有初级西方古典音乐欣赏水平如我辈者，也能领略这种"阳光感"。长笛明亮、悠远，竖琴柔润、亲近，莫扎特天才地把这两种音色反差很大的一管一弦搭配到一起，产生了一种绝妙的效果，使这首曲子不仅有莫扎特一贯的纯净、亮丽，似乎还多了点家庭的温馨——这也许是莫扎特创作时就考虑到父亲的长笛和女儿的竖琴联袂演奏吧？

当我第一次聆听这首曲子时，很遗憾怎么我年近半百才知道世界上有这么美好的东西。一下子又庆幸自己有个弹竖琴的女儿，否则一辈子恐怕都不会刻意去寻找这部作品，有欣赏这部作品的机会了。失去一种珍贵的东西而自己并不知道，该是多么悲哀。

很难描述最初和最近听这首曲子的感觉，因为每次感觉似乎相同又似乎不同。当我想到准确地表达我的这些感觉时才发现，在十二平均律面前，数千个汉字竟然如此贫乏！难怪圣–桑要说"音乐起于词尽之处"，一语说透了文字的苍白。

因此，我只能笨拙地描述一下我听《C大调长笛、竖琴协奏曲》时脑海里出现的是些什么——

仿佛是我最熟悉的西双版纳热带沟谷雨林。开始是蒙蒙的轻雾，可以看到细细的如糯米粉似的颗粒在轻轻飘荡；突地，一道金色的阳光从又深又远的高空射下，雾气迅速聚成一朵朵白云升起、升起，于是露出一片湛蓝而又纯净的天空；亿万张湿润的树叶在阳光下像上了釉似的闪闪烁烁，在晨风中翻飞如蝴蝶，不时有几羽五色斑斓的翅膀于绿叶间闪过，便有阵阵的啁啾声在阳光下欢乐地响起。

又像是茸草如茵的林中草地，每茎草上都穿着一粒璀璨的露珠，炫目的阳光因绿色而显得柔和；有银色的小溪从林中流出，在覆着青苔的礁石上激起一颗颗珍珠似的水珠来，一路叮咚而去；伴随着一只有鲛绡翅膀的绿色蜻蜓，时有云影掠过，于是草地暗了，又亮了……

甚至与我所熟悉的这些风景毫不相干，而是一幅十七世纪的法国风俗画：塞纳河畔的农家，慈祥的老父和自己的女儿在娓娓闲谈，有问有答，亲切而温馨。你能感到豁达开朗的父亲与天真无邪的女儿之间那份真诚挚爱。窗外，一串串红的、紫的、绿的葡萄成熟了，远山上一片余晖金子般闪烁，投林的鸟儿欢叫着，一缕炊烟带着和谐、幸福升向蓝天……

也许所有这一切联想出的画面都不是，因为诚如卢梭所说："音乐不能直接地表现事物，但它能在人们心灵中产生经由视觉形象所引起的同一情感。"虽然我每次听这首曲子，觉得它所表现的事物似乎都不尽相同，但"经由视觉形象所引起的同一情感"始终是一样的：那是一种当你面对一尘不染的生态和心态时的明净和愉

竹楼、青瓦与春城故事

悦感，你会觉得这世界非常明亮、纯净，周围的人是那么可亲，生活是那么美好，阳光下没有阴影、肮脏和丑恶，心里只是一片柔润和亮堂。

因之，每当我在生活中受到挤压，惶乱不安，沮丧失望，或看到一些丑恶、阴暗的人和事之后，哪怕只为一个阴郁的人带入办公室的一股冷气，或因周围脏乱的环境、密集的人群导致的心情烦躁，都会催我回家迅速地找莫扎特，当然最好是这支《C大调长笛、竖琴协奏曲》。只要旋律响起，便觉得那明亮的长笛有如一缕长长的温柔的阳光照射心际，而竖琴的一串串琶音珠圆玉润，如泉水，如朝露般滋润着焦灼的心田，于是乎又觉得生命是美好的，前程是辉煌的，又可为之去工作、去奔忙了。

《C大调长笛、竖琴协奏曲》的"阳光感"在这首曲子中就是这般强烈。我甚至觉得它不仅有阳光的明亮，而且还有泉水的滋润，两者时分时合，妙不可言！如果定要在自然界中找一种可见的形象来比喻，它就是那种罕见的阳光雨，即一边阳光灿烂，一边雨丝飘洒，千万条雨丝在阳光照耀下如一根根银色的琴弦，牵着阳光，直射地面。从很远的地方看，这就是那七彩变幻的彩虹。

阳光，我们居住的星球赖以生存的首要条件，人类都知道这一点，却未必能深刻地感知这一点。因为亿万年日出日落，"四时行焉，百物生焉"，我们早已习惯了阳光雨露的恩泽而觉得它理应如此。只有当长夜漫漫的时候，在坠入深渊的时候，在阴霾密布的时候，哪怕是一点小物体发霉的时候，我们才那么急切地期盼阳光，更别说欲破的胚芽、待放的鲜花、将熟的果实了。

我有过一次失去阳光的恐怖记忆，使我对人类享有阳光感受倍深。那是一次日全食，好端端的大白天突然亮起了星星，惊愕的行人在黑暗中一个个有如死亡雕像，四周一片鸡狗惊叫的声音，那情景实在可怕！从那一天起，我更加热爱阳光，礼赞阳光，这就促使我对另一种阳光——莫扎特给予我们心灵的阳光同样地珍视了。这，也是人类永远需要的：郁闷时，它给你一片灿烂；焦躁时，它给你丝丝阴凉；给痛苦以抚慰，给孤独以温暖。总之，只要你能感受到莫扎特的阳光，什么时候都不会绝望，哪怕面对死亡，也会带着笑容。

写到这里，自然会想到巴乌斯托夫斯基那篇有名的《盲厨师》：一个失明的老厨师躺在床上痛苦地等待死亡降临，临终前他希望能再次见到先他而去的妻子。这时小孙女带进一个年轻的陌生人，他默默地弹起一台废弃的旧琴。弹着弹着，老厨师兴奋地叫起来，说他看见了盛开的苹果花，看见"温暖的阳光从某处的上空射下来……把墙烤暖了，上面正冒着热气……天空更高、更蓝，更加壮丽。一群群的鸟儿从古老的维也纳上空飞向北方……"最后，老人终于叫道，他看到了他年轻时的恋人玛尔达，在他们约会的那一天，"她因慌乱而打破了一罐牛奶……"

老厨师满足了，他喘着气说："我像许多年前那样清楚地看到这一切，但是我不愿不知道他的名字就死去。名字！"

"我叫沃尔夫冈·阿梅捷·莫扎特。"

小说也许是虚构的，但它表明，人在痛苦的时候是多么需要莫扎特！

莫扎特似乎是为消解人类的痛苦而存在的——从活着的人到等候死亡的人的痛苦。

也许，到世上"潇洒走一回"的人不需要莫扎特——如果确有这种人的话。

偏偏，我们多灾多难的星球，我们为生存拼搏、格斗的社会永远都存在着痛苦，这就是德国古典美学常说的"世界的痛苦"（Weltschmerz），这就注定了像人类永远离不开自然的阳光一样，人类也永远需要莫扎特的阳光。

1996年4月20日二稿

竹楼、青瓦与春城故事

远去的船

我们这一代人受前苏联歌曲影响比较深，对前苏联歌曲中掺杂着的那种俄罗斯民歌味儿很熟悉。那是一种悠远、苍茫而又带点抑郁的情调。像旷野里一株孤独的树，像黄昏里一缕寂寞的烟，《小路》《山楂树》……唱起来就是这种感觉。

这使我在西方古典音乐中最先接受柴可夫斯基的作品。要领略这位作曲家的那些大作品中的俄罗斯神韵，得有一定的欣赏水平，但听懂《如歌的行板》《船歌》相对而言就容易一些。《如歌的行板》是柴可夫斯基在听了一个泥瓦匠哼了一首名为《孤寂的凡尼亚》的民歌之后写成的《D大调第一弦乐四重奏》的第二乐章。那悲切如诉的旋律使老托尔斯泰听了都止不住潸然泪下，说"我已接触到忍受苦难的人民的灵魂深处了"。

如果说，《如歌的行板》给人以纯粹的伤感，《船歌》带给人就是说不清、道不明的惆怅。

《船歌》是1876年柴可夫斯基应尼·马·贝纳德之约，为彼得堡的一份文学刊物《小说家》的音乐特刊写的钢琴套曲。按杂志的要求，每月（期）一首，必须与季节特征相联系。这部钢琴套曲因之叫《四季》或《十二月》。三月《云雀》，四月《松雪草》，七月《刈草者之歌》，十一月《雪橇》……光听听这些名字就能感觉到它的俄罗斯特色。我每次听，都会想起施什金、列维坦、列宾的画。眼前会出现俄罗斯秋天的白桦林、冬天的雪橇、在伏尔加河畔劳动着的那些大胡子农民和裹着头巾的肥硕的俄国女人。自然，和所有西方古典音乐爱好者一样，《四季》中我最喜欢的还是那首六月《船歌》。

作曲家既以船命题，听《船歌》想到船是很自然的事，而且应该是一艘俄罗斯的平底船，在白桦掩映的河汊中缓缓划来。俄罗斯的秋天来得早，六月，已有秋风飒飒地掠过树梢，似乎能看到一片发黄的树叶轻轻飘落在小河里。河面上有粼粼的光、柔柔的影，小船过处，荡起的涟漪推着那片黄叶。黄叶孤独，桨声寂寞，小船飘零，随着渐弱渐远的琴声，你能明显地看到渐渐地消失在烟雾迷蒙的远方。那里也许是一个出海口，小船溶化在烟波浩渺的大海里了；或者是一个水浅沙平、芦苇摇曳的港湾，那桨很快地划了几下，小船终于无力地躺倒在沙滩上，仰面朝天，一任桨像疲惫的手垂落下来。

一切归于寂静。

每次听《船歌》，耳里萦绕的总是这最后的桨声，眼前留下的总是那远去的小船。奇怪的是人的印象很模糊，始终是那艘孤零零的小船。人到哪儿去了？"小舟从此逝，江海寄余生"？想到这里，便有那说不清、道不明的一般惆怅从心头升起，闭着的眼里泪水自己渗出又自己吸收，好半天才会从这情绪中恢复过来。睁开眼睛，遗憾自己又回到严峻的现实中来，失去了一种美的享受、美的感觉。难怪有人说惆怅是一种美，能感知惆怅的人会同意这话。

现在，恐怕少有人听柴可夫斯基的这首《船歌》了，千千万万的年轻人几乎全被"天王巨星"征服。当一些乳臭未干的孩子对着卡拉OK机疯唱"我俩的情，我俩的爱，在纤绳上荡悠悠"的时候，他们只是在宣泄着青春期过剩的精力，而不是在感受人生、感受生活，尤其是：感知惆怅。

惆怅，照《词典》的解释是"伤感"，是"失意"。我们为什么要感受它呢？回答是：因为惆怅给人的远远不止这些。

一般人可以在车站、码头送别时，在亲人的面孔逐渐模糊时，对惆怅略有感觉。但要细致地、深刻地感知惆怅，却需要一点底蕴，需要一点文化。并非所有的人听《船歌》都会产生惆怅感的。

我对惆怅的最初感觉在六十年代初期。我那时是农村社教工作队员，一个人住在一个叫"贺南东"的僾尼（哈尼）族的山寨里和乡亲们"三同"。这个远离区乡政府的山寨山高林密，少有人来。我语言不通，憋了一星期的话只有在每周乡邮员来时才像是出

　　　　　　　　　　　　竹楼、青瓦与春城故事

闸的水，尽情地倾吐出来。这位老乡邮员每次都风雨无阻地给我带来一大堆信件、报刊，带来很多喜悦。特别是发现新来的报刊中发表了我的作品，那份高兴和感激只有在那种孤独寂寞的环境中才感受得最为深刻。我忙不迭递烟倒茶，恨不得上去拥抱他。真希望他能留下来多住一两天，让我好好表达我的感激之情，然而他第二天一早又往回走了。每次，我都是把他送到山垭口，远远地看着他和他牵着的那匹马渐渐消失在墨黑的老林里，这时便有最后一缕铃声隐隐传来："叮……叮……"我止不住眼睛发酸。后来，我知道这就叫惆怅。有次又听《船歌》那渐远渐弱的琴声，蓦然间让我仿佛听到多年前消失在密林深处的叮叮马铃，我终于悟出，那如水般逝去的是不舍昼夜的年华，它是不会再回来了。思及此，惆怅感会更加沉沉地压在心上。

奇怪的是有时惆怅里又品出希望的甘美。比如那个离去的乡邮员，下次见面时就可能带给我意外的惊喜：一封盼望已久的朋友的信，或是稿件的采用通知。只要在挥手之间想到这些，那依依惜别之情就不会是酸的，因为离别只是再见的开始。

我以为，我至今看重平凡、安于淡泊、喜欢宁静，甚至在读一首唐诗："故人西辞黄鹤楼，烟花三月下扬州。孤帆远影碧空尽，惟见长江天际流"时产生的那种微妙的美学上的感受和共鸣，全是几十年生活在心底"窖化"的结果，其中，就有惆怅。

这并非林妹妹的多愁善感。"无情未必真豪杰"。否则何以有"风萧萧兮易水寒""斑竹一枝千滴泪"那样的诗句呢？

当今世上，"权""钱"二字把一些人变得虚伪、冷漠、麻木乃至残忍。而麻木不仁、冷酷无情的人是绝不会惆怅的。"铁石心肠"所能干出的只会是些很可怕的事。

我们多么需要托尔斯泰的眼泪和一颗柔嫩的心啊！

学会听《船歌》，它会把你的心肠变软。

1996年3月27日时小雨绵绵

《十月》1996年第6期

生日和死日

　　平生最喜欢列维坦（1860—1900）的画。或日，重读他的《墓地上空》，不由得久久凝视，相信面对此画的人，无不被画家营造出的气氛所震撼而陷入某种生与死的深思。

　　《墓地上空》画的是俄罗斯寂静而辽阔的大地。占画面五分之三是铅块般沉重的乌云，眼看就要压下来，一条大河从近处奔流而去，左下方的河岸上耸立着一个小小的东正教教堂，显得那般孤独而又无奈。教堂旁的旮旯里——画面的左下角有一小块乡村墓地，很容易被疏忽的三五个十字架东倒西歪地插在那里。没有俄罗斯画家喜欢画的白嘴鸦什么的，只有几株寂寞而忧伤的树瑟缩在冷风中。整个画面就这样悲凉而又凄清。画家似乎在告诉你：奔流而去的大河流逝着时光，而铅块般沉重的乌云正是死亡的重压。连神圣的教堂在占据画面绝大部分的乌云和河水挤压下也显得如此渺小，更别说左下角旮旯里的那块墓地了。作为往昔生命的象征——那三五个东倒西歪的十字架更是微不足道，只有那几株被风吹歪了的树是唯一在挣扎着的生命。据说，列维坦在创作这幅画时，一边画一边让他的女学生为他弹奏着贝多芬《英雄交响曲》第二乐章《葬礼进行曲》。难怪看着看着，我仿佛听到东正教堂那鼓形钟楼顶上传出的死亡钟声。

　　我读《墓地上空》的那一刻，凑巧是我的生日。闭上眼睛，不由从《墓地上空》想到了生与死，思绪如那大河中流淌的水……

　　啊，生日！一个人到这个世界上报到的日子。他以哇哇的哭声宣布"我"的到来。然后去派出所备案，从此才得以知道 × 年 ×

月×日是自己的生日。周岁生日，有的父母还兴给自己的孩子"抓周"，即在孩子面前摆上文具、算盘、小刀枪什么的，看孩子抓到什么。抓笔，将来是个文化人，抓算盘，是个老板，抓刀枪则是个当兵的，如此等等。此后过生日，父母或馈以两个鸡蛋，或煮碗长寿面。现今的青少年，则由同学、小伙伴来庆祝，唱《祝你生日快乐》，吹蜡烛，切蛋糕。有的寻求气氛，还要等到晚上去公园举行这种仪式。我家住在翠湖公园附近，晚饭后去里面散步，每每遇见这种热闹场景，很是羡慕的。因我年轻时从记不得过自己的生日，更无人为我祝贺生日，往往生日过了很久才想起，那天自己是和农民在田里栽秧或是在水库上推土。我相信我们这一辈人的生日，大多在那种集体活动中忘怀了。

晚年总算赶上好日子，然倏忽已七十过矣。《礼记·曲礼》"七十曰老"。古稀之年，恍惚度日，更记不起自己的生日来了，还是在北京的女儿打电话回来，说七十岁的生日还是要过一过的，专程从北京回到昆明给我祝寿。生日那天照例不能免俗，和在昆明的几个侄儿男女，一桌人，唱了一支歌，切了一个蛋糕，吃了一顿饭，算是老夫这辈子最幸福的一次生日了。

如今，不管什么人，不管他过不过生日，每年他总要经历这一天，区别在于，有的庆祝，有的淡忘。思及此，我又下意识地把目光投向列维坦画的那几个十字架，突然想到，我们每一个人，每年既过生日，同样要经历自己的死日。就是说，假定你×年×月×日死，活了一个花甲，你就经历了60次自己的死日，可你不知道，也无从知道。近日从网络得知，一对母女因电梯故障，本应停靠六楼的电梯停到了七楼，而六楼电梯门照例应声打开，下面却是黑洞洞的电梯井，女儿先举步跨入，一下子从六楼坠地摔死！母亲在后总算保住一条老命。可以肯定，候电梯的母女俩出门时是无论如何也想不到，当天就是女儿的死日。而这个死日和每年的生日一样，30岁的女儿已经过了30次了！想到这儿，总令人不寒而栗。因我们很少或从来不曾想到死亡，似乎人生下来真的会"万寿无疆"，"永远健康"，一旦死亡来临就觉得非常恐怖，束手无策。其实，袁中郎早就说，人自"堕地之时，死案已立"。有生必有死，这是很辩证的。蒙田对此说得更形象："死神就像住在隔壁的邻居，随时都可能来敲你的门。"

死亡是一个古老的哲学命题。孔子的学生曾问及老夫子，答曰："未知生，焉知死。"周国平据此说，这句话"西方的哲人大约会倒过来说'未知死，焉知生？'"我很同意这种说法。

为了让孩子们知道什么是"死"，在瑞典，孩子从小就接受死亡教育。老师会带他们去太平间看尸体，告诉他们每个人最后都会这样离开世界，目的是要让孩子们倍加珍惜生命，珍惜活在世上的每一天。死是再渺小再普通不过的了。列维坦把他的画定名为《墓地上空》，提示你要看的是那如死亡之翼的铅灰色的厚重云彩，然后才是旯旮里那几个小得可怜的十字架。

但最深刻而巧妙的死亡提示莫过于非洲的一个部落了。这个民族计算年龄的方法与全世界都不一样：他们倒计时。也许非洲人平均寿命短，他们从60岁起算。即生下就是60岁，往后每过一年减一岁，到60岁则为0。有幸活到60岁之后另作计算。多么符合规律，多么富有哲理，这真是莫大的智慧！

明乎此，如何度过自己的一生就很值得思考。有的人有明确的目标，不管干什么工作，只知创造价值，奉献社会，甚至身患绝症，死期越来越近，仍然忘我地工作。大多数人很实际，叫做"快快乐乐过好每一天"。只要不损人利己，这似乎也无可厚非。最可恨的还是那些腐败分子、不法奸商，他们贪污受贿，造假贩假，仿佛所有窃取来的财富他们死时都可以带走。殊不知人到这个世上来的时候双手是握紧拳头，离开这世界时却无一例外地要摊开手掌撒手归去——他什么都带不走。那些疯狂敛财不惜以身试法的人怎么就没有想到这一点呢？贝多芬曾说"连死都不知道的人真是可怜虫。"这人不明白，生只是一种偶然，而死是必然的。

生命之可贵正在于它是线性的，过一天少一天，一去不复返，

竹楼、青瓦与春城故事

不可重复。生日固然可以提醒你又长了一岁，但那是加法，不像死日是减法，告诉你离死亡又近一步了。故此，我非常赞赏这个非洲部族的这种智慧，它以一种生命倒计时的办法在每个生日那天都警示你：你正一步一步走向死亡。什么"来日方长"，分明是"人生苦短"啊！于是迫使你不得不规划自己仅有的一点时间，要紧紧张张，不虚度此生，活得像明天就去死一样。当然，我们到这世界上不是为了死亡，而是为了享受生命的美好过程。什么样的生命历程才是美好的呢？我想，如果一个人在20岁时就能做出生命的某种规划，以当今中国人的平均寿命74岁为准，一辈子当做出多少成绩啊！有幸74岁之后还不死，那是生命的额外恩赐，那时要继续拼搏或舒舒服服颐养天年都悉听尊便，都死而无憾了。

而我，明白这些道理时已垂垂老矣，且是大俗人一个。还好，该做的已基本做完，有生之年只想活得长一点，病得晚一点，死得快一点。死后呢，我已经给女儿说了：要树葬。让自己的生命以另一种形式活在这个世界上——哪怕像列维坦《墓地上空》那几株凄清的树一样，我也感到非常满足。

2012年中秋

记住这位日共党员

2011年1月20日的《南方周末》以整版篇幅报道了日本共产党员川口孝夫在中国的17年传奇岁月，这位深爱着中国的日本友人和中国人民一道见证了中国最富戏剧性的一段历史变革（见刘柠《1956—1973：一个日共党员在中国的传奇》）。

1973年回国后的川口孝夫在家乡日本北海道士别市开了个小土杂店维持生计，艰难度日之余他把全部的精力转向中日文化交流——向日本读者推介中国少数民族文学。主流文化界是没有一个杂货店小老板的位置的，他只有自筹资金自费出版，并在他的家乡组织读书会，努力推介中国少数民族文学。乌热尔图、扎西达娃等等一批少数民族作家的作品就是经他介绍到日本去的。翻译介绍中国少数民族文学实际成了川口孝夫回国后从事的主要工作。

川口孝夫在中国17年的传奇岁月已经有所报道，而我记忆深刻的则是他回国后为介绍中国少数民族文学的又一次中国之旅。那是1990年，他来中国访问几位少数民族作家，其中计划要见的就有我和已故的佤族第一代女作家董秀英，以及云南民族大学的景颇族作家石锐。回忆起这段往事，我突然想起毛泽东《纪念白求恩》里的那段名言："一个外国人，毫无利己的动机……"川口孝夫——这个中文名叫"田一民"的日本人的知名度自是无法与白求恩相比，但他在青春岁月的奋斗和垂暮之年的工作都是为了中国，这一点是毫无疑义的。在中国共产党成立90周年并取得辉煌成就之际，我们不能忘记过去叫"国际共产主义战士"现在叫"国际友好人士"的这些人，这些对中国有着深厚感情的国际友人。

竹楼、青瓦与春城故事

记得是1985年或稍晚，时任《小说月报》副主编的李子干同志突然给我一封信，说日本翻译家川口孝夫先生拟将《小说月报》转载的我的短篇小说《最后一棵菩提》译为日文介绍给日本读者，问我是否同意。我当即给李子干同志回了信，向他打听这位日本翻译家的情况。李子干回信告诉我，川口孝夫先生家在北海道札幌市，"曾作为'知青'在四川生活多年"。

　　经李子干同志介绍，川口孝夫给我来过两三封信，介绍了他力图促进中日少数民族文学交流的意图，说了些客气话，却始终没有谈自己。1988年，由川口孝夫翻译的《中国现代少数民族文学选》寄到我手里。这册装帧精美的小说集向日本读者介绍了乌热尔图、扎西达娃等中国8位少数民族作家的作品。

　　1989年冬天，我收到川口孝夫先生寄自札幌的信，说他拟定于1990年4月初来昆明一趟，不是来旅游，主要想看看被他译介作品的我、董秀英和石锐同志，想和我们谈谈少数民族文学。

　　虽说是"一衣带水"的邻邦，札幌到昆明，仍旧是万里迢迢。川口先生信中说，他先到成都，再到昆明；再到北京和海拉尔。从他的旅行线路，我毫不怀疑他此行专程看望中国少数民族作家的那份诚意。因为成都只有扎西达娃，昆明有我们，北京有李志文，而乌热尔图在海拉尔等着他。我为这位未见面的日本朋友的至诚所感动。我和董秀英、石锐决定：无论工作多忙，4月初都要在昆明等着接待他。

　　4月8日，我和董秀英一道去火车站接来自成都的川口孝夫先生和他的亲属。即将见面的川口先生会是什么模样呢？那天去接站的还有昆明市外办的同志，大约也是抱着和我同样的想法，想在软卧车厢下来的旅客中找出那个想象中很"日本"的川口孝夫，比如衣着阔绰、步履自信、旁若无人。软卧车厢的人都下完了，却始终没见到这种人物。

　　小董和我都觉得失望，想是不来了。这时硬卧车厢上走下最后三位旅客：两个老人和一个中年妇女。老头矮个，约60多岁，衣着随便，若不是头上那顶中国人很少戴的黑色贝雷帽，他毫不起眼。我抱着"不妨试一试"的心情趋向前问道："是川口先生吗？"

"我是川口孝夫。"老头以流利的带点儿日本腔的汉语笑嘻嘻地回答。这大出我的意料。我们做了自我介绍。他也介绍了夫人和夫人的妹妹。他解释说，她们是来旅游的，而他是专门来看我们的。三天之后她们将去西安，他则要多待两天，想和我们以及在昆明的少数民族作家们见见面。

在昆明的短短几天，通过云南省作协召开的座谈会和我们几人的交谈，我们才得知时龄68岁的川口孝夫先生曾是日共党员，20世纪50年代中期被派遣到中国，曾在中共中央联络部及四川省委党校工作过。当时，除了组织上谁也不知道这个叫"田一民"的沉默的年轻人是个日本人。

"我参加过'反右派''大跃进''四清'，还有1966年开始的'文化大革命'。"川口以一种亲切而又带着苦涩的心情回忆道，"我那时思想很激进，'四清'中坚决要求'下放'到生产第一线'三同'。开始组织不同意，后来批准到彭县任农业局副局长，实现了和农民在一起吃红苕的愿望。"川口先生的回忆充满感情，仿佛那些饥饿的岁月于他是愉快的记忆。

"你怎么回国的呢？"我问。

"'文化大革命'开始不久，造反派不了解内情，要揪斗我这个'走资派'，我逃回北京，不想北京也是乱哄哄的。到1973年，我只好回国。"川口兴致勃勃地谈着，临末又强调："我当过中国的'走资派'。"

"还是我们的'老干'啊。"在座的不知谁说。

川口哈哈大笑。大家也笑。我看川口的感情是复杂的，但笑声中响彻着真诚，似乎对那些逝去的、他为之献出青春的事业毫不追悔。

川口先生的夫人也是日共党员，他俩同来中国同回去。回国之后，一段时间里生活非常困难，谁也不敢录用在中国当时叫"内

竹楼、青瓦与春城故事

控"的这种人。他们打零工，慢慢积累了一点小本钱，终于开起了一家专营中国土特产的小商店。随着中国改革开放，国际威望逐日提高，小商店生意一度兴隆，川口先生买了车，还买了一台功能齐全的电脑。

"我没料到我当起了翻译家。"川口先生一再说，"开始，日本人渴望了解改革开放后的中国。北海道各行各业的人自发地成立了一个民间团体——中国研究会。自筹资金，开展各种活动。其中一项就是读中国文学作品。我懂中文，就让我翻译。我选了反映我所熟悉的四川生活的作品《许茂和他的女儿们》，还有《高山下的花环》，没料到很受会员欢迎。特别是年轻人，鼓励我继续翻译下去。"

我问他："那后来怎么专门译中国少数民族作家的作品？"他说："因为我想到了日本唯一的少数民族——阿伊努族，就住在北海道。我小时就在老家天盐川上游的士别村（今士别市）接触过那些牵着狗打猎的阿伊努人。他们独特的文化习俗使我终生难忘。但是现在阿伊努族基本被大和民族同化了，更别说他们的文学。"川口先生拿着他翻译的《中国现代少数民族文学选》说："我在这本书的《题解》里谈了我的亲身体会。日本大和民族的统治者力图同化阿伊努族的做法对生活在北海道的大和民族的我来说是震动心灵的，是值得思考的深刻问题。养育我的这块土地有阿伊努人的鲜血和眼泪。而这些，在日本文学里得不到充分反映，但它们应该得到反映。这就是我决心把中国少数民族文学介绍给日本读者的目的。"

川口先生促进中日文化交流的意图得到了日本朋友的充分理解和支持。北海道中国研究会和日本老一辈文学评论家山川力老先生都鼓励他编一个中国当代少数民族作家作品的选本，于是才有《中国现代少数民族文学选》的出版。川口先生告诉我，北海道中国研究会为这本书的出版还举行了庆祝酒会，由此可见日本朋友对此事的重视。

"我便是这样成了中国少数民族文学的研究者和翻译者。这是我原来不曾料到的。"川口先生深情地抚摸着他的劳动的成果，"一开始做这事的时候只是出于一种对中国人民的感情——我不仅仅只说这本书。比如在北海道，见到一些年轻的中国留学生干出些不体面的事，我就用中国话狠狠批评他们。他们觉得奇怪。我说，瞪着我干什么，告诉你，我在中国工作时，你还没出生呢！不管在日本还是中国，见到不顺眼的事我就要说。比如昨天在出租车里，看到开车的姑娘穿着高跟鞋，我说，这在日本是不允许的，这是对顾客安全不负责任的表现。"

　　他笑嘻嘻地看着我："你看我是不是有点多管闲事？"

　　我一下子觉得我面前坐着的不是个日本人而是个中国人，他的整个思维方式是中国式的。他对日本人的评价最能说明这一点："大和民族最大的优点是竞争意识强。在日本，人与人、企业与企业之间那种优胜劣汰的竞争每时每刻都在残酷地进行着。想要在社会上立足、发展，超过别人，就得你赶我、我超你，整个社会就前进了。这才使日本在战后迅速地成为经济强国。但是……"川口先生冷峻地挥挥手，"经济发展也带来了日本大和民族的傲慢与排外。外国人甚至阿伊努人都很难在大和民族中立足。"

　　这种完全摒弃日本人中常见的思维方式的谈话使我感到惊奇和敬佩。我觉得他的一生很不平凡，建议他写成小说或回忆录。我说，他的夫人经营着小店，他可以安安心心地写作或搞翻译了，他说不行，回去还得再找份工作挣点钱，"这叫'以商养文'"，他为自己"很中国"的这一句话大笑起来。

　　送别川口孝夫先生时，他执手依依，说有生之年他还要来的。"下次，我要在这里住上一个月。"没料到这成了我们最后的握手。

　　川口先生临走时把他从四川带来的一瓶五粮液送给我，这酒我还珍藏着，且要永远珍藏下去，随着时间的推移，它只会更醇、更香！

《文艺报》2011年4月1日

竹楼、青瓦与春城故事

腾冲的儿时记忆

我这辈子到现在去过腾冲两次。一次是少儿时期，大约是1946年—1949年，住了三年；一次是2004年作为省文史馆馆员去采风。倏忽之间，前后竟过了一个甲子！旧时戏文里常有："曾忆少年骑竹马，转眼就是白头翁"，感慨流年似水之余，剩下的就只有回忆了。

作为花甲之后重访儿时故地和第二次腾冲之行，到达目的地时已是灯火通明。当车子驶入一条宽阔笔直的大道时，我不知道这是老腾冲的哪条街？哪个方向？只见两边全是高楼大厦，彩灯、喷泉、车流……我只觉得我来到了一个我熟悉而又陌生的城市。说其熟悉，是在改革开放的今天，此类新兴城市的景观比比皆是；说其陌生，是我儿时的那些记忆再也找不到了。随后两天的参观，火山热海、和顺侨乡、翡翠城……处处是繁华、热闹、拥挤……现在我努力回忆腾冲，留下深刻而又独特印象的仍是儿时的记忆，虽是一鳞半爪，昔日的小城风物，一些长者的音容笑貌历历在目，倒像是不久前的事。

腾冲乃家父当年仕宦之地。我和母亲是抗战胜利后的1946年到腾冲的。借住在父亲在省城工作时结识的挚友家里。主人姓谢，腾冲望族。腾冲当时东南西北有四条大街：东街、西街、四保街、五保街。谢家住西街。记得一条小巷进去，第一道门不甚显眼，第二道、第三道门则是飞檐斗拱，很是气派。深宅大院，一大一小两个院子，中间被去了门的一个花厅隔开。花厅一头是大院子，另一头是小花园。坐北朝南的正房面对花厅和花园。正堂上高悬黑漆金字的一块匾，是很有特点的隶书，现在清楚地记得写的是"慷慨济军"四个大字。题跋当时看不懂，只认出有两个人的名字，一个叫"谢树楷"，一个叫"李根源"。

第二天一早，父亲带我们母子参见主人一家。他把我引到一位面色红润、富态健康的老人面前，父亲是很书卷气的，他不让我叫"爷爷""奶奶"，而让我叫"太老伯""太伯母"。当时只听"太老伯"哈哈笑着说："这个娃娃神气得很，就是太瘦，像个'小中央军。'"所谓"中央军"者，是指抗日战争期间参与腾冲之役的那些来自内地的国民党士兵，其中有许多两广籍的，南征北战，精瘦，但精神。我后来知道这个"太老伯"就是匾上写的"谢树楷"，他因慷慨"济军"有功，赢得了李根源先生送的这块匾。谢家是腾冲名门，儿孙满堂，有在省城的、在职的、在校的，共九个儿女，最小的一个，父亲让我叫"九攘"的"小老九"大不了我几岁。这些儿女们不知为什么统统把"太老伯"叫"二爷"。早上，儿女们都要恭恭敬敬地给父母请安，然后才出门，工作的工作，上学的上学。"太老伯""太伯母"总是笑呵呵的，过节高兴了还和子女们搓搓麻将。整个家庭父慈子孝，兄友弟恭，继承中国传统文化的同时又很开通。他们有个叫"萍"的女儿，正在上高中，披肩长发，穿旗袍，在当时是很时髦的。她的闺房里有美国影星的照片，想是嘉宝、赫本什么的，还有张恨水的言情小说。在有月亮的夜晚，她会在花园里唱当时很流行的《花好月圆》："浮云散，明月照人来……"

我们一家住在花厅楼上。花园里有株巨大的缅桂花树，静夜里有明月、花香，还有萍的歌。这是抗战胜利后腾冲难得的太平景象。

跟着，父母送我上小学，插班四年级。学校也在西街，离谢家不远，叫"江佑小学"，后来改为"天祥小学"。只记得大门像祠堂模样，门口有两尊想是清朝留下的大炮。回忆在腾冲读小学的那三年，有些事竟然影响了我的一生——从生活到为人。

竹楼、青瓦与春城故事

先是早上上学吃的早点。去腾冲之前，我的早点是苞谷粑粑。母亲在老家做豆腐卖，头一天晚上煮豆浆时就舀一小瓢豆浆和以苞谷面，做一个粑粑埋在火灰里，第二天就是我上学的早点。天天如此，吃腻了。在腾冲，我的早点成了稀豆粉饵丝。每天一早出得家门，不远处就是一个卖稀豆粉饵丝的摊子。记得卖饵丝的四十岁左右，有只眼睛不怎么好，他用腾冲方言吆喝着："稀豆粉饵丝——呀！"那"丝"字拖得很长，一根根长长的饵丝被他音乐化了，至今声犹在耳。而稀豆粉呢，金黄、明亮、稠而不粘，有股子浓郁的豌豆香，再配上红的辣椒油、绿的芫荽葱花、白的蒜泥、黄的姜末，撒上点黑芝麻或再来点花椒油，一碗小吃就被腾冲人弄得五彩缤纷，味道永吃不腻，终生难忘！还有西街口的几家馆子，卖的饵丝花样更多，炓肉饵丝亦是腾冲一绝。烹调工艺似不怎么复杂，就选五花肉后腿肉文火熬得炓烂，饵丝烫好连汤带肉浇上，吃时觉得汤盖帽的肉肥而不腻，入口即化，汤汁浓稠，鲜美无比。腾冲炓肉饵丝看似简单，可别的地方做的就是怎么都做不出腾冲的那个口味，怪！儿时吃的东西，不仅脑子记得，更重要的是舌头记得。腾冲稀豆粉饵丝、炓肉饵丝的味道至今犹在舌尖，使我到老仍喜欢吃饵丝，哪怕味道很糟也哄哄嘴，聊胜于无了。

在腾冲我还学会打乒乓球。这是我这一辈子唯一会玩的球类。教会我打乒乓球的也是两个天祥小学时的同学。一个姓伍，一个姓刘，要健在也都是七老八十的人了。姓刘的小同学似乎还和谢家有点亲戚关系，常来谢家玩，"太伯母"管他叫"小老成"。"小老成"家也住西街，书香世家，他一笔颜字写得真好，古文功底尤好，小小年纪一部《古文观止》几乎全能背诵，令我羡慕不已。由此足见当时腾冲人文化传承和启蒙教育是何等厉害！

另外那个姓伍的同学，年龄比我大几岁，右手掌整个被炸断了，说是"中央军"走了之后捡了个雷管玩给炸的。这姓伍的同学打得"一手"好球，还喜欢看武侠小说，喜欢学侠客打抱不平，星期天他常带我们到大盈江游泳，然后登龙光台。传说他会武功，有他在别的孩子都不敢欺负我们，因此成了我们的老大哥。他还借武侠小说给我看，什么《七剑十三侠》《七侠五义》等等。应该说，我至今老而不衰的阅读兴趣也源起于腾冲，源起于这位姓伍的同学，源起于看武侠小说。追本溯源，我的文学之路就是从儿时阅读通俗文学作品——武侠小说开始的。

第一次使孩提时代的我受到感动和震撼的是文天祥的《正气歌》。当时我从初小升高小，五年级国文第一课就是文天祥的《正气歌》，那是校长亲自给进入高年级的孩子们主讲的道德培训课。校长姓高、微胖、单眼皮，戴顶小毡帽，一口纯正腾冲方言讲着校史，讲着文天祥。经他讲述，我才知道学校原来叫"江佑小学"，是祖籍江西的腾冲人办的。江西出了个民族英雄文天祥，为纪念他，后来又把学校改名为"天祥小学"。高校长给孩子们讲了文天祥如何保宋抗元，后兵败被俘，押解至元大都仍临死不屈。高校长讲得绘声绘形，听故事的孩子们一个个睁大眼睛噤若寒蝉，最后在高校长带领下开始朗读《正气歌》：

"天地有正气，杂然赋流行……"
"时穷节乃见，一一垂丹青……"

小学五年级，在腾冲，一个孩子通过一个历史故事，第一次知道什么是"气节"。

这种"正气"和"节气"在后来父亲领我去拜望李根源老先生时，更有了形象化的认识。临去头天晚上，父亲就告诉我："明天我要去拜望李总长，顺便带着你去看看，"父亲解释说，"李总长就是太老伯匾上的那个'李根源'。"

当时腾冲人都把李根源老先生称为"李总长"，那是妇孺皆知的腾冲人的骄傲，后来我知道这是因为老先生曾任当时"国民政府"的农商总长，相当于现在中央两个部的首长吧。当晚，父亲还特别跟我讲了李根源先生如何爱国、如何有学问，从辛亥革命，办讲武堂到护国讨袁，特别是和腾冲人在一起把日本人赶走。父亲拿出李根源先生送给他的诗集翻着。线装本，石印，古色古香。我看不懂。当晚父亲也不可能讲解给我听。但有一点我清楚：我将见到一个整个腾冲乃至当时在全国都受到敬重的人物。第二天，我们来到叠水河边一个很大的院子里，进行两个大字刻在石上："叠园"。李根源先生在客厅里等着。至今回忆，儿时李根源先生在我脑子里的印象是颌下留着长须，体形魁伟，微微发福，面色红润，威严而又不失和蔼的老人。不知为什么，我当时会想起挂在天祥小学里文天祥的画像。

"跟成兴到花园里玩去吧。"老人叫过一个孩子说。

叫成兴的孩子比我小，也在天祥小学上学。

外面的院子好大！种着各种树木花草，有水池，有假山，亭阁间还有很多碑刻，只是那些碑石上刻的诗词，儿时的我全看不懂，也没兴趣。一个上午就跟成兴在院子里翻蛐蛐，这就是我至今所能回忆起的一切了。

回到家，父亲非常高兴地拿出一幅字一幅画，字是李根源先生赠给父亲的墨宝，那幅画给我的印象更深刻，那是李根源先生的夫人李马树兰送给父亲的。画的是牡丹蝴蝶。李根源先生诗书皆精，传世之作不少，而他的夫人马树兰女士的作品却不多见，赠人者更少。二人同时赠家父字画，可以想见当时会见气氛的融洽和对家父的赏识。惜乎1950年家父遭冤案后母亲害怕，她只知"李总长"是国民党的高官，情急之下，把李根源先生赠父亲的字、线装诗集统统塞到灶洞里烧了！所幸的是，她藏起了马树兰女士给父亲的画，为什么？母亲过世多年已无法询问。也许因为母亲喜欢刺绣，而这正是一幅鲜艳的彩墨画，那盛开的牡丹和一只翩翩的蝴蝶都画得非常艳丽。题款楷书：焕彩先生雅鉴。李马树兰。或许母亲当时就想：这个李马树兰是谁？我们那小地方谁也不会知道。总之这幅画在经历了各种运动和十年浩劫之后仍保存下来，着实不容易。如今，父亲早已平反昭雪，并落实起义人员政策；母亲也已过世，这幅见证家史的画，成了父母留给我们的珍贵遗物……

啊，腾冲！我儿时留下美好记忆的地方。虽然这些记忆是些很个人化的琐事，对别人微不足道，于我却很有意义：

腾冲饵丝——影响了我今天的饮食习惯；

武侠小说——培养了我最初的阅读兴趣；

而从《正气歌》到李根源，所树立的是一种为人的楷模。我觉得所有这些儿时的腾冲记忆，无非像腾冲叠水河流过后荡起的一丝涟漪，今天那汹涌澎湃壮丽的生活才是时代的主流，它有待一切热爱腾冲的人去创造！去书写！

《云南政协报》2011年6月17日

竹楼、青瓦与春城故事

手机教你窃听

　　"窃听""偷窥"这两个词可不怎么好。一看，就是一种鬼鬼祟祟不是那么正大光明的做派。一个人偷偷摸摸干这档子事，若有点自尊，都会自己瞧不起自己。可今天在我们的生活中这已经很正常、很普通了。先说偷窥。比如家家门上都必须要安的那个门镜或曰猫眼，就是一种偷窥的工具。听到有人敲门（也许敲的隔壁家），主人总会蹑手蹑脚先到门镜后面瞄瞄敲门的是谁，如敲的是自家的门，则看看来访的是否受欢迎？是开门接客还是飨以闭门羹？如是邻居家来客，好事者也要看看是男女老少，主妇长舌也许还要加以评论一番。这种门镜，我也安了，心情却很别扭。一方面总觉得一个大老爷儿们，偷偷躲在门后面瞄人，这算是什么形象？简直有辱堂堂七尺之躯。可又不得不让这个门镜继续镶嵌在门上。原因是有次真还亏得安了这个门镜，否则很可能就与破门而入的小偷发生遭遇战，后果是很凶险的。

　　那是多年前的事。午间闻有人不断按门铃，我照例悄悄走到门后从门镜里瞄出去，只见一衣冠楚楚的男人正把一块薄薄的塑料片插入门缝，企图拨开门锁。我那时不知哪来的勇气，"呼"一下拉开门一声断喝：

　　"你干什么？"

　　正全神贯注拨锁的小偷猝不及防，吓得撂下工具，抱头鼠窜而逃。

　　事后后怕之余，觉得门镜这种偷窥工具之应运而生于每个家庭是完全必要的，非常及时的。

手机问世，政敌、第三者、关系户、债主……亦纷纷从暗处走到明处。这次应运而生的是窃听手机、窃听器、窃听卡……商家纷纷推出各种窃听装置，适应了社会需求。不久前就收到过这样的一条短信：

"你想了解你的另一半吗？朋友：做张同样的手机号码，就可知道他与别人的所有一切！一切尽在你的掌握中。询1527359××××李。"

这次我吃惊了。仿佛这个姓李的人在问我：

"你想扒光别人的衣服吗？我教你一个办法，就可以知道他不愿让人看见的一切，一切尽在你的掌握中。"

我意识到这是在推销窃听卡。以前就听说过有一种窃听手机，还不怎么相信，收到这条短信，才知此言不虚。可以肯定，推销此类窃听卡的全国不止这位先生。无数的李先生们肯定以短信群发的方式把这条信息发送出去，全国就不知有多少人收到这条信息，又有多少人学会使用这种窃听卡。于是，由民间用户编织的第二张窃听网正在覆盖着九百六十万平方公里的土地，而这，也是手机教会的。

手机上的促销活动如此活跃，网络上想来也不会冷淡，且看它怎么说。或日开了电脑输入"窃听"二字，好家伙！窃听软件、窃听手机、各种窃听器价格、制造商、"2011年新款窃听手机火爆上市"等等……一行行相关信息扑眼而来，所有商家皆保证："当面测试""免费送货上门""货到付款"……国产的、进口的，应有尽有！其中最牛的要数美国××电子有限公司生产的一款。它列举了五大功能：拨打免费，电话监听，短信拦截，卫星定位，电话录音。据称，其卫星定位可以清楚地知道被监控的人在什么地方打电话，误差仅30公尺。而录下音后则可以在任何方便的时候播放给你听。所有这些功能足以与安全部门专业用品媲美了。看来国人只要愿意，每个人都可以轻松地变成一个特工而无须担心被追查。特工或曰安保人员用这些是他的工作需要，就像听诊器之于大夫。普通人滥用是否会侵犯他人的隐私权呢？是否不利于社会的和谐安定呢？可商家说了，这反倒有助于维护公民的合法权益。网上广告说：某厂商的一个用户正因为用他们生产的窃听器录了音，使借款者想要赖也无法得逞，因之追回了数百万元的欠款云云。

看罢网上信息小禁感叹，当今社会恐无个人隐私可言了。一旦锁定，就仿佛被剥个精光，赤条条一丝不挂展现于别人面前。不管是谁，想到自己可能被监听，绝不是件愉快的事，由此又进而想到鄙境民间有谚语曰：身上无疾病，不怕冷糍粑。意思是你行得正，坐得端，你怕什么。但话又得说回来，每个人都会有不愿意他人（哪怕是亲人）知道的个人隐私。世上绝无没有隐私的人。伟人、圣人概莫例外！万世师表的孔老夫子"野合而生"就是他的隐私。翻遍《论语》二十篇，此事他从未对他的学生讲过。太史公有点损，否则，为尊者讳，他若不在《孔子世家》里记上一笔，谁也不会知道的。

窃听，古已有之。《史记·范雎蔡泽列传》："然左右多窃听者，范雎恐，未敢言内，先言外事，以观秦王之俯仰。"再看《红楼梦》开宗明义第一回甄士隐梦中偷听到一僧道讲通灵宝玉的事。此外如第44回王熙凤过完生日回房时偷听老公偷情。第52回，病中晴雯要宝玉偷听平儿和麝月谈话等等，这部经典著作前80回几乎回回都写到窃听。另一部经典《三国演义》蒋干盗书写的也是蒋干偷听周瑜大讲军事机密（当然是周瑜的圈套），也是众所周知的。所以才有"隔墙防有耳，窗外岂无人"的古训。古时候的窃听自然是没有高科技，窃听也只有站墙根、贴窗子。今天窃听者可以在数十里、数百里之外便能听得一清二楚，你不能不赞叹科技发展的日新月异。然一物必有一克，有窃听就必有反窃听。君不见网上又有反窃听手机"火爆登场"的广告，看来往后想必又会生产出新一代反"反窃听"手机亦未可知。

窃听在当代、在古代、在国内、在国外均有。尤以美国为甚。只不过在美国，每个公民的隐私权都受到法律保护，非法窃听是要受到法律惩处的。你搞窃听，玩得漂亮，逃过法网，算你聪明，否则倒霉的是自己。一个众所周知的例证就是尼克松的水门窃听事件，最后被对手逮住，总统也得下台。

无独有偶，最近又出了一个英国版的"水门事件"：已有一百多年历史的《世界新闻报》被查出窃听近四千人的电话，丑闻败露，波及唐宁街、媒体和警方，但有关部门仍根据《2000年调查权力管制法》抓捕了一批人，包括该报副总编（见2011年7月10日《参考消息》），此公后交保释放。看来窃听器生意在西方可能不怎么好做。难怪美国这家公司要到中国来抢占商机，与中国同行在市场上一决高下了。

在保障公民自由窃听这方面，我们好像要比西方宽松得多。

2011年11月19日

手机教你撒谎

　　梁实秋先生有篇随笔《电话》，写的是二十世纪二十年代北京刚开通电话时的情景和感想。那时老辈人总觉得这洋玩意儿属"奇淫技巧"一类。但他们想要几斤黄酒、一只烧鸭时，打个电话餐馆立马送来，又不得不承认它的方便。随着电话的开通，烦恼也跟着来了：有的拨错号，有的打电话无话找话，有的短话长说，长时间占用线路；更有不讲礼貌，深夜来电，"午夜凶铃"会吓得你一身冷汗。梁实秋先生无奈地说，"电话不设防。"

　　"电话设防"在当时是做不到的。当时的电话是挂在墙上的一个庞然大物，仅有接听和打出去的功能，打电话时要猛摇手柄几十下，摘下耳机对着话筒讲。就算当时研究出"设防"功能，那电话恐怕就得有小柜子那么大才行。自从有了光导纤维、集成电路，电信产业日新月异，电话机就越做越小，功能却越来越多。就说十几年前叫"大哥大"的玩意儿，虽说刚开始也像个砖头似的，可做自卫武器用。在当时可是身份地位的象征。时见款爷于大庭广众间手握大哥大故意高声说话，令人惊羡不已。今天"大哥"不"大"了，它叫"手机"。除了高官巨贾有秘书手持手机伺候之外，凡士农工商、文体教卫，乃至小学生，"手机"，"手机"，人手一机，我国遂成世界第一手机大国。手机更新换代越来越快，功能也越来越多，已经从简单的通话到现在的游戏、计算、上网、摄像乃至窃听。其中有一项便是帮你撒谎或教你学会撒谎，从普通到中档手机都有这种撒谎设置。我原来很迂，深信用手机拨号后听到的录音回答："您拨打的电话正在通话中。""你拨打的电话不在服务区。"或"您拨打的电话暂时无法接通，请稍后再拨。"诸如此类。好，那就稍后再拨。然回答照样。令我纳闷的是，明明已经接通，有"嘟——"的一声长音或各种彩铃，响过几声之后，瞬间又断了，又变成"无法接通"的回答。更奇怪的是那些熟悉的朋友似乎知道你电话找他，不久便回话过来，一问，朋友坏坏地笑说："这是一代手机必有的功能设置，叫'礼貌拒接'。"那么不礼貌又若何？答曰："可以列入黑名单。"我大吃一惊！想到影视作品、谍战小说中"黑名单"的含义，那就是把你灭掉！一时间反应不过来。再问，原来只是把拒接的那个号码输入自己的手机，于是对方就只能听到永远的忙音了，这不就是把对方手机置于死地。最高明的是，既不使用撒谎设置也不按断电话，一任电话铃响十次他死活不接，然每次皆如此，对方也就明白是什么意思了。

读《电话》很有感慨，只觉得梁实秋先生是个厚道人，他甚至对当时简单的电话"设防"办法——拔下插头——也觉得"狠不下心"这样做，"总觉得这有点自私，自己随时打出去，而不许别人随时打进来。"但是。假如对方是个死缠烂打的单恋者，或是一个避之唯恐不及的债主，或者是个拿起电话便和你喋喋不休的是非之人，"礼貌拒接"至录入"黑名单"。于女士、于躲债者、于生活中想安静点的人，这种功能似乎又是必要的。问题是，绝大多数的手机使用者身边一无粉丝，二不负债，熟人朋友中也少有成天嚼舌头的，若兴之所至，爱接不接，这不仅是自私，更多给人感觉你是在拿架子，会让对方觉得受到侮辱。一如登门拜访某名人，按过门铃之后，明知对方正从门镜里瞄你，却不开门。就那感觉。

使用了此种功能的机主，大约还没意识到，手机撒了谎第一次别人也许相信，二次、三次就知道你这是有意的。有这种功能设置的手机满街都是，骗谁！如果是一种正常的联系，别人会觉得你这是虚伪、傲慢、缺乏教养。想想，大约谁都不愿意给人留下这种印象，最终受到伤害的是机主自己。就算是实在不愿接听的电话，窃以为第一次也不妨先礼貌地接听，仍纠缠不休者，再启动撒谎功能

　　　　　　　　　　竹楼、青瓦与春城故事

设置"礼貌拒接"不迟。

撒谎是不该提倡的，而新一代手机却帮你撒谎，教你撒谎，这无疑是适应了当今社会的需求。有道是当今社会由"三场"构成："官场""商场""情场"。官场多请托，商场多债务，情场多纠缠。身在"三场"难免关系多、人情多、利害多。故鲜有不使用此种功能设置者。电信业的聪明人抢占商机，故有此款手机兴焉。此款手机先帮你撒谎，推托，你学会了，耳濡目染，久而久之潜意识里是否就"设置"了这种撒谎功能呢？书及此，想起明朝冯梦龙《笑府》有则笑话云：

"有厨子在家切肉，匿一块于怀中，妻见之骂曰：'这是自家的肉，何为如此？'答曰：'我忘了。'"

怕的就是这种习惯成自然。先是手机撒谎最后嘴巴也会有意无意间撒谎。

一方面某些人在某些场合不得不启动这种功能用以对付某些人，另一方面随意性地使用此项设置又是不尊重他人，也不尊重自己的恶劣行为。如果不认识到这一点，会不会也像那个厨子一样，把自家的肉往怀里揣呢——我的意思是潜移默化，最后整个就成了个不诚实的人，这才是最可悲的！

《文学报》2011年7月7日

象鼻山温泉碑记

尝闻温泉之佳，在乎一泉二景。以此观之，象鼻山温泉俱备矣！此泉水质优异，景观绮丽，国中诸名泉恐难与之相比。或曰：有秀美自然景观之温泉非此一家。答曰：有独特温泉之自然景观仅此一家。

盖因国中名泉或有泉而无山，或有山而无林，或有林而无水，或有水而无岩。如象鼻山温泉集山、林、水、岩于一体者，未有所闻也。放眼青山叠翠，碧水荡波，峭石凝云，丛林滴绿。更有温泉珠涌热凉适意，四时可浴。纵有名泉诸景皆具，然水多异味，可浴而不可饮。唯象鼻山温泉经国家权威部门鉴定，属优质珍贵饮用矿泉水。以优质饮用矿泉水浴身，国内恐难有此奢侈享受矣。

于是出游。

驱车离城南行约十里许，即闻水声潺潺。有河名龙洞。清流击石，溅珠洒玉，两岸青山如黛，一岭东陈，果似象鼻俯河醑饮。又有金锁桥锁定对岸之翠屏山，象鼻山温泉度假村依山傍水而建，于茂林修竹间隐现楼台亭阁，入住其间，松风扫榻，山花入梦，再有石径通幽，直达岭上，沿途鸟歌无韵，花秀莫名，至山顶有亭翼然，近看重岩嵯峨，远眺层峦叠嶂，烟树千家，碧畴万顷。若当月白风清之际，有幸三五好友，会于亭中，品茗举觞，尘俗顿忘，亦人间一乐事也。

既归且浴，见池水皓洁，纤尘不染，或坐而濯足，或卧而暖体，眼耳之尘，身心之垢，一荡无存。

浴罢归来，通体舒泰，安然入梦，不知东方之既白。

《光明日报》2004年3月17日

野 藤

　　野藤，乍听像个日本人的名字。不是。它就是一枝藤子，长在我的窗台上。说其"野"，是我至今不知它从何处来、叫什么名字，遂以"野藤"命名。

　　那是一个多月前，我突然发现阳台放置废土的一个花盆里不知何时长出了一缕藤蔓，纤弱、翠绿，藤蔓的下方长出三五张心形的嫩叶，绿得可怜，梢梢上还有个小苞，是花蕾？藤蔓在风中轻轻摇曳着，探索着，似要找一个附着的地方。这花盆去年种过牵牛花，我想是散落的牵牛花籽发芽了，且不管它，只是每天浇水。一周过去了，那绿茸茸的花苞不见开花，仍是一个劲发叶子，也许是葡萄吧？可我没在这盆里种过葡萄啊！到底是什么植物呢？我搞不清楚。但有一点可以肯定：它的种子是由一只小鸟带来的。我的窗台上不时有鸟儿歇脚，它们把屎拉在花盆里。这株野藤肯定不是豆科植物。小鸟吞不进豆子。

　　野藤天天长着。出于藤类植物的本性，它似乎要找根竹竿或别的什么向上攀爬。因我认定它既非葡萄又不是牵牛花，野藤而已，就没心思打整，它爱往哪儿长就往哪儿长；不到一个月，根根已长得筷子般粗，并且分出了三四个枝杈，枝杈上又发了叶子，一片片心形叶子从根部到尖梢，由大变小，青翠欲滴。从叶形到枝形、到色泽，整个一盆上好的室内植物。放在花鸟市场，百儿八十的准卖得上。我马上把它移到我的书房里，放到书架上面。整个书房因它翠绿的盎然生机而充满生气了。

　　这无名的野藤于是就在我的书房里长着，它不开花，没有艳丽的色彩和浓郁的芳香，它更不结果，没有甜蜜和柔腴，但它绝对赏心悦目！而且可以肯定，它会吸收室内的二氧化碳，通过光合作用，输送出一点点新鲜的氧，虽然微不足道，不足以改变这大环境，但它以绿色的生命重复做着这件事：美化周围环境并输送一点点氧。

它便这样舒展自如地生长着，我每次外出归来时总要凝视它、欣赏它，每次，它都带给我美的享受。而它，除了水，什么都不需要。如果没发现它，它照样在风中自己舒展给自己看，在雨中自己滴答给自己听。便是现在，它也不知道它的奉献已经愉悦别人了。突然想到罗丹的话："美是到处都有的，对于我们的眼睛，不是缺少美，而是缺少发现。"我庆幸自己发现了它。熟悉的东西不是发现。朋友可能会给你送鲜花，但那是你所熟悉的玫瑰、仙客来或别的什么，不可能有所发现。生活中不能只期望朋友送的礼物，那是大家所熟悉的。要学会自己去发现美，那才是有着个人印记的、不可取代的。其独特的感受因而也就无法比拟。

怀着一种好心情到翠湖边散步。路边，一个瞎子操着二胡在演奏刘天华的《良宵》，在车水马龙中显得尤为哀伤。这时，走在我前面的一个少女突然一弯腰，捡起了一个软包装盒随手扔进垃圾箱，接着趋前几步，掏出十元钱小心地放到瞎子面前的一个纸盒里，随即便消失在人群中了，只留给我一个穿一袭绿色长裙的背影。

生活中有多少美好的东西等待有心人去发现啊！我想到了我的野藤。它可能是一件实物，也可能只是个印象，都可以把它拾掇起来，作为一份礼物，自己送给自己。

《文学报》2013年11月28日

新桃花源记

　　幼时读《桃花源记》很快就能背诵，原因是陶渊明把位于湖南武陵源的这个地方写得那么美：一片盛开的桃花林子，"夹岸数百步，中无杂树，落英缤纷，芳草鲜美"，"土地平旷，屋舍俨然，有良田美池桑竹之属，阡陌交通，鸡犬相闻"，生活在这里的人，"不知有汉，无论魏晋"，一代代过着与世隔绝的悠闲、自在的日子而"怡然自乐"。这样一个美丽而又幸福的地方，当县太爷派人再去找时，"遂迷不复得路"，找不到了，消失了。多么神秘而又多么令人向往啊！"世外桃源"从此成了一个形容词，一个理想的精神家园。

　　改革开放，旅游成了热门产业，很多地方竞相推出"桃花源"以吸引游客。最富诱惑力的当然是故事发生地——湖南桃源县的"桃花源"。桃源旧属武陵。"晋太元中，武陵人，捕鱼为业……"《桃花源记》一开始不就是这样写么？遗憾的是，生前游过这个地方的汪曾祺先生在他的也叫《桃花源记》的一篇文章里却写道，那里是有一个叫"秦人洞"的小石缝，钻过去，"后面有一块平地，也有一块稻田，田中插一木牌，写着'千丘田'，实际上只有两间房子那么大，是特意开出来种了稻子应景的。"桃花源才"两间房子那么大"？其作假，也就可以想见了。此后，凡自称是"世外桃源""桃花源"的风景，我概无兴趣。2002年，云南各媒体又纷纷报道文山州广南县发现了一个叫"坝美"的"世外桃源"，说那景观和陶渊明笔下的桃花源完全一样。又是新闻炒作。我一笑置之。但又不时碰上游过坝美的人回来说确实是这样。坝美很美。我这才来了兴趣。2008年夏天，终于有了这样的机会去印证——确切说，是以《桃花源记》的标准去挑剔这个叫"坝美"的"世外桃源"的。

车离广南约30公里许至坝美，进山即闻水声潺潺，步行十来分钟到一溶洞口，有一条就叫"坝美河"的暗河从中流出。溶洞高约30公尺，往里看，没有溶洞里通常都安置的彩灯，黑暗而幽深，不是五颜六色的招徕，而是一种挑战：敢进这黑咕隆咚的洞子么？里面是什么？湍流？礁石？大蝙蝠？蛇？一种欲穷根底的探知欲望驱使着我——进！便穿上救生衣，登上一条可容四个人的小黄瓜船，看船工一篙一篙地撑着水中的礁石或洞壁上的岩石慢慢进去。最后一缕光消失了，眼前是伸手不见五指的黑，耳边只有竹篙点水的声音，我陡然产生一种地穴探险那种紧张的快感。有人声传来。对面来船了，却各行其道，互不碰撞。俄而，见乳白色光如晨曦，三五篙后，一片苍翠欲滴的绿色扑面而来，坝美到了！

在这里，暗河出洞变成明河，蜿蜒穿过一个很小、很绿又水汪汪的小平坝，平坝周围是桂林般的山峰，却又不孤立，在底部连着，环成一圈，宛如一个大翡翠盘子。真个"水似青罗带，山如碧玉簪"。坝美河在那一头又钻进另一个溶洞淌到外面去了，坝美便成了只有通过暗河才能进出的独特地理构造。

站在出洞的地方，迎面是两辆水车，悠闲而又优雅地转着。远远地就看见几棵老榕树浓荫匝地。走过一座小桥，沿山一条小径，路边种满桃树，是结果的季节，有娇小嫩绿的小桃挂满树上，春天，我相信定会是"芳草鲜美，落英缤纷"的。没有桃花，怎叫"世外桃源"？第一个印证对了：这个"世外桃源"果然有桃花。

然后沿山路往前走。一只小土狗见有陌生人来欢快地叫了两声便朝前领路，应答的是中午的鸡鸣。鸡们相互招呼着在草地上刨虫子吃，微风过处一阵阵稻花的香气扑面而来，放眼整个小平坝里正在扬花的水稻一片葱茏。一直伴着我们的那条暗河这时才看清它原来是那样婀娜多姿，在这个小平坝里温柔地扭摆着，把翡翠似的田

竹楼、青瓦与春城故事

野一分为二。河里有人在撒网捕鱼，有精光的孩子欢笑着在嬉水，溅起的水花和撒出去的尼龙绳网在阳光下白银似的闪了一下又落下去了。山路边是那个叫"坝美"的僮族小山村，一幢幢僮族的吊脚楼依山傍水而建，吊脚楼下，有老人在纳凉，旁边一个妇女缓慢而专注地绣着僮锦，并不在意她附带摆着的小烧烤摊子，仿佛那只是生活的装饰。同行的人突然惊叫了一声，原来是一群八哥叽叽喳喳地掠过头顶，约十来只。他说这辈子他只见过单独关在笼里的八哥。可怜年过花甲，成群的八哥才第一次见到。

站在吊脚楼上，看远山近树，一条黄牛躺在草地上舒适地反刍磨牙，不时从小路上走过的僮族同胞"男女衣著，悉如外人"。如果不知道这是僮族地区人们穿的是少数民族服装，真以为是不是进入了时空隧道，回到几千年前秦人避乱时的那个桃花源？同行的朋友说，要是再早几年来，还能听到僮歌，那种原汁原味的多声部合唱，柔柔的，就像坝美河水。

"我们要在这里建一个客栈，集餐饮、娱乐为一体……"

"我们要在这里开辟一个广场，表演……"

"我们还要……"

一个已获得坝美50年经营权的老板抑制不住兴奋地介绍着。

"污水怎么处理？"我冷冷地问了一句。他一时语塞。

我突然感到莫名的悲哀。忙不迭跑下吊脚楼，来到那头静静反刍磨牙的牛的身边。我躺下了，就在这条舒适的牛的身边，望着头上的蓝天白云，也在做一种精神的反刍：就从陶渊明《桃花源记》开始：

"林尽水源，便得一山，山有小口，仿佛若有光……行数十步，豁然开朗。"——这里有了；

"夹岸数百步，芳草鲜美，落英缤纷。"——这里有了；

"土地平旷，屋舍俨然，有良田美池桑竹之属，阡陌交通，鸡犬相闻。"——这里有了；

"其中往来种作，男女衣著，悉如外人。"——这里有了；

"怡然自乐"——是的，美丽、和谐、快乐……陶渊明所能写到的，这里全有了！

可在陶渊明的桃花源里有水车么？有八哥么？有溶洞么？有由暗转明的小河么？有老榕树么？有如簪的山峦如玉的田畴么？没有，都没有！在21世纪的今天，在光怪陆离、令人眼花缭乱的世界上，竟然还保留着这样一块未被污染的净土，这真是奇迹！这中国少有，世界罕见的自然和人文景观，有没有可能向联合国申报世界自然遗产？一刹那间我脑子里还闪出这种天真的想法。

"邻家有女初长成，养在深闺人未识"。也许，正是这奇特的地貌让坝美到2002年才为人所知。可才一露面，这个清纯得一尘不染的僮家少女就被许配给一个老板。老板要为她穿金戴银，老板要为她浓妆艳抹。

想到那亘古黑到如今的溶洞里开始出现五颜六色的灯光，想到被改造得不伦不类的吊脚楼上闪烁着暧昧的霓虹，想到打鱼的像机器人般在表演，想到迪厅里震耳欲聋的金属摇滚代替四野的天籁，想到碧波荡漾的坝美河上开始浮起千万年都不曾见过的塑料袋、泡沫、粪便、水葫芦，最终进洞时仿佛进了一条阴沟，我不寒而栗！

有没有办法保护住这最后的净土，制止住即将开始的坝美大规模开发？可朋友说，"这是螳臂当车。"他和我一样悲观。

那么我只有说：如果你腻烦了灯红酒绿噪音废气，想看一下原生态的坝美，到这真正的世外桃源去净化一下自己的身心，就快点去。趁早！

2008年8月5日

竹楼、青瓦与春城故事

后 记

　　这本散文集，是从我前些年发表在《人民日报》《光明日报》《文汇报》《文学报》《人民文学》等报刊上的新作集结。"竹楼"是我对曾在那里工作17年的西双版纳的回忆：晓雾朦胧的村寨、月光下的凤尾竹以及傣尼山上那伴着蝉鸣的歌声……那个年代，那些纯净的山水、纯净的人在作品里皆有描绘。"青瓦"则表达了我对故乡亲人以及大理白族自治州风土人情的思念之情。竹楼与青瓦荫庇并成就了我的人生。春城故事则是我定居城市后的生活记录，读来又是一种感受。

　　西方古典音乐是我唯一的业余爱好，"故事"的记录中也记录了我的音乐生活。我曾将我的听乐感受编过一本小册子：《另一种阳光》（河北教育出版社，2012年1月）现从中选出3篇收入，因为这也是我的春城故事。

　　从纸媒到网络，文学的写作和传播方式日新月异。古汉语写作已日渐式微。我曾应约用古汉语写过两篇碑记，盖因"碑记"这一古老形式用大白话写似乎不协调。两篇古文碑记，文字浅显，未免贻笑方家，现一并收入，聊备一格。

　　边寨——城市——历史，还有音乐，两两对照，从自然、社会、人文的反差中，但愿读者能找到阅读兴趣。

　　谢谢吉狄马加先生为此书作序。赖卫华小友在本书的编辑过程中也给予了帮助。

张 长

2016年4月14日于昆明翠湖畔

图书在版编目（CIP）数据

竹楼、青瓦与春城故事/张长著. —— 北京：作家出版社，2016.11

ISBN 978 - 7 - 5063 - 9254 - 9

Ⅰ.①竹…　Ⅱ.①张…　Ⅲ.①散文集 - 中国 - 当代　Ⅳ.①I267

中国版本图书馆 CIP 数据核字（2016）第 290262 号

竹楼、青瓦与春城故事

作　　者：张　长
责任编辑：钱　英　田小爽
装帧设计：百丰艺术
出版发行：作家出版社
社　　址：北京农展馆南里 10 号　　邮　　编：100125
电话传真：86 - 10 - 65930756（出版发行部）
　　　　　86 - 10 - 65004079（总编室）
　　　　　86 - 10 - 65015116（邮购部）
E - mail：zuojia@ zuojia. net. cn
http：//www. haozuojia. com（作家在线）
印　　刷：中煤（北京）印务有限公司
成品尺寸：152×230
字　　数：210 千
印　　张：15.5
版　　次：2017 年 2 月第 1 版
印　　次：2017 年 2 月第 1 次印刷
ISBN 978 - 7 - 5063 - 9254 - 9
定　　价：32.00 元